『三十就打退堂鼓？』

陈迦南：『只是心力大不如前了。』

沈适看着她的眼睛，好像在欣赏一样瓷器，认真，专注，满怀珍惜，不紧不慢道：

『我不觉得，倒是比以前更漂亮。』

这是岭南一年中最好的天气，微风和夕阳，路灯和大树，风吹起来，路灯亮了，树叶摇晃，挡住了远方的夕阳。

陈迦南愣愣地张开手掌，看他。

"要吃糖吗？"她问。

陈迦南轻轻叹了口气。

寂静里，身边的人忽然出声："叹什么气？"

陈迦南惊了一下。

"你醒了？"她轻问。

沈适还闭着眼，轻轻吸了口气，缓缓道："你一动我就醒了，看了我那么久，看出什么了？"

有爱的青春陪伴者

◇
——舒远——
著

②

·一天

孔學堂書局

图书在版编目(CIP)数据

西城往事 2：一天 / 舒远著. — 贵阳：孔学堂书局，2022.3（2022.4 重印）
ISBN 978-7-80770-321-1

Ⅰ. ①西… Ⅱ. ①舒… Ⅲ. ①长篇小说－中国－当代
Ⅳ. ① I247.5

中国版本图书馆 CIP 数据核字（2021）第 268475 号

西城往事 2：一天 舒远 著
XICHENG WANGSHI 2: YITIAN

责任编辑：黄　艳　胡　馨
责任校对：寇　辰　胡国浚
责任印制：张　莹　刘思好

出　　品：贵州日报当代融媒体集团
出版发行：孔学堂书局
地　　址：贵阳市云岩区宝山北路 372 号
　　　　　贵阳市花溪区孔学堂中华文化国际研修园 1 号楼
印　　制：长沙鸿发印务实业有限公司
开　　本：880mm×1230mm　1/32
字　　数：283 千字
印　　张：8.5　彩插 0.25
版　　次：2022 年 3 月第 1 版
印　　次：2022 年 4 月第 2 次
书　　号：ISBN 978-7-80770-321-1
定　　价：42.80 元

目录

CONTENTS

目录

CONTENTS

前言

有一个纪录片《A Year in the Life》，讲的是《哈利·波特》的作者，J.K.罗琳生命里最潦倒痛苦需要领政府救济金生活的一年。

偶然想到这个纪录片，忽然想写这么一天。

《西城往事2·一天》讲的就是他37岁这一年，一年里最普通、平凡的一天，一天里最无所事事的24个小时，一个小时都可以当一生去过。

我曾经看过一部电影《时时刻刻》，讲的是一个很悲伤的故事。故事就发生在那一天，很平常普通的一天，你可能因为一件无关紧要的小事就决定赴死的一天。这一天会发生很多事，又或许什么也不会发生。

我写过一句话：

"陈迦南后来生了一个女儿，那年沈适37岁。"

故事就从"她开了一家书店"开始吧。

书 店

第 一 章

清晨 7:00。

今天和往常一样，陈迦南走路去上班。

她的工作很简单，每天做得最多的事就是归类，整理书架。偶尔店里会进来一两个客人，待一会儿，翻翻，就走了。

没有人相信，陈迦南会开书店。

一个月前刚开张时，大学最好的室友周逸打来电话："你做了我这辈子一直想做的事儿，我前段时间还在构思新小说，想着要不要写个书店的故事，你就从天而降了。"

她当时无声地笑了笑："等你的新书出版，我一定摆在最显眼的地方。"

前些天两个人还联系了，周逸说可能随时来参观。她们都有几年没见了，这个可能又不知道会是多久。

现在天还没亮，环卫工人已经在忙。

书店和家的距离不远，步行十分钟。

当时选店是和毛毛一块看的，在街角巷口，有红绿灯，时常有过路人进来，不算闹市，却也幽静，她还可以随时跑回家看外婆，房租不贵。

她喜欢清晨走路去店里，在路边买一杯热茶，踩着厚厚的积雪，听着"咯吱咯吱"的声儿。走到书店，她从包里翻出钥匙，打开门，一阵扑面而来的纸香，定定站一会儿，再走进去，关上门。店里有充足的暖气，每一本书都有温热。

空间不大，四十平方米，方方正正。

房子有些年头了，她装修了几周时间，自己刷的墙，贴着稍显古旧的壁纸，一个人去家具商场亲自看的书柜，大的，小的，长的，宽的，高的，矮的，把这个四十平方米的房子装满了。

门口处有一张小桌子，放着本周推荐。

书店里总共有四千多本书，每一本书都是她精心挑选出来的。上周又购买了一批，大概今天会送到。

现在她要做的是打扫书店。

她妈妈还在的时候经常说："心情不好就去打扫卫生，它可以让人很快获得平静的能力，而且，忙碌是一件很好的事。"

陈荟莲那时候挺啰唆。

简单打扫完书店，陈迦南推开门走出来，呼吸了一口新鲜空气。雪下得很大，这大概是岭南这些年最冷的一个冬天。

天还暗着，行人很少，她将双手掌心放在嘴边哈气，跺着脚在店门口张望。书店的玻璃门上还贴着一张招聘单，她缺一个帮手，可是已经过去一周，依然没有人来应聘。

陈迦南搓搓手，低头团了一个雪球。

再抬头，她看见远处一个穿着黄衣纤瘦的身影，脚步一深一浅地朝她这边走过来，再定睛一看——

陈迦南惊讶道："毛舜筠？！"

被喊的人噌地火了，弯腰拾起一把雪砸过来。

陈迦南吃吃地笑了："喊你名儿怎么啦，这么多年每次这样还让不让人活，你儿子不也老是喊？"

毛毛的鼻子被冻得通红："他喊一次我揍一次。"

陈迦南笑。

"你也一样。"毛毛恨道。

陈迦南偏头，玩着掌心的雪，轻声问道："时间还早不多睡会儿吗？难得见你这么勤快。"

"睡不着。"毛毛裹紧羽绒服，哈着气说，"想着你肯定已经到店里了，出来遛遛，反正五分钟就到你这儿，还真是好久没有见过这么大的雪了。"

毛毛抬头，眨了两下眼。

"世界真安静啊。"毛毛说。

雪花落在地上的声音很轻，得细闻。

陈迦南仰头，万里雪飘："看样子这场雪得下一天。"

"反正今天休息，就在你这儿赖着看看书吹吹暖气。"毛毛说，"帮你看看店。"

"你不上班？"

"今天给自己休假不行吗？这么冷的天谁出去跑啊，还不如待你这儿自在呢，简直就是人间仙境。"

再说说毛毛。

这姑娘做保险销售，老是整个小城地跑，找潜在客户，爱偷懒，不过每个月拿底薪也开心。她的丈夫周然能挣钱，已经从京阳调回岭南几年了，工作稳定，够生活。他们有一个可爱的儿子，周晏康，今年五岁。

算算日子，陈迦南已经大龄。

陈迦南眯着眼看毛毛："谁最不同意我开书店的？忘啦？"

"当时是当时，现在是现在。"毛毛狡黠一笑，"过了。"

"我还是挺有眼光。"

"那也不见得。"毛毛特别诚恳地评说，"看人的眼光倒是没提高。"

陈迦南："？"

"这几年高矮胖瘦都给你介绍过吧，一个都不见偏要自己谈。得，好不容易碰着一个，都要领证了，居然是个二婚。"

陈迦南无所谓地耸了耸肩。

"我现在觉得挺好，没压力，还有'一间书店'，外婆身体健康，我也没有烦恼。我们伟大的作家钱钟书说婚姻是围城，所以我为什么要自寻烦恼？"

"去。"毛毛瞥她一眼，"别开了一家书店就装文化人啊。"

"我这是有感而发。"

"那就多干点有文化的事。"毛毛抬头看了眼书店门上的木头小匾，"'一间书店'这名儿你咋想的？一点都不文艺范儿。"

"我也不是文艺范的人啊。"

"就你那十个指头往钢琴键上一放，方圆十里的姑娘都比不上。跟我这儿还谦虚，把你店拆了。"

陈迦南："咱俩是情人眼里出西施，搁别人眼里，我大概就是一地鸡毛，市井小家子气，大雅之堂不敢。"

"再跟我撂文，抽你啊。"

陈迦南倏地抿嘴："没忍住。"又道，"习惯了。"

毛毛抛了个大白眼。

"你知道有多少人想过这样的生活吗？"毛毛问她。

陈迦南："嗯？"

"去远方，找一个安静的小镇，开一家店，中午坐在店门口晒晒太阳，养养花，晚上关了店慢慢走回家，不着急，不慌张，永远年轻，永远侠骨柔情。"不也撂文。

"你在说我？"

"你不算。"

"为啥？"

毛毛定定地看了一眼这四五年来好像已经平静下来，对什么都淡淡然，性格真是变了很多，还总是一副满不在乎云淡风轻的样子，可神情里总有一种说不出来的忧伤在的陈迦南，什么都没说。

"我想到一个好玩的事。"毛毛忽然激动地道。

"什么事？"

"现在不是有很多年轻人想在远方开一家小店过这样的生活吗，我们可以把书店定时租出去，两个小时或者一天，让他们做老板，尝试一天那样的生活，看看能得到什么样的感受，然后再判断这样的生活是否还像想象中那样好。"

陈迦南眼睛一亮："这个想法不错。"

"我估摸着很多人会打退堂鼓。"

陈迦南："那就一天租得贵点。"

毛毛："……"

"一百怎么样？"

毛毛："……"

突然，一缕风吹了一堆雪过来，哗啦啦落在白色羽绒服上，沿着肩膀、胳膊，滑了下去。

毛毛拍了下陈迦南的头："你这儿店员都招不到，还出租？！"

陈迦南捂着头看了一眼那张招聘单："今天再没有人来就不招了，

我一个人干活，还能减肥，省钱。"

"你这件白羽绒服六七年有了吧，真省。"

陈迦南低头看了眼，笑了笑。

"白色好看。"她说。

"你穿白色好看才对吧。"毛毛说。

"好看没人看。"

"我不是人吗？"

"你是仙女下凡。"

毛毛被夸得飘飘欲仙，居然甩起两只胳膊抖起腿在店门口轻轻扭起来，嘴里还哼着《西游记》的插曲："鸳鸯双栖蝶双飞，满园春色惹人醉。"

陈迦南忍不住笑了。

毛毛妩媚地伸出一根手指抬起她的下巴："悄悄问圣僧，女儿美不美？"

陈迦南拂掉那手，笑开。

那是一个最平常普通的清晨，大雪压路。行人裹肩，低头快走。路口的红绿灯还是一样的四十秒，路人安静等待。朦胧的雪雾中，一黄一白，稍显灿烂。

毛毛问："我美吗？"

陈迦南道："就你那魅惑的瞳孔随处一瞟，方圆十里的姑娘都不能往眼里放。做人就得张扬点，大大方方王婆卖瓜怎么了？"

"去你的。"

陈迦南笑意渐深。

毛毛又道："你不是有个写小说的朋友吗，叫什么来着？"

"周逸。"陈迦南说，"大学同学，喜欢风雨雷电火。"

"我们请她过来做个签售可以的吧，让'一间书店'沾点喜气，扬了名还能挣点生活费，先打响第一炮。"

陈迦南："想得挺好。"

"人就得多往好处想。"

"岭南最多算是一个十八线小城，谁闲得慌跑十万八千里来这儿买书啊。再说周逸也不喜欢张扬。"

毛毛乜斜她一眼："没劲。"

风雪似乎又大了起来，吹起地上零零散散的小雪粒，吹到脚面上、脸上、嘴巴上，凉凉的，滑溜溜的。

毛毛喊她："那车是保时捷吧？"

陈迦南抖抖身上的雪，闻声看过去。一辆黑色的车缓缓开过来，停在路边树下，车牌号是京 A，在这样巴掌大坐公交车半个小时就能转完一圈的小城，实属罕见。

毛毛问："打着双闪呢。"

陈迦南默不作声。

"雪地里的灯还挺好看。"毛毛说。

车又开起来，黑色的车低调奢华，慢慢从路边的树下开过，转弯，绿灯，很快消失在雪雾里。

"好想买彩票啊。"毛毛叹气。

"那是保时捷 918，2010 年生产，最高时速 320 千米每小时，全球售价一千四百万左右，就算你中彩票都买不起。"

毛毛："……"

"何况你这辈子都不会中彩票。"

毛毛："……"

陈迦南收回目光。

毛毛："冷死了，进屋吧。"

清晨 7:10。

这个时间，京阳的风很大。

玻璃窗呼啦直响，床上的男人被吵醒了。屋外暴风肆虐，屋里像过春天。房间窗帘厚重，灯又暗着，好似天还很黑。

有人敲门。

"进来。"男人坐起来。

老张推开门，还能闻见卧室里细微的烟酒味，他微不可察地皱了皱眉头，轻声道："沈先生，楼下电话找您。"

"推了。"

老张微低头："响很久了。"

有半晌没有说话，沈适一只手摸向床头，抽了支烟叼嘴里，一只手把玩着一个铂金的打火机，玩了两下，点燃烟。

这几年的烟瘾是越发大了。

老张缓缓叹了口气，开始还会劝两句，后来说多了也就不再说了。这男人现在也是一点脾气都没了，越发冷漠温和。

"林郁一会儿到，让他去处理吧。"沈适说。

老张："您忘了，林秘书回家侍奉母亲，和您告了些假。他找了一个年轻人临时顶上，现在在楼下候着呢。"

沈适淡淡"哦"了一声："忘了。"

他说完从床上下来，拉开窗帘，看见满园的树干，光秃秃的，又干又硬，被风吹得艰难地摇晃。

"梨园下场雪就好看多了。"老张忍不住道。

沈适静静吸了一口香烟。

老张又说："今年大概是有史以来最冷的一个寒冬，听说南方稍偏北一点的地方都已经下起雪了。"

"是吗？"沈适轻道。

"还不小呢。"老张说，"沈先生要是想看雪，可以去嘉阳，那边的雪下得正好，还有楼台流水，现在去晚上就能回来。"

沈适笑笑，侧头："你去过？"

"和我儿子去过。"老张嘴角微扬，声音多了些轻松，"他考上大学那一年出去的，想着毕业了就没机会一起出门了。"

沈适："今年多大了？"

"二十四岁。"老张不好意思地说道，"普通本科，就不和您说了。"

沈适顿了一下，说："有机会让他来公司应聘。"

"看他造化吧。"老张笑道，"别让您见笑。"

沈适回过头，没再说什么。他看着窗外阴沉的天，干瘪的树枝，一片毫无生机的样子，缓缓吸了口烟。玻璃窗里的画面渐渐清晰，老张不知何时已经出去了。

沈适站了会儿，去洗漱。

他还穿着灰色的条纹睡衣，准备换上衬衫西裤。打开衣柜抽屉，他看见那一排排领带，愣了一下，又把柜门关上，穿着睡衣下楼去了。

电话旁站着一个年轻人，隔着长长的客厅轻微颔首："沈先生。"

沈适走过去，往沙发上一坐。

"电话接过了？"他问得不咸不淡。

"接过了。"

"处理好了？"沈适又道。

"丰汇的凌总早上七点开始，接连打了三通电话，一直想找您谈七环那块地，我说您暂时不见客。"

沈适抬眉："我说过这话？"

老张正在厨房帮着择菜，闻声和萍姨对视一眼，默默地看了过去，目光在那两人之间徘徊。

"据我所知，丰汇一个月前已经在试图和沈氏联系。如果您足够重视，不会让他们等到现在。"年轻人不卑不亢。

沈适扬扬下巴："坐着说。"

厨房里这会儿也安静下来，择菜的声音都轻了。萍姨闻声松了口气，推了推老张的胳膊，看着客厅那两个男人小声对老张说："就算做错了沈先生也不会发火的。"

老张笑笑，去掐菜头。

客厅的温度也上来了。

沈适问："你叫什么？"

"张见。"

"怎么认识的林郁？"沈适问。

听到这话，张见一愣。

沈适不疾不徐地倒了杯茶，茶水很烫，热气腾腾，慢慢晕开在视线里。倒了茶，他偏头去看这个年轻人。

"很难讲？"他问。

张见深深呼吸了一口气，道："林哥的外甥女是我女朋友，我们是在一次生日会上遇见的，一来二去就混熟了。"

"林郁倒是会找人。"沈适轻声道。

张见噌地站起来："沈先生，我是通过公司考试一层层筛选出来的，林哥最后选择我是因为我专业够硬，并无其他干系，这一点请您放心。"

沈适笑道："紧张什么，坐。"

张见不禁疑惑："我能问您一个问题吗？"

"想问什么？"

"您似乎并不好奇我的学历和专业，也不担心我能否胜任您私人秘书这个职位。"

张见说完，看着眼前这个三十来岁的男人，还是有些忌惮。虽然他看起来温和无害，脾气很好的样子，可他的冷漠也是骨子里的。张见从未见过一个人身上同时存在这两个词，甚至还能拿捏得这样好。

沈适不答反问："喜欢喝茶吗？"

张见："还好。"

沈适轻声道："这套茶具还是当年林郁送我的。"

张见不解其意。

沈适笑道："我用了很多年。"

梨园的房子总是有一种绵延的历史感，红墙漆面的壁纸，暖黄的照灯，陈列柜上摆放的瓷器古玩，还有烛台上点燃的檀香，更是给这个房子增添了一种厚重，仿佛时间都流动得缓慢了。

张见悟性好，似乎明白了什么。

沈适的声音忽地低而沉："你信林郁吗？"

张见："信。"

沈适笑了一声："我也信。"说罢，对着厨房道，"萍姨，开饭吧。"

厨房里的两个人正仔细听着，老张比当事人还紧张，出了一头汗。萍姨笑话了两句，从厨房走出来道："就等您这话了。"

饭桌是长方形，八人座。

自从沈老太太去世后，家里的一些规矩都废了。沈适搬来了梨园住，萍姨不放心也跟着过来了。这么多年相处下来感情自然是有的，一起吃饭成了常事。

楼下的暖气没有楼上好，时而有风。

沈适穿的睡衣稍微有些薄，他没忍住咳嗽了几声，看了眼时间，不过七点半，便从沙发上站起来，道："你们先坐下吃吧，我上去一趟。"

"要我陪您上去吗？"张见问。

沈适好笑。

"我是已经七老八十了吗？"他道。

张见："……"

沈适忽然一本正经起来，摸了摸胡楂，想起早上照镜子，里面的那个男人一副沧桑至极的样子，问张见："你看我像多大了？"

张见微怔。

算上今年，沈适已经三十七岁了。印象里，从三年前起，他身边也没再出现过别的女人，常年在梨园住，新闻上很少再见到他的消息。

"男人三十而立，您正当年。"张见斟酌道。

沈适笑，转而上了楼。

他又洗了把脸，胡乱擦干，点了根烟抽起来。窗外的天半明半暗，灰沉沉地笼罩着一层霾，怎么都看不清远处的山。

香烟半燃，烧到了手，沈适才猛然惊醒，目光清醒又混沌，匆忙之间摁熄了烟，回过神来。房间又是一片寂静，静得一个声儿都没有，他独自待了一会儿，这才下楼。

走到楼梯拐角，他停了下来。

楼下萍姨在说话，重重叹了口气："这屋子太大太静了，有时候静得人发慌，也不知道他是怎么待过来的。"

老张半摇着头："沈先生这样迟早把自己搞坏。"

萍姨"哎"了一声："你跟着这么久了，真的就没有合眼缘的女孩子出现过？"

老张欲言又止。

"出现过，又走了。"

张见没太听懂，跟着道："沈先生还年轻，正是做事业的好时候，再说这种事得看缘分，您二位是不有些太心急了？"

萍姨拍了一下张见的头："这年纪人家儿子都该读初中了。"

张见："……"

老张："你也得抓紧。"

张见："……"

萍姨看了一眼窗外白花花的天，感叹道："自打我搬过来，就老觉得这屋子少点什么一样。"

"少啥？"张见问。

萍姨说："少个女主人啊。"

背后窗口有风渗进来，沈适咳嗽了一声，惊得楼下三人抬头，行起注目礼，一路跟着他下楼来。

"都愣着做什么，吃饭。"他笑着说。

清晨 7:19。

书店是真的暖和，刚进来就热烘烘的。

毛毛脱掉外套，搭在柜台后的树形衣架上，扫了一眼这屋子里的书。她站在一排书柜前，抬手轻轻触摸。

"真不敢想象，陈迦南开了一家书店。"毛毛感慨。

陈迦南抖落外套上的雪花，笑了一下，抬头看了一眼这屋子，忽然想起很多很多年前，陈荟莲给她买小学课本的样子。

那一年，她爸刚走。

陈荟莲没有工作，也没有争取到丈夫的赔偿金，她们过得很艰难，艰难到一年级的十几块钱学费都拿不出来。开学去书店买课本，钱不够，陈荟莲和老板说了很久，当时站在太阳底下，被晒得通红，点头哈腰，走出几步还回头道谢。她至今都难以忘记。

后来读大学，有一次和周逸聊起。

周逸那时候喜欢读蒋方舟，借花献佛道："亲情里最刻骨铭心的不是父母的伟光正，而是父母卑微、猥琐、慌张、无助、茫然的镜头。"

后来才知道，这句话是蒋方舟她妈说的。

好像经历过最亲之人的离世，陈迦南总变得特别容易忧伤，想起就会哭，活着的时候也不能再叫一声妈了。

陈迦南擦了擦眼泪，对着毛毛笑。

"我妈的理想生活就是开一家书店，每天翻翻书，喝喝茶，晚上熄灯走回家，不急不忙，钱也够花，最好再养一只折耳猫，肥肥胖胖。"

毛毛立马问道："你的理想生活呢？"

陈迦南扯了扯嘴角，说："这几年我尝试过很多方式，好像都不怎么好，现在开一家书店，每天藏在这里面，我觉得挺好。"

"你用了个藏？"

"能别咬文嚼字吗。"陈迦南说。

毛毛："没有谁不喜欢自由，只是很少有人去做。你想要过喜欢的生活，就得牺牲安全。不愿意牺牲？那就活该平凡。"

陈迦南沉默。

"你的口才是卖保险练出来的吗？"陈迦南问。

毛毛："……"

陈迦南莞尔："不过，您说得对。"

毛毛从身旁的书柜里随手抽出一本书，胡乱翻开一页，读了起来："作家长时期地写作，会使自己变得越来越软弱、胆小和犹豫不决。"

"你干吗？"

"你的作家朋友周逸大概就是这样一个人吧。"毛毛轻晃着书道，"别以为就你们考研究生了，老娘当年也考过，报的还是复旦呢，付出的不比你们少。"

陈迦南着实吃惊："都没听你说过。"

"好汉不提当年勇。"

陈迦南："……"

毛毛说完笑了："后来倒是上国家线了，不过那一年复旦的分数线太高了，考高分的也太多了，我们学校推荐我读本校研究生，老娘没去。"

"为什么不去？"

毛毛："心太高。"

陈迦南没有说话。

"有一段时间我很自卑、消沉，也很嫉妒，不愿意看见别人过得比我好，我就拼了命地挣钱。当时有一个关系很好的同事，抢了我的单子做了主管，我都快哭了。"

"有一种嫉妒，是同事的晋升，哪怕是她凭借自己的努力争取到的。"毛毛低声笑了笑，"后来我找到一种平衡的办法，才能活得像现在这样坦荡。"

陈迦南问："什么？"

"给钱我就说。"

陈迦南无语道："你回吧。"

毛毛爽朗地笑了出来。

"其实只要前行，你有自己的信仰和目标，就不会害怕失败，不会害怕同类的进步，不会嫉妒，还会发自内心地祝福他人。因为你心里有更崇高的目标，也就不会慌张，而且，总有一天你会到达。"

陈迦南歪着脖子："刮目相看啊毛舜筠。"

毛毛的情绪被渲染到一定程度，笑意戛然而止，目露凶光，盯着陈迦南，眼睛微微眯了起来。两人似乎终有一战，蓄势待发。

店门忽然被人推开了。

这么大的雪，按理来说很少有人出来逛街，更别提来书店，陈迦南都做好了今天独守空闺的准备了。

来者是一个年过半百的老人。

陈迦南瞥了一眼他的穿着，厚厚的棉衣上套着清洁工人马甲，围脖绕了一圈又一圈都快捂住嘴，穿着笨重的棉靴，样子有些清瘦，像个文化人。

老人进来，朝四周看了几眼。

毛毛放下书，拿出溜嘴皮子的本事，自顾招呼道："店里很暖和，您可以脱掉外套，多待会儿。"

陈迦南："我去倒水。"

老人客气地笑了笑，说着岭南当地的方言："雪太大了，外面的店大都关着门，你们咋还开着呢？"

毛毛："闲着也是闲着。"

"年轻人勤快点好。"老人看了一眼她俩，"你们俩自己开的店？"

陈迦南这时候端上水递过来。

毛毛接上话道："她是老板娘，我就是个打杂的。"

老人握着热水杯，看了一眼陈迦南，对毛毛笑着说道："我咋看你像老板娘，这姑娘，不像。"

陈迦南笑，看向毛毛："您聊着，我去干活。"

她转身走向衣架，拿下挂脖围裙，一边系着一边从柜台走出去，手里拿着打扫书架灰尘的小鸡毛掸子，动作轻缓。

门口书桌上，毛毛和老人聊得正起劲。

陈迦南专心扫书，有的需要一本一本地放好。她忙了会儿看见毛毛刚翻的那本书，拿过来看了一会儿，又重新放好。

红漆木窗外，雪花飘飘洒洒。

陈迦南想起毛毛评价的周逸，敏感也好，痛苦也罢，至少现在那姑娘身边有一个一直朝她在走的何东生。

毛毛忽然喊她："小南，倒水。"

西城往事②·一天

陈迦南偏头看过去，毛毛正拿着手机，好像在给老人看什么。她放下掸子，走过去，细听，好家伙，这女人正推销保险呢。

她胳膊肘撞了一下，唇语："你干吗？！"

"给叔叔倒水。"毛毛给她使了个眼神，对老人道，"这一款真的特别适合您这种中老年人，绝对划算，要是不相信我，这家书店就在这儿，您可以随时来找我。"

陈迦南狠狠瞪了毛毛一眼，去倒水，完了回来这女人嘴还没停，垂下手掐了一把，看见毛毛倒吸一口冷气。

"您可以和家人商量再买，不急。"毛毛最后说。

老人从椅子上站起来，想了想说："我老伴已经不在了，这事得问我儿子，我就在这一片扫地，等晚上下了班我和他说说，行不？"

陈迦南很快接嘴："您不买也行，这店随时来。"

老人大大方方地回笑，握着水杯又喝了一大口，往门口走去，推开门的瞬间又回头对她笑笑："谢谢你的水啊，姑娘。"

等到书店里再次剩下她俩，毛毛气晕了。

"我这儿可不是你的战场。"陈迦南先声夺人。

毛毛理亏，还是忍不住道："瞎聊嘛，这不就顺嘴给说上了，你也知道，我这一开口停不下来。"

陈迦南冷哼："真的是顺嘴吗？"

毛毛抿抿嘴："一点点人为吧。"

"你可真行啊毛舜筠，老人你都不放过，这么冷的天进来取个暖，硬是被你给说走了。"

毛毛反驳："说得好像我是骗子一样。"

陈迦南道："这是一间书店，每个进来的人本意都是买书，你横插一脚就是强拉硬拽，还不如骗子。"

毛毛跺脚："你居然……"

"再不好好干活，我嘴巴更狠。"

毛毛："我去写今日推荐。"

"这还差不多。"

"字很丑，气死你。"毛毛冷哼。

柜台的电脑这时候响了一下。

陈迦南的"一间书店"有一个同名微信公众号，每天都会推荐几本书，这还是当时周逸帮忙做的宣传，有她的读者会来公众号买书。

这条消息来自"一只流浪的猫"。

茫茫人海，不知道这个人是男是女，从对话看像是一名男士。自打书店开张，对方每周都会来买书。

"上周你推荐的书看完了。"

陈迦南回："好看吗？"

"还不错。"

"你看书速度很快。"

"我看书一直很快。"一只流浪的猫回。

陈迦南笑："很有自信。"

"这周有什么推荐吗？"

陈迦南思考了一会儿。她自己也没想过会开一间书店，更何况读过的书甚少。为了写每周的书单推荐，只能恶补。幸好她偏爱野史和传记，经常会在需要的时候充个数。

"有兴趣的话，读余华吧。"她说。

一只流浪的猫回了个"好"，就下线了。

陈迦南松了一口气，趴在键盘上，抬头看了一眼这间小而逼仄的书店，慢慢扯扯嘴角笑了笑，一抬眼就看见毛毛奇怪地望着她。

"你干吗？"

"你管我。"

毛毛白眼一喵："谁乐意管你啊，别沉迷网恋。"

陈迦南忍住笑："我这么大人了，怎么可能呢。"

"六十岁的大妈现在都装小姑娘网恋呢，你才多大。"毛毛说完"咦"了一声，道，"刚刚那叔叔虽然工作辛苦吧，长得其实还挺帅，说话也挺有范儿。"

"你干吗？想给哪个阿姨介绍对象啊。"

毛毛不以为然："说不定人家还是个退休干部呢，闲得慌出来干活，儿子保不齐也是个 CEO，再说，那叔叔的姓也挺喜气。"

"姓？"

"对啊。"毛毛说，"姓祝。"

我自己的 陌生人

第 二 章

清晨 7:22。

因为沈适在，饭桌再次安静下来。

他在睡衣上穿了件外套，整个人显得有些清瘦，眉目间有些许掩藏不住的平和，吃饭的时候也不太说话。

萍姨吃了几口菜，停下手里的筷子，说道："早上老张买了一些青菜和一条多宝鱼，中午咱吃米饭吧。"

沈适低头吃着，顿了顿道："您看着做。"

"一会儿是要出去吗？"萍姨问。

"嗯，去接小西。"

萍姨笑了笑说："这两天不见它，我都有点不习惯。"

张见闻声，看了一眼老张。

"沈先生养的猫。"老张小声说。

简单吃了一点，沈适搁下饭勺，站了起来，对张见道："一会儿你跟我去吧。"说完上楼去了。

等他走远，张见问道："沈先生还养猫？"

"好像是朋友从南边寄过来的，算起来，都四年多了，沈先生很看重，你可别大意。"萍姨叮嘱。

"我知道。"张见说，"谢谢萍姨。"

"一会儿出去开车别太快，沈先生喜欢慢。地址我发你微信了，不远，沈先生要是不去公司，一个小时就回来了。"老张接着说道。

张见翻着手机，多看了一会儿。

"快去开车吧，沈先生该下来了。"

张见一边拿着手机在按，一边往车库走去，嘴里还不忘回道："不会耽搁，我买本书，很快完事。"

萍姨看着老张笑："还挺爱看书。"

"这小子。"

说话间张见已经走远了。

经过一晚上的冷风敲打，梨园的地面上又落了一层叶子，铺在后院的几棵大树下。院子被收拾得像个菜园子，沿着曲曲折折的小径，抬头就能看见被雾遮住的山，这半山腰的风景果真是美。

沈适换了件毛衣和西裤，就下了楼。

"穿这么少会感冒。"萍姨跟上来。

沈适："无妨。"

张见已经将车停在院子里，打开后门，沈适走过来低头就上了车，再关上车门，缓缓驶出梨园。

盘旋的山路弯弯绕绕，天也似灰暗。

沈适坐在车里，闭着眼睛。他穿着灰色的毛衣，清清淡淡的样子，戴着一副眼镜，透明的玻璃片后面，那双眼也淡漠极了。

张见看向后视镜，多瞧了几眼。

沈适慢慢睁开眼："怎么了？"

"还没见过您戴眼镜的样子。"张见笑着说。

"有什么不一样吗？"

"这要放在二三十年代，像一个民国读书人，斯斯文文，都可以和闻一多、徐志摩较量一番。"

沈适没听过这种言论，倒是笑了。

"你很喜欢读书？"他问。

"除了给您当秘书，最喜欢的事儿也就是读书了，平时没事儿就翻开看看，总不能太闲。"

"读什么书？"

张见开车的速度又放缓了些，道："外国小说偏多一些，也爱读野史传记，觉得新鲜还有意思，最近准备看余华。"

"这么喜欢读书，不陪女朋友？"沈适问。

张见顿了片刻，笑笑："分手了。"

沈适沉默，看向窗外。

张见道："有时候不太理解她在想什么，也猜不出来，挺难捉摸的，搞不明白，不知道怎么做才好。"

沈适抬眸："还喜欢？"

"喜欢有什么用，人家不喜欢我了。"

沈适半晌才道："女人是挺难捉摸。"

"不过还好，分手了也轻松了，不用再想着每天怎么哄她开心，有时候真挺累，想想还是挺渣的。"

沈适皱眉："渣？"

"是我，我渣。"张见干涩地笑笑，"刚分手居然觉得轻松，也没有想着怎么去挽回，您说我是不是挺渣的。"

沈适："分多久了？"

"两天。"

沈适："她也许在等你电话。"

张见："您跟我说笑吧，分手是她提的，我们都一个多月没见面了，还是微信分的手，干净果断，怎么可能还会等我电话。"

沈适："女人大都口是心非。"

张见听罢，没有立刻说话，反而沉默了。

"我们是大学同学，不同系，她是那种比较文静的女生，倒不是第一眼有多惊艳，就是很耐看，心事也多，老藏着不说出来，相处久了也挺累。"

沈适："她不说，你也不问？"

张见："怎么会不问，问了也不会说。她太敏感又好强，巴掌大的小事都能脆弱半天，您说我能怎么办。"

沈适笑了笑。

"难怪会分手。"沈适道，"她不说不代表不想说，可能有很多难言之隐，这个时候更需要你，而你却不知道怎么办，不分手还等什么。"

张见抿紧嘴，吸了口气。

"有个问题不知道该不该问？"张见道。

沈适抬眼。

"您有过特别喜欢的人吗？"

沈适眸光半闪，嘴唇轻轻张开，目光缓缓落向窗外的小山，声音比刚才低了许多："好些年前的事了。"

张见犹豫道："她和别人结婚了？"

沈适："分开太久，谁知道呢。"

"您难过吗？"

沈适慢慢垂眼，轻笑一声："或许像你一样，分开时觉得轻松，时间长了，有的人就忘了，有的人想回头都不知道路在哪儿。"

这声音听着苍凉，张见不再问。

很快就到了山下，开了两条街，才到那家宠物医院。医院不大，是一个小小的，看着很普通的私人诊所。

沈适道："你在车里等我。"

他说完下车，走了进去。

医生年纪大，视力却好，老远就看见沈适走过来，对着身边的一个穿着白大褂的女孩子道："去把小西抱出来。"

沈适走近："梁叔叔。"

"今天来这么早，我这才刚开门。"梁老医生说着笑了笑，"手术很成功，这几天注意饮食清淡一点。"

沈适轻轻"嗯"了一声。

随着一声长长的软软的"喵"，小西窝在女孩怀里，看见他，仰起脖子，蹭着身子，嗖地蹦到他怀里。

沈适接了个正着，抚摸着它的头："还这么皮。"

"它这算乖的，昨天来了一只花猫，把我这都要掀翻了，到处蹦跶怎么都抓不住，我这把老骨头可经不起折腾。"

沈适笑笑："您也该安享晚年了。"

"闲不住的命。"老医生摆摆手道，"我这一天不做个什么就全身痒得慌，忙起来人也就充实了，倒是你，也该找个人过日子了。"

沈适抱着猫，猫蹭着他的毛衣，毛衣被拨来拨去，他低头看着猫，一边轻抚，一边无所谓地笑道："一个人习惯了。"

"这可不是好习惯，总归得有个人在跟前，嘘寒问暖，这才叫有生活气。"老医生说，"要不我孙女……"

沈适无奈："您别折煞我。"

"我也就那么一说。"老医生摇头笑道，"像你这种惦记着别人的人，我可不放心给你介绍对象。"

沈适笑了，说了两句便回到车上。猫窝在他的腿上，舒服地趴着睡，也不叫一声，难得地乖。车子稳稳开起来，猫一动也不动。

张见道："沈先生，这就是小西吧。"

"嗯。"

"您养得真乖。"

"前两年公司很忙，我不怎么在家，都是萍姨喂的，和我也不大亲近，今年才慢慢好一点。"

"您怎么会想起养猫呢？"

沈适抚着小西的毛，弯弯嘴角："缘分吧。"

"还是一只折耳猫。"

"是啊。"沈适道，"刚送过来也就巴掌大。"

张见笑了一声。

"很好笑？"

张见顿时收了笑意，讷讷道："就是觉得您话不多，可是说起小西的时候，和平时有些不太一样。"

"你见我才两个小时不到，哪里谈得到平时。"沈适说。

"以前虽然没怎么见过，但您的为人我是知道些的，做事果决，眼光独到，要不怎么能把沈氏做得这么好。"

"是吗？"沈适问。

小西忽然叫了一声，又趴着了。张见看了后视镜一眼，笑了，看了眼时间，问道："沈先生，我们现在回梨园吗？"

沈适又恢复了淡漠的样子。

"去公司吧。"他说。

清晨7:39。

毛毛写好小黑板上的每日推荐，放在门口，转身进了店里，一抬头就瞅见陈迦南的目光赤裸裸地看过来。

"你干吗？"毛毛缩起脖子。

陈迦南道："要不今天的公众号你写吧。"

毛毛提提眉毛："你没墨水啦？"

"想不出来写哪些书。"

"现在去书柜挑几本不就好了，实在不行就写书的简介，还省得你自己想推荐语了。"毛毛提议。

"照搬简介，有点没诚意，公众号的读者还是一笔小金库呢，一个个火眼金睛，只要真心是好书，他们一定会买。"

"你还挺挑剔。"

"这叫眼光长远。"

毛毛缓缓叹了口气："要不给你问问周然？可是我不想问他。"

"怎么了？"陈迦南问道。

"一点小矛盾。"

陈迦南长长地"哦"了一声："难怪这么早跑过来，原来是吵架了，你不是说两个人吵架从不过夜吗？"

"深更半夜吵起来，当下又不能平复。"

"周然没什么脾气啊，还能吵起来？"

"那是我没脾气。"毛毛说。

陈迦南："？"

"我心情好，他就心情好，我发个脾气，哪怕无理取闹一点，他也接不住，本来想等着他哄哄我就好了，可他的状态只会比我更差。"

陈迦南皱眉。

毛毛干笑道："你说我总不能一直积极向上吧，我也有耍性子的时候，控制不住自己脾气的时候，他就不能包容一点低个头吗？"

"怎么耍性子了？打个比方。"

毛毛："……"

"这种事情怎么打比方，女生不都喜欢无理取闹，我又不是多懂事的圣贤。"毛毛哼了一声，"现在我知道为什么会有姐弟恋了。"

"为什么？"

毛毛一副失望的样子，道："有些男的就喜欢被哄着，不用费尽心思去讨好年轻幼稚耍性子的女生，轻轻松松就可以从年长的姐姐那儿得到温暖和包容。"

"也许你说得对。"陈迦南道，"可是感情这东西是需要互相理解的，你知道周然怎么想吗，别这么早下结论。"

"他就希望平凡生活，轻轻松松简简单单。"毛毛苦笑道，"他不知道生活是需要苦心经营的，哪怕再简单再平凡。"

"你俩应该好好聊聊。"

"等着吧，他不会主动。"

"那你当年喜欢他啥？"

毛毛想了很久。

"大概是稳重，工作也好，对我还不错，很多事都会听我的，脾气看着还行，就是被我挑起来会有点受不了。"毛毛说，"这些我当时觉得自己可以接受，我尽量不要性子就行。"

陈迦南道："你想得可真通透。"

毛毛忽地鼻子一酸："可是我已经很努力了，有时候就是控制不住会要要性子，就这一点他都没有耐心。"

陈迦南走过去，抱了抱毛毛。

"好了别难过。"陈迦南说，"有什么你就直接和他说，别憋着，到时候痛苦的还是你。"

"要不是你惹我哭，我才不想。"

"不提了不提了。"

毛毛擦擦眼角。

"别有太多期望，就不会失望了。"陈迦南说。

毛毛鼻子又一酸。

"好了，这事过了。"陈迦南忙道，"咱刚说什么来着，不是要找书写公众号吗，我们分头去书柜找好吧？"

毛毛望了她一眼，一边往书柜走一边道："所以女人一定要有自己的理想和工作，要不然就太痛苦了。世界上哪有那种只羡鸳鸯不羡仙的爱情，都是缺点一身的人，想要结婚生活，你就得先说服自己去接受那个人的所有不好。"

陈迦南没接话。她站在一排书柜前面，从最上面的书慢慢找，视线定在了一本书上，目光却好像穿透了一般，定格在某个时空。

好像那年也是今天这样，飘着雪花。沈适靠在车前盖上，低头在看手机。她从学校出来，走过一个街道，远远就看见他站在那儿，雪落在黑色的大衣上。

那是他们认识不久，他接她去练琴。

路上拐弯抹角说起林易风老师，他淡淡地笑笑："姑父这辈子大概都不会结婚，一个人倒也清闲。"

她当时问他："你呢？"

他笑笑又说："我大概也不会。"

"为什么？"

那一刻他的样子有些模糊，他似笑非笑地道："哪有那么多为什么，我这人一身坏毛病，真要是娶了老婆，不是糟蹋人吗。"

"你家人不着急？"她这句是故意问的。

他说："很着急。"

她看不懂他。

他后来对她笑了笑，说："你不一直觉得我不是什么好人吗，孤独终老不正合你意。退一步讲，我这种人结不结婚都一样。"

"什么一样？"

他笑笑，没再多说。

大概那时候他们都以为不会遇见那个能誓死相爱的人，大多是将就着凑合过日子，为了其他人，或父母，或祖亲，或利益。

陈迦南发了很久的愣。

毛毛叫她都没听见，直到被推了一把才回过神，听见毛毛问她："《穆斯林的葬礼》怎么样？还是茅盾文学奖。"

她平静地道："行。"

"张爱玲的《流言》？"

"行。"

"三毛的《雨季不再来》？"

"行。"

毛毛把找出的几本书放在桌子上，看着她："你有点不在状态啊，咱俩是不是本末倒置了，该忧伤的是我好不好？"

"想点别的事，就三本吗？"

毛毛灵机一动："要不今天就写三毛的专题怎么样？"

"很多人都喜欢三毛，她的书也读不腻，我觉得挺好，那就写她吧。"陈迦南说，"你挑几本代表作配个图。"

"指挥上了啊，有薪水吗？"

"晚上请你吃饭。"

毛毛耷拉着肩膀："都没什么胃口。"

"别因为吵架饿着自己啊，他又不知道，你这么糟践自个儿有什么用吗？指望他心疼你啊。"

"他才不会心疼。"

陈迦南："……"

"他要是十点前不主动，我就把手机砸了。"

"你能舍得啊？"

"你给我买。"

陈迦南："……"还是先写公众号吧。

陈迦南看了眼时间，对毛毛道："我出去一下很快回来，大概四五分钟，你看着点别乱跑啊。"

没等毛毛问，她就出去了。

外面的雪小了一些，飘在行人的脚印上，还能看见一圈浅浅的印迹。陈迦南走到最近的一家早餐店，排队买粥和葱花饼。

她前面站了两个人，或许是赶着去上班，都戴着厚厚的帽子，穿着棉衣，不住地哈着气，跺着脚，还玩落在衣裳上的雪。大概是南方待久了，下点雪就觉得新鲜。

买了早餐，她原路返回。

隔着几十米的距离，陈迦南看见有一个穿着绿衣服的女孩子，背着书包，站在书店的门口，正仰头，抻长脖子，仔细地看着那张招聘告示。直觉告诉她，这姑娘会留下来。

陈迦南加快了步子，走上前去，近至两米，才开口问道："你在找工作吗？要不要去里面谈？"

女孩子偏头看她，也不说话，戴着口罩，只能看见那双眼睛，不太明亮，倒是有一些忧伤在。那目光迟疑了一下，然后点了点头。

陈迦南推开店门，将早餐递给毛毛。

"生气归生气，人不能饿着。"她说。

毛毛垂眼："还是你对我好。"说罢看到随后进来的女孩子，条件反射道，"想买书随便看啊。"

陈迦南小声道："来应聘的。"

毛毛恍然。

陈迦南转身对那个女孩子道："我们坐那边谈吧。"

桌子上不知道什么时候放了两束花，陈迦南下意识地看向毛毛，后者咬着葱花饼对她挤了挤眼，大概是她刚出去买饭，毛毛出去买花了吧。

女孩子有些紧张，口罩没有摘。

陈迦南先开口道："你先介绍一下自己吧。"

女孩子坐得很直，小心翼翼道："我可以不摘口罩吗？"

陈迦南有稍许意外，还是应允了。

"谢谢。"女孩子的目光看起来特别真诚，坐得直直的，声音很好听，"我叫倪小智，在京阳读的大学，喜欢书，也喜欢在书店工作……没有工作经验。"

陈迦南问道："短期三个月，长期不限，你能做多久？"

"很久。"这话说得干脆。

"工资和京阳不能比，没有实习期，朝九晚五，一个月两千八，如果你可以接受的话，现在就可以上班。"陈迦南说得很快。

毛毛惊叹她这速度，隔空点赞。

"我可以。"倪小智回答得也快。

"你住家里吗？"陈迦南问。

"朋友家。"

"那现在就工作吧。那边有柜子，书包可以放里面，还有你的一些贵重物品，可以锁起来，以后叫我陈姐就行。"

毛毛忽地举手插话："叫我小筠姐。"

陈迦南忍不住笑，却见身后倪小智还愣着。

"怎么了？"陈迦南问。

倪小智犹豫半晌，道："我能一直戴着口罩吗？"

毛毛瞬间抬眼看过来。

陈迦南平静道："你是有什么不方便吗？"

倪小智沉默了半天，抬头看了她和毛毛一眼，倏然红了眼，刹那间眼泪就流了出来，淹没在口罩里面。

"我一脸的痘痘，不好看。"女孩低下头，小声说。

早晨 7:49。

张见的车速并不快，有老张的七分稳重。

沈适一直在低头逗猫，偶尔抬头看一眼窗外，又毫无波澜地收回目光，镜片后面的那双眼睛淡漠疏离。

到公司后，需要处理的事情并不少，沈适从进办公室就一直是忙碌状态，开会，各部门汇报工作，而那只猫就落在张见手里了。

这几年来，在外界眼里，以及新闻媒介的嘴里，沈适似乎是一个工作狂，哪怕是周末，也不会喘气一样，却也算是一个不太剥削劳动人民的好老板，至少加班也有高额的薪水，足顶两天的工资，员工们都争抢着做。

这一天是一年中最普通的一天。沈适依然和往常一样，一到公司就雷厉风行，开例会，安排工作，定指标，投资新项目，每一分钟似乎都是与金钱在赛跑，甚至也会有性格活泼的主管提议何时团建。

沈适笑得温和："赚够七个点，团建你来定。"

各部门主管又是一片哀号。

回到办公室，沈适又低头埋进一堆文件里，听张见汇报今天的行程和工作，不时地会皱两下眉头。

张见会意："沈先生，有什么问题吗？"

沈适的食指有一下没一下地敲着桌面，顿了几秒，才缓缓道："上个月的销售指标最后一名是哪儿？"

张见回道："淮西和炀朔都没有达标。"

"炀朔什么情况？"

"炀朔有三个分区，正阳、河谷效益都不错，而且这两个月的销售情况比淮北一带的几个分区都好，不过……"

沈适食指顿在桌上，抬眼。

"周经理的分区已经连续三个月亏损，拉低了炀朔的整体效益，所以排名靠后，平均来看不能算达标。"

沈适淡淡道："周经理……周然？"

"是。"

"他管的哪个分区？"

张见："岭南。"

沈适微微一顿，没有说话。他对周然这个人印象并不是很深刻，大抵知道是一个算是诚实会过日子的人，当年也是为了孝顺父母申请调去那边，后来他也就不再关心。以往那边的工作一般不会出问题，如果不是亏损得厉害，一般不会上报，他也很少知道。按理来说周然的工作能力不差，连续亏损更是罕见。

沈适沉默片刻，问："亏损原因？"

"应该是炀朔内部问题。"

"具体情况？"沈适皱眉。

"炀朔内部斗争比较激烈，存在打压现象，虽说三个分区泾渭分明，可是这半年来大局形势都不算太乐观，私底下可能会有一些利益纠纷。"

沈适道："你怎么看？"

张见想了想说："这三个地方的经理我都有过一个大致的了解，先不说正阳与河谷，单就岭南来看，虽然亏损，但每个月的亏损率有小幅度地下降，在其他两个分区的竞争下能下降一分半点不算容易，肯定也是吃过大亏，经得起风浪，不过具体情况还得具体分析。"

沈适"嗯"了一声。

"你对周然这个人有多少了解？"沈适问。

"听说孝顺父母回的分区，凭这一点不会差到哪儿去。"张见犹豫了一会儿，半笑道，"还听说是一个老婆奴。"

沈适愣了一下："结婚了？"

"都几年了，好像小孩都五岁了。"

沈适手掌不由得一紧："这你都知道？"

张见不好意思地笑笑："林哥说，秘书就等于百事通。"

"林郁倒是教了个好徒弟。"沈适道。

"这也算工作内容，不敢居功。"张见又变得一本正经，"客观来讲，炀朔的问题还在岭南。"

"如果是你，会怎么做？"

张见："先实地考察吧。"

沈适"嗯"了声："先去忙吧。"

张见走到门口，又被叫住。

"小西呢？"沈适问。

"门口小李抱着。"

"你抱进来。"

张见轻微颔首，出去了。

沈适保持着坐立的姿势愣了很久，好一会儿后，他看了一眼落地窗外的天，依旧是灰蒙蒙的，惨白惨白。

远处高楼的屏幕上播放着最新的爱情连续剧，这个时代还有十七岁的男生骑着单车给女孩子弹吉他，蹲在宿舍楼下喊某某，唱得撕心裂肺。不知道是不是上了年纪，沈适面无表情地看了一会儿，倒也不是很感慨，只是觉得好像真的老了，其实也不过三十七岁。

办公室的门被推开了，沈适微偏头。

小西先张见一步跑了过来，在沈适脚下蹭了蹭，沈适慢慢蹲下撸了撸猫毛，推了它一边玩去了。

张见说："沈先生，丰汇的凌总过来了。"

沈适侧头。

"你哪个学校毕业的？"他问。

"清华经管。"

沈适顿了半晌，道："老张的儿子认识吗？"

张见一愣。

"好像也是今年毕业。"沈适说完看了张见一眼，"不是百事通吗，不知道？"

张见支支吾吾了半天："这个是我的失误，回头我问问张叔。"

沈适又问道："萍姨说中午做什么饭？"

"做几个菜。"

沈适轻描淡写道："今天公司没什么太重要的事，难得这么清闲，你去开车，我们出去转转。"

张见："……"

沈适见他不动，问道："还有什么问题吗？"

张见这时候无论如何都说不出"丰汇的凌总还在门口候着，我们出门撞到怎么办"这样的话，老板都说难得清闲了。

"没有。"张见说，"我现在去开车。"

"把小西带上。"

从公司出来，阳光依旧惨淡。

张见开车从停车场出来，瞥了一眼后视镜，不由得感叹老板就是老板，云淡风轻地扫一眼丰汇老总，又云淡风轻地直接走向电梯，再次云淡风轻地对身边坐班的小李说："去查查今天预约处谁值班，自己写检讨。"

"老板。"张见一边开车一边道，"您为什么不同意丰汇的合作呢？"

沈适反问道："你觉得呢？"

丰汇集团虽说规模小，但实力也还算不错，有可取之处，合作的话只能说没什么坏处，至少会带来一些利益。论人品来看，丰汇的老总为人也过得去，这些年在生意场上也算值得交际，张见想不明白，还有什么不合作的理由。

"我想不出来。"张见老实说。

沈适眉目淡淡的："看来叫你百事通有点早。"

张见："……"

正说着，小西喵喵叫了一声，沈适低头轻抚，像是自言自语道："刚做完手术就别折腾了，乖乖待着。"

张见："小西好像是饿了。"

沈适看向窗外："车停路边，去买点吃的。"

张见从车上下来，一边往宠物店走，一边给老张发消息问有关丰汇老总的事情。老张直接打了电话过来，吓了张见一跳。

老张直接说道："跟着沈先生，不该问的别问。"

张见恳求道："您就透露一句行不行？万一我哪句话搭错了，老板不得杀了我，您和萍姨不愿意看到吧，再换个秘书过来你俩能适应吗？"

老张："叫沈先生。"

张见："……"

老张最后还是松了口："具体原因是什么我不清楚，我只知道几年前丰汇的少东家得罪过一个女人，那个女人是沈先生这么多年唯一一放在心上的人。"

张见："……"

回到车里，沈适闭着眼睛，已经拿掉了眼镜，看着似乎有些疲惫，不知道是不是昨晚没有睡好。

沈适是被车外的吵架声吵醒的。

张见正要开车，被他叫住："等等。"

沈适放下车窗，看出去。路边一个穿着背带裤的女孩子哭得正难过，一只手还拽着那个高个子男孩的袖子，小声哭泣。

沈适忽然回头："你和你女朋友为什么分手？"

张见怔了片刻，塌了肩膀："一点鸡毛蒜皮的小事，我们俩自尊心都挺强的，谁都不愿意先服软，她不找我，我也不找她，就这么分了。后来给她打电话，也没有消息了。"

"是吗……"沈适低喃。

"您别看我做事利索，其实挺怂。"

沈适嘲笑道："一个丰汇的事儿都办不好，还利索？林郁倒是教得你很自信，让人想不通，谜之自信。"

张见："……"

沈适笑笑："后悔吗？"

"当时赌气，完了想以死谢罪。"

沈适缓缓吐了口气，往座椅上一靠。

"给萍姨打个电话，说我们不回去了。"沈适淡淡道，"小西先寄放在这边，回头让萍姨过来接，你跟我跑一趟。"

张见："？"

"我们去实地考察。"沈适说。

独居的 一年

第 三 章

　　早晨 8:00。

　　雪已经慢慢小了，书店里温暖得让人平静。

　　陈迦南看着倪小智哭得难过，想起大学的一个室友，后来有一天就突然不和她们怎么来往了，一直一个人走，上课也戴口罩，也是因为青春期这可爱又可恨的痘痘。

　　毛毛递给倪小智一张纸巾："擦一擦。"

　　年轻的女孩子哭得稀里哗啦，眼睛瞬间就红了，细一看，还肿着，大概夜深人静的时候也会悄悄难过。

　　"这里就我和你陈姐，口罩拿下来擦吧，老捂着更厉害，痘痘也得透气啊，要不然更红了。"毛毛看得心疼。

　　倪小智听罢，慢慢扯下口罩。

　　看见嘴巴周围和两个脸颊那一圈红红的好像都化脓的样子，还有很多闭口，陈迦南倒吸了一口气，难怪要戴口罩，这就是烂脸。

　　"很疼吗？"她问。

　　倪小智缓缓地点头。

　　"你是喜欢吃辣还是过敏，怎么会……"陈迦南欲言又止。

　　倪小智摇了摇头："有一天忽然就爆痘，吃了中药也没用，后来还去了一家大医院去看，也没有明显效果。"

　　"医生怎么说的？"毛毛接话问。

　　"可能和遗传也有关系。"

　　陈迦南问："多久了？"

"有一段时间了，大概一个月。"

陈迦南问："常熬夜吗？"

"这些天总是失眠睡不好，毕业要找工作，晚上睡着也是半夜了。"倪小智说，"我知道不好。"

毛毛想了想说："我认识一个美容院的朋友，像这种情况千万不能用手抠，特别容易留疤，到时候顽固得比痘痘还难受，还是要早睡早起，中药就别再吃了，药效太慢，去医美。"

陈迦南扭头小声地问："靠谱吗？"

毛毛道："我觉得行，两个月彻底清除。"

"医美？"倪小智不太懂这个。

"找一个专业的医疗美容，就是价钱狠了一点，可以去做做小气泡，刷刷酸，让人家医生看看，别到时候真晚了留疤。"

陈迦南："你给小智推荐一个。"

"这玩意儿它是个慢活，咱一点一点治，没啥，谁还不长个青春痘，到年龄了自己也就下去了，别想太多，会好的。"

倪小智吸了吸鼻子，情绪好多了。

陈迦南笑："回头让你小筠姐带你去看，没事，心情要保持开朗才好得快，笑起来也好看，有的人心肠不好，再漂亮笑起来也不好看。"

倪小智勉强笑了一下："嗯。"

"别给自己压力太大。"陈迦南说着绕开话题，"外边下雪，又是周末，很多人不大爱出来，早上到中午店里都很安静，没事儿可以看书。"

"谈过男朋友吗？"毛毛问。

倪小智沉默了一会儿："刚分手。"

毛毛脖子都伸长了："因为长痘？"

"我没有让他见过我这个样子，也不敢面对他，他不会喜欢的，还不如早早就分了，让他记住我好的样子。"倪小智说得很慢，"我自己都不敢看我自己，别说他了。"

陈迦南拍拍倪小智的肩。

"有什么就和他说出来，他要是对你淡了说明这人不行，分了是好事。可你不说他也生闷气，难过的还是你，忘不掉的也还是你。"陈迦南说。

毛毛道："没事，还小，多谈几个。"

陈迦南笑。

"不过长痘也不见得是坏事。"陈迦南说，"中医上说，长痘的人不长斑。"

倪小智破涕而笑。

早晨 9:13。

那个清晨和往日一样，很安静。

毛毛曾经问陈迦南为什么要开一间书店，除了这是她妈妈的心愿，还有一个是寻找平静。因为周逸说，世界上最安静的地方就是书店。

书店的角落有一架钢琴。除了下午茶的时间，毛毛的儿子周晏康每天放学都会来和陈迦南学琴，她也会在夜深人静的时候弹一弹。

这几年外婆的痴呆越发严重，她每天的精力也实在不够，需要一个随时能走的工作，自己开家店算是最好的选择。她已经失眠很久了。

陈迦南愣愣地看着琴，听见毛毛喊她。

"弹一曲吧。"毛毛说。

陈迦南回头，笑道："想听什么？"

"平心静气点的。"毛毛说着，又看了一眼手机，没有未读消息，一副心事重重的样子，"我现在可浮躁了。"

"你想得太多了。"说完，陈迦南坐在钢琴凳上，顿了一下，抬头问倪小智，"小智想听什么？"

倪小智正拿着扫把没活找活，闻言说："我比较俗，对这些都不懂，但我听过《卡农》，书上说不管你的情绪是什么样子，听这首曲子都会变成你喜欢的样子。"

陈迦南笑，转身把手放在钢琴上。

琴声淡淡响起的时候，一间书店似乎又安静下来几分，只有轻轻的悠扬的调子在回荡，瞬间抚平这三个女人的身心。

倪小智伫立在书架旁边，手里还拿着扫把，目光落在陈迦南身上，听着琴声，窗外有淡淡的阳光照进来，像是在画里。

毛毛将手机放在柜台下面，趴在上面，一脸焦躁过后又安然的样子，暂时抛开那些夫妻间的烦恼，在静静地放空。

书店里今天太闲，毛毛没什么事，给自己主动找活，说："要不门口的小黑板我再用粉笔加几个字吧，'免费听琴'怎么样？"

陈迦南笑道："忙的时候哪有时间弹啊。"

倪小智说："我以后要是有了小孩也要让她学琴，总感觉有艺术气质，给人的感觉很不一样。"

毛毛笑问："那你觉得你陈姐给你什么感觉？"

倪小智说："一个有故事的人。"

陈迦南无声地笑笑，开始随便弹弹。倪小智打扫完卫生，用鸡毛掸子一本一本地扫灰尘。毛毛开机又关机，最后开始无奈地玩抖音。

也不知道刷到什么，毛毛忽然尖叫一声。

陈迦南和倪小智同时转头："怎么了？"

毛毛缓缓从手机里抬头，看向陈迦南，嘴巴张了又张，脸上的表情从犹疑不定慢慢变得沉重不安，不知要如何开口。

"你男神？"陈迦南猜测地想。

毛毛最近喜欢上了一个影视剧明星，喜欢到每天都会应援签到打卡的那种，风雨不歇。她此刻这种表情和态度，陈迦南率先就觉得是她的男神怎么了。

"我看到一个新闻。"毛毛开口道。

倪小智配合道："啥？"

毛毛看着陈迦南，呆呆道："要不你自己来看。"

陈迦南愣了一会儿，慢慢反应过来。

"和外婆没关系的话，我就不看了，你要觉得寂寞就和小智一起玩好了，行吗，毛舜筠女士？"陈迦南歪着头，淡淡地道。

毛毛郑重地摇摇头，说："我觉得你还是看一下比较好，你现在不看，今天总会在别的地方看到，那个时候你会怪我的。"

陈迦南犹豫了片刻，起身，走了过去。

毛毛一脸凝重地把手机递过去，陈迦南若无其事地接了过来，看了欲言又止的毛毛一眼，低头看向手机。

好像是瞬间，后背被抓住一样。

陈迦南拿着手机的手不可抑制地慢慢抖了一下，定定地看着短视频屏幕上的几行字：据消息，自京阳飞往炀朔的航班途中因故坠毁，沈氏集团董事长沈适不幸遇难。

脑子里嗡的一声，陈迦南整个人定住了。

她僵了几秒，将手机还给毛毛，声音变得一点起伏都没有："这种你也信？"说罢转身又往钢琴那边走去，脚步平缓、轻慢。

陈迦南脑海里闪过很多跟沈适有关的东西，印象最深的是有一次他抽烟的时候，她好奇地凑上去问他味道如何，而他却淡淡地对她笑笑，说："女孩子还是别抽，这不是好东西。"

她会傻傻地杠他："那你还抽？"

他慢条斯理道："我本来也不是好东西。"

那个画面至今在她脑海里挥之不去，像是回到从前，马路上，一抬头，他打着双闪，站在车前，笑着看她走过去。

倪小智大概听到了那条视频的消息，不敢猜测，只是沉默地看着那个瘦弱的背影。读大学的时候，她逛贴吧有听过沈适的流言，现在似乎还有些不敢确定眼前这个女人是否就是京阳第二十二条传说中那个女人。

早晨 9:05。

汽车缓缓开向机场，一路红灯。

张见订的是九点三十五的票，正常算下来一般二十分钟就能到机场。可是今天真的是奇怪，总是遇见红灯。

"你慢慢开，不急。"沈适说。

张见犹豫道："这样开过去，可能会迟到。"

"晚就晚了，重新订票。"

张见还以为沈适是在开玩笑，结果到机场后，沈适直接让他改签京阳到河谷，从河谷再出发，那趟飞机时间刚刚好。

他们坐在 VIP 候机室，沈适低头在看手机。

张见坐在旁边，在豆瓣找了一些余华的书，翻了几页打开某宝，选了余华的合集正准备购买，听到身边一个声音。

"买书？"沈适问。

张见："一个笔友推荐的，买来看看。"

沈适："你现在还谈笔友？"

张见笑笑："我挺喜欢这家书店的风格，老板是一个让人相处起来很干净很舒服的人，虽然认识时间不长，却有一见如故的感觉。"

"女的？"

"应该是。"

沈适看了一眼："一间书店？"

张见："对。"

"名字不错。"

"老板，你说这家书店会不会是一个年过半百的老太太开的，和她说话的时候总让人觉得很苍老，像洞察世事一样。"

沈适道："年纪不清楚，至少有故事。"

"故事或许还不少。"张见说，"对了，这家书店在岭南开着呢。"

沈适目光顿了一下。

"等忙完那边的事，给你放假。"他说。

张见道："岭南风景不错，算是南方偏北，听说这两天雪还挺大，蛮罕见的，您不一起过去吗？"

沈适抬眉："再说吧。"

"其实像这种问题也不能算是很大，找销售部门负责的经理就可以过去搞定，您又何必亲自跑一趟呢。"张见说，"所以我觉得您是有自己的原因。"

沈适目光轻晃。

"这是你自己琢磨的？"他问。

张见感觉说得有点多，又刹不住，只好道："差不多吧。"

沈适笑笑，不再说话。

候机室里人不是很多，他们的声音也不大。窗外都是来来往往匆忙赶路的人，机场的广播一遍又一遍响起各种提示。

登机时间终于到了。

从京阳到河谷需要一个小时二十分钟，沈适一上飞机就闭着眼睛假寐，却忽然听见一阵骚动，他皱着眉头睁开眼。

张见凑过来小声道："京阳到炀朔的飞机出了点小事故。"

"小事故？"

"好像是风力影响，问题不大，不过媒体大概捕风捉影说得有点严重，现在新闻可能不太平静。"

沈适又闭上眼。

"还有就是……"张见欲言又止。

沈适闭着眼问："怎么？"

张见说："对您可能有点影响。"

沈适沉默了一会儿，猜出了一个大概，道："说我出事了？"

张见没有想到老板说得这么直接，不敢接话。大概是哪家媒体知道他们去炀朔，又不知临时改签，那趟飞机出了一点小问题就开始登出各种新闻猜测。

沈适睁开眼看时间："马上起飞了，关了手机先睡一觉吧，下了飞机再说。"

他语气平静，想来也是司空见惯懒得处理那些事。张见却有些头疼，一想到下飞机各种渠道核实消息铺天盖地过来，就开始打战。

沈适的声音轻飘飘："发愁了？"

张见硬着头皮道："没有。"

"林郁遇到这种事也会头疼，不过公司的公关还不错，你不必太担心，要么直接关机。"沈适说。

"那我不得被吃了？"

沈适一本正经："吃人犯法。"

张见："……"

"睡会儿吧。"沈适说。

张见却有些坐立不安，做大老板秘书的第一天就遇见这种事情，不知道是好运还是霉运。

时间过得真的慢，张见不停地看手表。

过了会儿，沈适无奈地睁开眼："睡不着？"

张见说："还好。"

"林郁遇见这些事比你倒是淡定多了，你还有的学。"沈适说完又道，"嘉阳也应该下雪了吧。"

张见不明白沈适怎么说起这个，便道："这个季节下了。"

"你去过？"

"去过。"

"一个人？"

张见犹豫道："和家人。"

沈适点点头，问道："什么时候去的？"

张见道："高中毕业吧。"

"老张也说过那是个好地方。"沈适缓缓道，"他喜欢吃什么你知道吗？"

张见这会儿头脑正乱，已经是沈适说什么答什么了，随口就道："老京阳炸酱面。"说完噌地就愣住了。

沈适淡定地"嗯"了一声："这都知道？"

张见吸了一口气。

"我从国外读书回来，老宅派了一个司机给我，没两个月就被我辞了，后来就是老张，到现在我们认识已经十几年了。"沈适说，"一直听说他有个儿子，学习不错。"

张见："……"

沈适："你知道他怎么跟我介绍你的吗？"

张见摇头。

沈适笑道："他说他儿子上了一个一般的大学，不好告诉我，原来清华，算是一般的大学。"

张见迟钝了很久才道："您什么时候知道的？"

"早上他和我说起你还站在楼下的时候。"沈适想了想，"也算是直觉，现在不紧张了吧。"

张见想，这可比刚才的事情更紧张。

沈适笑："你爸也该退休了，需要你。"

张见慢慢"嗯"了一声。

"睡吧，该到了。"沈适说。

大概过了半个小时，飞机稳稳落在河谷机场。这是一个人流量并不是很大的小机场，天气干燥，风冷得刺骨。

沈适还没有完全回神，直接被冻清醒。他还穿着单薄的毛衣，眼镜片直接糊了一层雾气，手插在裤兜里，依旧冷得刺骨，一连打了好几个喷嚏。他回头看了一眼张见，还在一个接一个打电话。

沈适掏出手机看了看，直接转身没入人流里。等张见处理完媒体的事，再去找沈适时，才发现人已经不见了，电话显示已经关机，只留下一条微信消息：你处理吧。

张见："……"

河谷的风很大，路上车也不多。沈适等了一会儿才拦到一辆车，司机问去哪儿，他想了想说："麻烦暖气开大，随便转转。"

河谷这地方不大，马路却宽敞得很，路边就可以看到原野，原野的树干被风吹得摇晃，少许行人，和京阳大不一样，倒是让人心情舒畅。

"这边距离岭南开车多久？"沈适问。

"走得快的话，一个小时吧。不过岭南今天雪很大，高速封了，要过去得绕小路，这天不能走小路，那边有山，不安全，很少有人走那条路，还是坐火车过去比较靠谱。"

沈适想了想："附近有租车行吗？"

"前边就是。"

沈适道："我们去那儿。"

他身上现金不多，金卡又刷不了，抵了一只手表，开走了一辆SUV，一路飞驰，通向那条岭南小路。

早晨 10:07。

书店里三个女人各怀心事。

毛毛将手机关机，过了一会儿又开机。倪小智对着窗户看见自己的脸，面无表情地低下头，又拿着扫把干活去了。陈迦南坐在钢琴凳上，一首曲子错了又错。

窗外雪停了，慢慢跑出来点阳光。陈迦南老是弹错，便不弹了。她从凳子上站起来，去门口转了一圈，路上的行人渐渐多了起来。

毛毛也出了门，自身后道："你一直心不在焉。"

陈迦南平静道："我挺好。"

"真的？"

"真的。"

毛毛说："你的心还真是挺硬的。"

陈迦南没说话。好像这个时候，毛毛才发现此刻的陈迦南又像极了五年前的样子，故作冷漠，果然一提起那个男人就开始不一样。

毛毛感慨道："其实都过去五年了，以前的事也早该忘了，现在想来有些事只能怪造化弄人，不能说是你的错，也不能说是他的错。"

陈迦南："你今天话真多。"

毛毛抬起一只手拍了她一下，瞪着眼睛："你以为你心里想什么我不知道？还以为你真的放宽心要好好过日子，这些年好男人多的是，可你都不要，刚刚那一瞬间听见那个消息，你知道自己什么样子吗？"

"不是假的吗？"

毛毛道："我不知道现在这个样子对你而言，是好事还是坏事，可是小南，至少我没有见过一天你是开心的。"

陈迦南目视前方，白雪茫茫。这些年她寻了那么多法子获得平静，总还是午夜梦回的时候难以平静，想起些什么，又强迫自己忘记。

毛毛接着道："五年前那人找过我，他对你……"

陈迦南打了两下哈欠："困了。"说完进了书店。

毛毛无奈跺脚，跟着走了进去，又看了一遍手机，还是一个消息都没有，气得狠狠一摔，差点扔到地上。

陈迦南偏头："你主动打一个吧。"

毛毛气道："我不。"

"他可能这些天比较忙，顾不上你那么多，别要小孩子脾气，两个人之间总得有一个人让步。"陈迦南说。

"就不。"

"那你就等着吧。"陈迦南说着，手机响了，她接起，"你好。"

打完电话，陈迦南肩膀耷拉着。

毛毛问："怎么了？"

陈迦南皱眉道："本来说好要进的一批书今天就到，刚电话里说高速封了，走小路担心有山体滑坡，暂时待在河谷。"

毛毛冷哼道："肯定是想让你加点路费。"

"我偏不加。"

"那怎么办？"

"好像那边还接了别的单子，这样一折腾得两三天，书店等不得，总不能那两排一直空着吧，这才刚开张也不好。"陈迦南说道。

"那你打算自己过去？"毛毛问。

"我坐火车先把那批书卸下来。"

"现在？"

陈迦南沉吟片刻："就现在吧。"

"你一个人去？"

"要不你看店，我带小智去。"

毛毛噌地瞪眼："我和小智看店，你自己去。"

陈迦南："……"

她知道毛舜筠这个女人还在等老公主动打电话，不由得感慨结婚可真是个累人的玩意儿。

"就知道你会这么对我。"她哼道。

毛毛嬉皮一笑："理解万岁。"

陈迦南脱下围裙，从柜子里拿出包就往外走，刚推开门又回头对毛毛叮嘱："人家最多等我两个小时，我直接去火车站，中午你记得……"

她还没说完，毛毛已经接话："记得回家看外婆！赶紧走。"

陈迦南笑笑，出门拦车就走。

到车站后，她买了一张时间最近的票，刚好赶上火车。火车还是那种十年前绿皮火车的样子，摇摇晃晃，却让人觉得亲切。

岭南到河谷坐火车需要一个多小时，陈迦南一下火车就立马联系运书的人，匆忙往那边赶。

运书车在市区，赶去还算不晚。

对方是个四五十岁的男人，直接就说："你看这些书我给你卸哪儿？"

"现在？"

男人说："我还有别的货呢。"

陈迦南看了一眼车里的那一批书，有十几箱，想了一下便说："您先带我找个租车行可以吧，要不然卸这儿我怎么办？"

男人迟疑了两秒："我给你送岭南，你给我加点钱，高速又封着，小路危险也不好走，你觉得呢？"

陈迦南淡淡地问："多少钱？"

男人说："八百。"

陈迦南"哦"了一声："那您送我去租车行吧。"

男人："……"

于是，十分钟后，陈迦南和十几箱书一起落在附近租车行的门面跟前，脚底的风飕飕刮了起来，冻得她裹紧了身上的白色羽绒服。

陈迦南找了一辆小面包车，商量好价钱，车行的人帮她将书搬了上去。开车从车行出发的时候，河谷的天慢慢下起了小雨，冷风吹在身上直打哆嗦，她将车里的暖气开到了最大。

她对这边还算熟悉，只是很久没开车了，开得很慢，等绕到回岭南的小路时已经过去了二十分钟，有些糟糕的是，雨水也变大了。

路口写着一个牌子，谨慎通行。

陈迦南要从这条路回岭南，得绕进村庄，穿过周边一个个村子才行得通，这自然很耗时间，而且现在又是雨又是雪的也是真不好走。

那天也不知道是不是倒霉，她刚踏上小路，车就熄火了。陈迦南发动了好几次，就是不行。她从车里下来，淋着雨找原因，奈何是个半吊子，围着车绕了一圈也没摸清门路，最后只好联系修车行过来换车，自己在车里等。

这条路很窄，只能通过一辆车，怕什么来什么，没过一会儿，来了辆车，被陈迦南的车挡了道，她只好硬着头皮下车跟人说明情况。

雨水冲刷着车前玻璃，陈迦南看不清司机的脸。她站在那辆黑色的SUV跟前，敲了两下窗户，司机好像听不见一样，由着她一边嘴里灌着雨水一边喊。

"不好意思，我车坏了，您等等。"她弯腰低头看着那扇模糊的窗户，即使看不见车里的人，却依然在说，"不好意思。"

她穿着那件薄薄的白色羽绒服，没有雨伞，头发和衣服很快就被淋湿了，刘海贴在脸颊，眼睛被雨水浸得澄亮。

树枝随风飘摇，又是一年清清凉凉的冬。

我只想和你 说说话

第 四 章

中午 11:40。

雨水落在眼睛里，陈迦南抹了一把。

她弯下腰对着窗户往里看，又敲了几下车玻璃，车主像是在打电话，脸朝向一侧，似乎并没有开窗的意思。

陈迦南站直了，不想搭理了。

这时，车窗落下来，车主是一个四十岁左右，留着地中海发型的男人，扯着嗓子朝她嚷嚷："敲什么敲？没看见我在打电话吗？"

陈迦南没想到会被吼，愣住了。

那个男人瞅着劲儿又说："车坏了是吧，怎么开车的大姐，不会开车麻烦你别出来祸害别人，我这耽误一分钟你赔不起。"

陈迦南被气笑了。

她本来还有点内疚，这会儿被吼了一通反倒心气上来了，便优哉道："那真对不起，我车是坏了，我也不想修，这么放着也挺好，你要是赶时间，就自己想想办法吧。"

"你怎么说话的？"

陈迦南皮笑肉不笑道："看不惯走啊。"

"老子不想计较，你赶紧叫修车。"

陈迦南："不叫。"

"你再说一遍？"

"不叫。"

男人急了："信不信我抽你？"

陈迦南冷笑道："打女人啊？没出息。"

男人一听更火大了，一副准备下车的样子，手机却在这时响了，也不知道是不是那边催着，他咬着牙看她："你给老子等着。"说罢倒车，从路口退了出去。

陈迦南回到车里坐下，等着车行来人。她待了一阵，车行的人一直到雨水变小都没来。她叹了口气正准备下车看看，无意间瞥了一眼后视镜，后面又有辆车开了过来，好像还是刚才那辆SUV。

她心里虚了一下，有点害怕是那人真回来找事。

陈迦南有点埋怨自己刚才的意气用事，犹豫了一会儿，拨了110。这时那车已经拐了进来，停在了不远处没有动。

陈迦南明显感觉有目光落在了她车上。

她真的开始后怕了，还好已经报了警，她打算老老实实地待在车里，等交警来。

警察一到，雨又下了起来。陈迦南下了车，配合地回答交警问题，后面那辆车的车主也被另一名交警叫下车。

陈迦南刚好背对着对方，耳侧雨声淅淅沥沥，她隐约听到身后一道清淡的声音："交警同志，我只是刚好停在这儿休息一会儿，前面那位女士大概误会了。"

陈迦南不可置信，慢慢地转过身。

她看见记忆里那个男人，好像还是老样子，有种淡漠的温和。而后呼吸倏然一滞，仿佛空气都变重了，在朝她压下来。

雨水隔断了两个人的视线，稀里哗啦乱飘。

或许是感觉到那道目光，沈适忽然抬眼，后背猛然一僵，镜片后那双眼睛定定地看着五米开外的女人。

他有五年没见过她，说不出来哪儿变了。

沈适倒吸了一口气，静静地注视着陈迦南。他的嘴唇抿得很紧，像在看一样至宝物件。或许直到这一刻，他自己都说不清，为什么会来这儿，也许只是一个念头。

他看她也站在那儿，先是不知所措，而后慢慢放松下来，于是偏头对交警道："现在误会已经解开了，麻烦二位跑一趟。"

陈迦南身边的交警愣道："我这还没说话呢。"

沈适轻声道："我们认识。"

那个交警转头看陈迦南，不太放心道："你认识他吗？"

陈迦南缓缓塌下肩膀，平静地点了点头。

沈适从裤兜里掏出烟，给那俩交警一人一支，笑道："给二位添麻烦了。"

那是好烟，一支都不便宜。

两个交警对视一眼，道："既然解开了，赶紧修车开走吧，这地方停不得，高速封了，堵在这儿可就走不了了。"

沈适道："我们很快就走。"

等交警走了，沈适看向陈迦南。他似乎还有些紧张，深吸了一口气，轻不可闻，慢慢抬眼看她，道："这边项目出了点问题，我过来看看。"

多年不见，他谈吐间还是那样淡定。

陈迦南没有说话。

沈适又道："你还住在岭南？"

陈迦南依旧沉默。

沈适朝一边看了一眼，视线又绕回来，落在她身上，道："总不会一句话都不愿意跟我讲吧。"

陈迦南眯起眼睛。

他倒是淡淡地笑了，抬脚朝她走了过去。

陈迦南立刻挺直了身子，目光落在他身上，提防地看着他。

沈适抬眼："帮你看看。"

陈迦南侧了侧身子，不置可否。

距离她给修车行打电话已经过去一段时间，交警都来过又走了，修车工还没有过来，再耽搁，这条路一会儿真堵了。

沈适检查了一下点火和起动机，看向陈迦南："你往旁边站，我试试能不能开出去。"

陈迦南皱眉，这才道："我试了，行不通。"

沈适笑："我不还没试？"

陈迦南抿紧嘴，朝后退了一大步。沈适将她的举动看在眼里，径直打开车门坐上去，看到手动挡，不禁感慨，多少年没开过了。

他试着踩离合器，挂好排挡杆，又松掉离合器，利用车速带动发动机，将汽车稳定住，慢慢地往路边退出去。

陈迦南看得一愣，怎么他一试就行？

沈适将车子开了出去停在路边，重新试了一下发动机，又熄了火。他打开车前盖检查了一下，又合上。

陈迦南跟上前，又隔着几步，问："好了吗？"

沈适偏头："问题有点大。"

"不是能开了吗？"

沈适问："你有多久没开车了？"

这车是刚租来的，还是个小面包车，想来很少有人租这种，应该很久没人碰，她那会儿上车还觉得里面潮潮的。而且这几年她也很少开车，自然生疏了。

沈适道："这车应该很久没开过了，油路有些堵，电路也出现了问题，现在发动机时好时坏，重新启动会有危险。"

陈迦南："……"

"这是手动挡，你开得熟练吗？"她问。

沈适难得揶揄："难道刚才是鬼开的车？"

陈迦南："……"

沈适看她一脸怀疑，走到车前盖跟前，打开，指着道："刚刚点火的声音很小，也慢，电瓶也有点小问题，你听得出来吗？"

陈迦南："……"

沈适："你听不出来。"

"那又怎么样？"

"那就是说如果你继续开车的话，你觉得你能安全开到家吗？我不觉得。"沈适慢慢道，"你开车来这儿做什么？"

"不用你管。"陈迦南说。

沈适扫了一眼后备厢："那些箱子里都装的什么？"

"说了不用你管。"

沈适看她一眼，走到车后面，作势就要打开。陈迦南跟着走过去，抬手就要拦，他淡淡地放下手。

"一会儿雨可就大了，你确定要待在这儿？"他轻声问。

陈迦南站了十几秒，慢慢道："都是书。"

"你买的？"沈适说着，打开后备厢，掀开纸箱，看到一本一本新书，脑海里闪过什么又稍纵即逝，又问道，"买这么多书？"

陈迦南不愿意回答，只是"嗯"了一声。

沈适看了眼时间，说："把这些书挪我车上，你去哪儿，我给你送过去。"

陈迦南："……"

她问道："你不是来这儿做项目吗？时间宝贵，我还是不麻烦沈先生了，我等修车的来。"

"修车的不会来了。"他说。

陈迦南疑惑："我打了电话的。"

沈适抱起一箱书，一本正经地胡诌道："我从那边过来，出了点事故，堵着路了，一时半会儿过不来。"说着已经搬起箱子往自己车里放。

陈迦南眼看着他已经搬过去两箱，还是站在原地未动，她不知道此刻她应该表现成什么样子才算正常。

她看着他的后背，道："你车空间小，装不了。"

沈适抱着箱子，头也未回："挤挤总有地方。"

"书压坏了我怎么卖？"她一时口快。

沈适将箱子放下，回头："卖书？"

陈迦南平淡道："我现在就是个卖书的。"

沈适沉默了一会儿，道："当年华叔的邀约你放弃了，可我记得柏教授后来为你申请了国外的音乐学院，为什么不去？"

陈迦南低眸。

"如果你想和我撇清关系，完全没有必要这样。"沈适惋惜道，"你不知道半路出家最宝贵的是什么吗？"

陈迦南轻笑。

"我大概没有那个福气，就这样平平淡淡也挺好的。当年不是说好聚好散吗，今天就当没有遇见好了。"陈迦南说，"不劳烦您费心。"说罢，她欲上前搬回那些书。

沈适抬手拦在车前，平静道："一会儿雨大了，还是先搬吧。"

陈迦南抬眸看他，这人好像哪里变了，和她说话的语气也变了，变得只剩下温和，一种平常的温和。

他那话说完不久，真下大了。

陈迦南不敢再僵持，很快动起来，帮着一起搬书，一摞一摞递给他，后来那些书也不知道怎么被他塞进去的，除了前座，后面被塞得满满当当。

等书搬完了，雨慢慢大起来。

沈适在整理后备厢，抬头对她说："你先上车。"

陈迦南："我的车怎么办？"

"一会儿修车的会拉过去，不用担心。我看这雨一时半会儿小不了，这条小路也不是特别安全，万一山体滑坡我们都走不了，你想想看还有没有别的路能去你那儿。"沈适说。

陈迦南看了一眼公路："一般不会出现那种情况。"

沈适定定地看她："那也不行。"

陈迦南皱眉："现在高速封了，这条路是最快的，我想不到还有别的路。"

"你再好好想想。"沈适说。

陈迦南不情愿道："倒是还有一条路，不过得穿过附近村子，要绕很久，又是下雨，谁知道会出现什么突发情况，有的村庄不让过车。"

沈适想都没想："就走这个。"

陈迦南不愿意和他待太久，好像多一分钟都会有很大压力，于是道："现在这路挺好的，山体滑坡哪儿会说来就来。"

沈适坚定地道："不行。"

陈迦南愣是没话说。

听见他又抬头，似笑非笑："你的命比我金贵。"

中午 12:20。

他们都没有上车，互相看着对方。

在沈适的印象里，那个在京阳冬天的街上跑着找他的车、穿着白色羽绒服、一张小脸干净白皙、留着扫肩长发、眼睛亮澄澄的女孩子，好像现在又回来了。

他忽然笑了："再不上车，该着凉了。"

陈迦南错开他的目光，先一步坐进了副驾驶。沈适在雨里多站了一分钟，他抬头看这天上雨帘落在脸上，凉凉的，真切，踏实，好像从前真的都过去了。

等他坐回车里，陈迦南已经靠窗装睡了。

沈适侧眸看了一会儿，也不着急开车，静静地看了她一会儿，淡淡的妆，薄薄的唇，时光似乎一点都没有在她脸上留下痕迹。

陈迦南有点不自在，慢慢睁开眼。

他被撞个现行，却不觉得窘迫，反倒是坦坦荡荡地笑了："以前总见你浓妆艳抹，还是这个样子好看。"

陈迦南沉默，移开目光。

沈适瞥了一眼后面一车厢的书，又看向她，道："你开了家书店？"

陈迦南顿了两秒："嗯。"

"我记得你以前不是很爱看书，怎么会想起开一家书店？"

"想开就开。"

沈适笑："开书店也挺好。"

陈迦南没应声。

"工作环境不错，轻松安静，岭南应该没有什么压力，想开就开，自己做老板娘，比我好。"沈适说。

陈迦南反问："你自己不也是老板？"

"但我要养活几千号人。"

陈迦南看了他一眼，不想再说，便道："开车吧。"

沈适似乎没有这个打算，从裤兜里掏出手机，随便按了几下，抬眼对她道："我回个电话。"

他没有下车，当着她的面打。

陈迦南想起以前，他很少会当着她的面打电话，一般都是下车，顺便抽一支烟。

不知道电话那边说了什么，他皱起眉头。

察觉到她的视线，沈适微微抬眼，犹豫了一会儿，又很快对电话里道："你先把局面稳住，我很快过来。"

张见"啊"了一声："老板，其实不用……"

沈适直接挂了。

他面容带着些许凝重，看着陈迦南："公司在河谷的分区出了点问题，我们得先过去一趟。"

陈迦南反应很快："我过去干吗？"

"难道你在这儿等？"

陈迦南："……"

沈适慢条斯理道："一点小问题，只是过去一趟，你别这么激动，不会有什么过分的事情。"

陈迦南心里别扭极了，猜不透这人要干吗。

沈适笑笑，开车上路。雨比之前下得更大，他开得又慢又稳。车里堆满书，一个急刹车驾驶座也会被书砸。

开出一会儿，他没话找话："这几年一直开书店？"

陈迦南回答得很简单："不是。"

"那之前做什么？"

"教琴。"

"书店开多久了？"

陈迦南慢慢道："不到一个月。"

沈适握着方向盘，偶尔看一下后视镜，目光清清淡淡，时而笑笑，看她一眼，恰似平常的聊天。

"怎么也想不到你会开书店。"

陈迦南语气有些疏离地道："我们的圈子不一样，这么些年过去了，很多事情都变了，您是大人物，自然想象不到我们这些平凡老百姓的生活。"

沈适勾了勾嘴角，没有说话。

半晌，他才轻描淡写地回答："也许是吧。"

陈迦南偏过头看向窗外。

沈适说："你还记得西城那个客栈吗？"

陈迦南心里猛跳了一下，回头看他。

沈适道："那家客栈的老板说过要送我们一只猫，你离开后，第二年猫被送到我这儿，是只很漂亮的折耳猫，萍姨喂得很肥。"

陈迦南的手不自然地握起来。

"我叫它小西。"他说。

陈迦南轻轻地"哦"了一声。

沈适吸了一口气:"你要是想要,改天我给你送来。"

陈迦南摇了摇头:"不了,你养着吧。"

沈适偏头:"不喜欢?"

陈迦南这会儿早已经镇定下来,由最初见到他的惊异,到现在慢慢地恢复平静。

她轻声道:"猫都活泼,到处跑,外婆养不了,她有老年痴呆。"

沈适问:"现在严重了?"

陈迦南抬眼,目光里有些疑惑。

沈适会意,思虑了片刻,还是斟酌着说道:"阿姨火化那天我去过,听到过一些有关你外婆的事,大概知道。"

他没敢说,最初的那两年,他偶尔也会在半夜醒来,会开很久的车去到她家门前,有时候待上一会儿,看见她出来陪外婆散步,有时还会看见她一个人站在马路上哭。

他都知道。

陈迦南微低眉:"过去了。"

这么多年,他们之间再一次提及母亲,好像真的都是从前的事了,有些耿耿于怀也已经释怀,不再纪念,也不怀念。

沈适看她脸色不好,将车停在路边。

他微微探身,轻声道:"我是不是说错话了?"

陈迦南忽然有些鼻酸。

这个不可一世淡漠从容的男人,什么时候这样子低眉顺眼和她说过话,哪怕是他们最好的那段日子,似乎都没有现在这样低声下气过。她眼眶微湿,但很快又恢复平常。

陈迦南扯开话题:"你特意从京阳过来,这边问题是不是挺严重?"

沈适愣怔片刻,坐直了。

他看着她的脸,小心翼翼道:"这边是有些问题。"

"今天会不会耽搁你时间?"

"不会。"他说得果断。

陈迦南:"麻烦了。"

她的情绪变得太快，沈适拿捏不住，便又道："其实这次来还有个事情，可能和你有关。"

陈迦南抬头。

沈适又慢慢开起车，看她一眼，目光落向前方："你的好朋友毛舜筠，她的丈夫是周然对吗？"

陈迦南皱眉："出什么事了？"

沈适故意卖关子："岭南的项目一直是他负责，效益不太好，公司内部很可能出现了大问题。"

"严重吗？"

"现在还不确定。"

陈迦南想起今天毛毛说和周然吵架，看来应该也是受了工作的影响，情绪大抵不好。

她犹豫地问："一般会怎么办？"

"公司内部出问题，他这个负责人脱不了干系。"沈适说，"如果他连这点事都处理不好，就不用在这儿待了。"

陈迦南顿时坐立不安，为毛毛担心起来。要是周然丢了工作，一个三十多岁的中年人再要找一份职位相当且体面的工作也不太容易，更何况这是岭南，一个十八线小城市。他们最近换了大房子，房贷车贷，还要养小孩，这个工作周然不能丢。

可她一时又找不到合适的身份和沈适求情。

工作中的沈适一向都冷面无情，杀伐果断，要不然也不会将沈氏做得这么大，年纪轻轻就已经是多金贵族。

陈迦南试探道："没有更温和一点的办法吗？"

沈适笑了一声："倒是有。"

"什么？"

沈适说："我们路上慢慢说。"

很久以后，那是沈适和陈迦南结婚两年的时候，有人问他怎么追到的沈太太，他笑着说，大概是上辈子拯救了银河系，走大运了。

中午 12:40。

车子缓缓驶过街道，开向车流中。

陈迦南时而看向窗外，时而翻翻手机，没有要说的话，表情一贯是淡淡的样子，目光也不看他。

遇到红灯，车停下来。

沈适抬手碰到车载电台，问她："想听吗？"

陈迦南微微偏头，顿了顿，才慢慢道："随便。"

沈适随便按了一个音乐频道，电台里主持人在和观众互动，窗外的雨哗啦啦下，主持人说："接下来我们听一首范玮琪的老歌《是非题》。"

车里平和安静，歌里在唱我爱你。

陈迦南靠着窗听着歌，慢慢地有些昏昏欲睡，车里的暖气不知道什么时候开到最大，手热了，脚热了，心也变轻变柔，暖极。

河谷县的街道有些凹凸不平，开起来有些颠簸。

沈适将车停在路边，电台的声音放到了最小，视线落在身侧女人的脸颊上，那双眼睛变得深邃又深沉。

坐了一会儿，他烟瘾犯了。

他摸了摸口袋，空的，大概是搬书的时候动作有些大蹭掉了。他下意识看了一眼陈迦南，轻手轻脚下了车去买烟。

雨还在下，他淋着雨到小商店："黄鹤楼。"

老板看了一眼沈适，直接就拿出一盒黄鹤楼1916，问："一包还是一盒？"

"一包。"

"一百。"老板说。

沈适掏出钱包，犹豫了一下，问："能刷卡吗？"

老板摇头。

陈迦南在车里睡了一会儿，只觉得身体软绵绵的，醒来的时候沈适不在，一偏头看见他在路边一家店里。

她本来没打算下车，可是看见他拿着一张卡出来的时候，忽然想起五年前他来岭南找她的那个夜晚，她要给外婆买苏烟，他也是这样拿着一张卡问老板："能刷卡吗？"

陈迦南只觉时光飞逝，一点都不真实。

她隔着一层玻璃窗，看见他的目光扫过来，虽然隔着贴了膜的车玻璃他并不能看到她，可她依然觉得那目光里有些别的东西。

等他视线转回去，陈迦南才下了车。

刚从温暖的车里出来，一挨着雨，不免觉着刺骨的冷，她便加快了脚步走去他身边。

沈适看到她走近，有些手足无措的尴尬。

陈迦南直接道："没有现金？"

沈适摇头。

陈迦南指着一边的二维码说："微信或支付宝可以刷吧？"

沈适皱眉，犹豫道："我不用那些。"

陈迦南也没有多吃惊，像他们这样的有钱人大多都是秘书提前安排好一切，去的大概都是些只有刷卡机能伺候的地方。

她看了一眼桌上的黄鹤楼，对老板说："这个我不要了，换成大前门。"

沈适："……"

陈迦南问："多少钱？"

老板一脸不情愿道："七块。"

沈适的眉毛拧在一起，又无计可施，只好将钱包又塞回裤兜里，舔了舔牙，将脸偏向一侧。

陈迦南付了钱，将烟塞他怀里。

"1916的黄鹤楼我可买不起，您就将就着抽吧，大前门也是老牌子，味道都差不多。"

沈适看着手里的烟一怔。

陈迦南往外走去："我先上车了。"

说完，她径直朝车边小跑过去。沈适看着那纤瘦的背影，白色羽绒服在雨里跳动，他又看了一眼手里的烟，忽地笑了一声，拆开包装袋抽出一支，咬在嘴里。

蓦地又想起什么，他匆匆赶上那身影。

陈迦南打开车门，正要低头钻进去，胳膊忽然被轻轻握住，冰凉的衣服猛然被温热的手掌盖住，她惊觉回头。

沈适嘴角叼着烟，笑着说："再给我一块钱。"

陈迦南被他那一瞬间流露出来的吊儿郎当样撞了一下，目光闪动了一瞬又归于平静，看着他嘴角的烟，明知故问："干吗？"

"买个打火机。"

于是，雨水下，莫名其妙地有了这样一串对话。

"要打火机干吗？"陈迦南站直了。

沈适的手掌还握着她的胳膊。

"点烟。"他说。

"什么烟？"

"大前门。"

"听过吗？"

"没有。"

"能抽得惯吗？"

"不好说。"

"那还抽？"

沈适垂眸："最近烟瘾很大。"

"多大？"

"睡不着。"他低声道。

"忍不了？"

"忍不了。"

"呛死怎么办？"

"呛死也抽。"

"呛死还怎么抽？"

沈适笑道："你帮我顺气。"

"我不会。"

他咬在嘴角的烟随着说话的动作，一上一下，镜片下面的目光盯着她的脸颊，这副样子，倒挺像是一个斯文败类。

沈适抬眸，说："我教你？"

陈迦南："……"

"我有人教。"她淡定地道。

沈适目光倏然复杂起来。他知道她以前谈过一个男朋友，后来到了谈婚论嫁却还是分手了，再之后的几年一直和外婆生活。

"我认识吗？"他缓缓开口。

陈迦南："您大概不认识。"

沈适屏息。

"这些就不劳烦沈先生了，您还是好好抽大前门吧。"陈迦南说着从口袋里掏出一张五元人民币，递给他道，"记得找了钱还我。"说罢抽出自己的胳膊，上了车。

沈适站在原地，只觉得嘴里的烟更加不是滋味起来。他无奈地扯了扯嘴角，回头去商店买打火机。

商店老板说："你这五块我找不开，现在都没人用现金，你要不买个别的吧。"

沈适皱眉："四块钱能买什么？"

老板指了指身后那一排货架，不耐烦道："你自己去那边找，都标着价呢。"

沈适头一回被几块钱绊住了手脚，他自嘲地笑了笑，一手护着火，低头点烟。或许是从来没有抽过这样便宜的烟，第一口就呛到嗓子眼，咳得眼睛都红了。

他从嘴里拿开烟，闭了闭眼。

老板在身后笑道："没抽过大前门吧？"

沈适微微侧头，声音变得稍许低哑，只能压着嗓子，微微笑着回侃："大姑娘上轿，头一回。"

老板："和你媳妇吵架了吧？"

沈适抬眼，不置可否。

"女人就是这样子，哄一哄就好了。"老板说，"你一看就是个硬脾气的人。"

沈适笑："这都能看出来？"

"看着斯斯文文，其实眼里有种狠劲儿。"

沈适笑，不再多说，便指着一处道："你那个粉色的头绳怎么卖？"

"五块，得，给你四块。"

从商店出来，沈适站在外边又抽了几口烟，呛着呛着也就习惯了，他两指夹着烟，一手扶在胯上，抬眸看着车的方向。

抽完一支烟，沈适上车。

他没有着急开车，而是拿下眼镜，抽出一张纸巾擦了擦镜片，余光瞥了眼陈迦南，她在低头翻手机。

他擦得很慢，直到她抬头。

陈迦南蹙眉，伸出手掌："找的钱呢？"

沈适满嘴跑火车："人家找不开，买了张彩票，没中。"

陈迦南气道："那是我的钱。"

"找不开，我也没办法。"

陈迦南扭头："赶紧开车。"

沈适："好。"

过了一会儿，车还停在原地。

陈迦南："你开车啊。"

沈适："镜片还没擦干净。"

他这话说完，陈迦南第一次正经去看他的眼睛。从前他是不戴眼镜的，目光里一片薄凉，现在却觉得多了一些温度，再细心看，眼眶还有些红。

大概是刚才呛得太凶。

陈迦南很难想象他真的会去抽七块一包的大前门，哪怕呛得那么厉害，也还会淡定从容地和老板谈笑。

沈适擦了一会儿，看她："怎么了？"

陈迦南瞬间移开目光。

沈适微低着头，似乎真的在很认真地擦镜片，一个角落都不放过，或许是低头太久的缘故，脖子有些酸，再抬头还低咳了几声。

陈迦南问道："抽不惯吧？"

"多抽几次总归会习惯的。"

陈迦南看向挡风玻璃，声音低了低："可能是唯一的一次吧，大概以后都抽不到了。"

沈适拿出烟盒，看了两眼。

"我不觉得。"他轻咳道，"呛是呛了点，后劲挺大。"

陈迦南面无表情地看他胡诌。

"听说民国的时候就有大前门，今天也算是大开眼界，包装也不错，可惜你抽不了，要不然还可以试试。"沈适一本正经道。

陈迦南冷眼看他。

"要不再来一支？"她问。

沈适摸了摸嘴角，看向她："二手烟对你不好。"

"你下去抽。"

沈适看了眼窗外："雨好像大了。"

陈迦南："……"

沈适："要不你再给我点钱，买把伞。"

陈迦南："……"

"回头我补给你。"

陈迦南转过头不看他，只觉这人轻飘飘两句就勾起她的火气，不由自主地想怼他，又拿他没法子。

陈迦南没好气道："没钱，开车。"

沈适笑了一声，夹杂几声低咳。他将烟盒扔在一边，打着方向盘，嘴角渐渐勾起，朝向大路驶去。

"不慌，有的是时间。"他说。

在很久很久 以前

第 五 章

中午 12:56。

车里很暖和，陈迦南渐渐有些睡意。

去河谷分区的公路一直有些颠簸，沈适开得很慢，慢到你骑一辆自行车都比他快。要是搁在京阳，被那几个浑蛋朋友看到，大概又会笑说，三哥，鬼附身啦？

沈适想着，不免摇头失笑。

不知道怎么就记起一些小事，那还是一个月前的事情，晚上有个推不掉的饭局，他喝了一点小酒，去了金厦六楼小坐。

老板洒姐打趣："今儿什么风把沈先生吹来了？"

他喝着茶，淡淡地道："别开我玩笑了，洒姐。"

沈适很少这样一本正经的样子叫她，洒姐不由得愣了一下，还有些不习惯，便干干笑了一声，道："还以为你都把我这名忘了。"

"怎么会。"他说。

"怎么又是一个人来？"

沈适摇着茶水的动作顿住，抬眸。

"据我所知，你都两三年身边没人跟着了，从前谈的那个傅小姐我听说谈婚论嫁了，怎么回事？"

沈适笑了声，没说话。

"我可是知道人家现在嫁了个好人家，你见一面都要客客气气的。"女人忽地弯下腰，看着沈适，轻声道，"不会是你牵线的吧？"

沈适笑道："我没那个本事。"

女人站直了，翻了个白眼："要不是亲耳听到，我还真不相信这话是你说的。上一周那个傅小姐还来我这儿买了好几件奢侈品，可都是大手笔，说，你到底给了多少分手费？"

沈适笑笑，接着喝茶。

女人看他不语，又道："现在想想，好像你会带来我这儿的女朋友，只有一个是挺直了腰板倔强极了的。"

沈适闻声，笑意收起。

"还是被你弄丢了。"

沈适将茶杯放在桌上。

"这么多年过去了，你要是还放不下可以去找她，人一辈子就活几十年，你都三十七了。"女人叹气般道，"沈三儿，我原以为这些困得住别人的东西是困不住你的。"

沈适苦笑："洒姐，我也不过是个普通人。"

一双眼睛一颗心脏，有七情六欲。

窗外的雨打在挡风玻璃上，沈适打开雨刷，在那一起一伏中，偏头看了车里的人一眼，目光霎时变得柔和又无奈。

他们之间，都是数不清的犹豫和迟疑。

沈适缓缓吐了一口气，眸子深沉见底。

开车到河谷分区时，陈迦南已经睡着了，丝毫没有醒来的迹象。沈适将车停在公司楼下，一边打电话把张见叫了出来。

雨停了，他下了车，锁了车门。

张见从公司大门小跑出来，看见沈适的脸色没有想象中那么难看，不禁松了一口气，走近道："老板。"

沈适从兜里掏了一支烟，放嘴里。

张见眼珠子都快掉下来——大前门？！

沈适一边点烟一边道："办得怎么样了？"

张见掩饰住各种各样复杂的心理活动，慢慢道："内部问题还挺麻烦的，刚刚抽调了一些资料，还牵扯到总部。"

沈适吸了一口烟："你不是说能处理吗？"

张见道："能是能。"

沈适微微侧眸。

张见："需要点时间。"

沈适："一天够吗？"

张见："应该够了。"

沈适抽了两口，又道："如果这件事牵扯到周然，该怎么办就怎么办，尽量别弄得太难看，给他一个体面。"

张见："我明白。"

沈适又道："这边的事情弄完，你要是想去岭南的话，给你三天假，没什么重要的事情今天不要联系我。"

张见疑惑："您说的重要的事指什么？"

沈适沉默半晌，说："世界毁灭。"

张见："……"

难得见沈适这样调侃，张见不由得愣了，目光偏移，无意识地看向车里，猛然发现副驾驶似乎还坐着一个人，还是个女人。

听说这几年他身边很少有女人，哪怕是重要的晚宴，也只带着秘书林郁，外界传言沈适清心寡欲。可是看车里那女孩的大致轮廓，倒像是一个普通的邻家女子，干干净净。

张见一瞬间想了好多，甚至都觉得这个女人大概就是老张嘴里那唯一一个沈适放在心上的人。

张见很快回神："那您，要不要进去？"

沈适一支烟快抽完了，想了想，正要说算了，分区公司里已经小跑出来几个人。

"沈先生，不知道您来，有失远迎。"一个年长的中年男人一边俯首弯腰，一边担忧着笑道，"一定要向您负荆请罪。"

沈适看了张见一眼，张见一颗心提起。

"要不咱先进去，我给您接风洗尘，这冷得很，冻感冒了就不好了。"中年男人胸腔都要跳出来了，"您看……"

沈适抬了抬手："有什么事和张见说。"

"那我给您备一桌好菜……"

沈适皱眉："先把你手里的事清理干净。"

"是是是。"中年男人点头附和，"公司出现了这种事情我这个总经理要负全责，您放心，我一定妥善处理。"

沈适道："销售做的是信誉，炀朔这三家分区内部出现了这种事情，你作为分区总经理，自然要负全责。"

中年老总哆嗦了一把。

沈适说着，嘴巴又有些痒，想抽烟。他用余光看了一眼车里还在睡觉的女人，从兜里掏出烟盒，放了一支在嘴里。

在场的一圈人，看见那包大前门："？！"

中年老总掩饰住心里的吃惊，很快掏出打火机凑上去，给沈适点了烟，赔着笑道："一直听说您怀旧，看来名不虚传。"

沈适吸了一口烟，抬眼："怎么？"

中年老总道："这可是老烟牌了，我爸年轻时就爱抽大前门这味儿，那十几米外都能闻到。"

张见好笑，静静地看热闹。

沈适云淡风轻道："是吗？"

"是是是。"对方恭敬道。

沈适将烟夹在指间，慢慢垂下，不以为然地笑了笑，道："都是老员工了，不用太紧张，舒服着来。"

张见识时务道："老板，时间快到了。"

中年老总两眼一睁，随声附和道："不知道您还有别的事情，您去哪儿，要不我派车送您去。"

沈适淡声道："不用，你们去忙吧。"

他们一堆男人站在那儿说话，一个个面对着中间这个穿着随意的男人，点头哈腰，礼貌诚恳。

陈迦南从车里醒来就看见这一幕。

那一堆人里，除了他穿着毛衣，其他人都是西装笔挺，一脸恭敬地看着他。而他面对这样司空见惯的场合，又变成了从前那副漫不经心的样子，随意地抽着烟，三分笑意七分淡漠，简简单单说两句话，惜字如金。

好像那一瞬间，他才是沈适。

陈迦南有些恍惚，不知道怎么就走到现在这一刻。他在车外，和别人说话，她坐在车里，隔着玻璃看他抽烟，他似乎被那烟呛得不舒服，但又硬生生忍着。

她抬手重新调整了下姿势，碰到车锁，发现是关着的。

陈迦南皱眉，不敢置信这个人居然把她关在车里。她倏然抬头看向车外那个云淡风轻的男人，出气似的敲了两下车窗。

沈适闻声侧了侧眸。

一堆男人随着车里的动静，目光纷纷落过去，大致看见副驾驶坐着一个女人，都屏息一口气，不说话了。

"都进去吧。"过了片刻，沈适道。

言罢，他吸了最后一口烟，转身朝停车的方向走去。刚走近，就看见陈迦南那双清冽的眸子，沈适心里打了一个寒战。

他坐上车，搓了搓手，身上慢慢热起来。

"什么时候醒的？"沈适偏头，轻声道。

陈迦南没好气道："该醒自然醒了。"

"饿了？"

"不饿。"

沈适"哦"了一声："那我们找个地方吃饭。"

陈迦南瞪眼："我不饿。"

"不饿敲车窗做什么？"

"你明知故问。"

沈适摇头："不明白。"

陈迦南生气道："你落锁做什么？"

"为这个生气？"

他大大方方说出来，陈迦南倒不知道要说什么了。而且他那一脸无辜温和的样子，好像并不认为这是一件大事。

"一个习惯性动作。"他解释道。

陈迦南忽然想起什么，很淡地笑了一声，道："你锁得好，我们根本不是同一个世界的人，我的出现或许会给你带来麻烦。"

沈适目光一顿，语气很慢："你这样想？"

陈迦南垂眸，不打算说话。

沈适收回目光，一时沉默下来。他看着前方的长街，有红绿灯，来往的行人站在那儿，一会儿停，一会儿行，像是生活里一幕幕短剧。

半响，陈迦南说："无所谓，开车吧。"

沈适吸了吸脸颊，眉头紧锁。

下午 1:20。

车子停在那儿有一会儿，彼此沉默。

沈适一手扶着方向盘，一手在看手机，手指划着屏幕，往上翻来翻去，余光里看见陈迦南又闭上了眼。

他动作自然地偏头，声音也低了："很困？"

有点别扭地转移话题，好像什么都没有发生过一样，拂去刚刚的暗流，压下烦躁，又让时光恢复平静。这个男人，总是能这样云淡风轻。

陈迦南慢慢睁开眼，没着急开口。

他又道："你早上一直在睡，睡太久对颈椎不好。我们一会儿出发，路上可能有些颠簸，别睡太熟。"

陈迦南声音轻淡："知道。"

"能睡着吗？"沈适问。

陈迦南顿了一会儿才道："除了睡觉也没别的事。"

沈适："我也没别的事。"

陈迦南心里莫名有些不安。

沈适："我们说说话。"

陈迦南："……"

她心里正一团乱麻，沈适的手机却响了。他看了一眼来电显示，抬头对她说我接个电话，便下了车。

一分钟后，一个三四十岁的中年女人从大楼走出来。女人手里端着一杯茶，恭敬地走到沈适身边，不知道在说什么。陈迦南看见他还在打电话，没有接，只是下巴朝着她这边的车窗方向扬了扬，女人端着茶水过来了。

陈迦南有一瞬间的愣怔。

过了六秒，女人敲窗。陈迦南看了一眼沈适，他侧过头还在打电话，一只手插在裤兜，身影挺拔，镜片下的眼睛依然那样精明。

她缓缓摇下车窗，偏头。

中年女人弯着腰，礼貌地微笑："陈小姐，您的红茶。"

陈迦南愣了："你怎么知道我姓陈？"

中年女人看了她一眼，将红茶先递到她手中，客气地笑了笑，眸子里有少许艳羡："恐怕整个分区都知道了。"

陈迦南不明所以。

中年女人没有多说，只是笑道："这是老板的私事，我可不敢多说，不过先在这儿恭喜陈小姐。"说完便走了。

陈迦南还一脸的疑问，握着热茶发呆。

等沈适回到车里，她摩挲着茶杯，犹豫道："我没有说要喝红茶，你什么时候点的，还让人送下来？"

沈适发动引擎，将车开到正路上，说："坐了这么久，你大概也渴了。"

这话答非所问，她的目光还停在他身上，他笑了笑："不过是让秘书给你点了一杯茶，有必要这么究根问底？"

陈迦南皱眉："是这样吗？"

沈适抬头，从后视镜里看她，又目视前方，平静又无赖道："如果你要多想，那我也没有办法。"

陈迦南："……"

她无奈地垂下眼喝茶，茶里好像放了桂花，有些许清香，轻轻柔柔，嘴巴里一时甘甜。

沈适的嘴角轻轻勾起一抹笑。

那个中午，河谷整个分区除了一堆销售问题搞出来的麻烦之外，还有一大堆男女同志额外留了一点时间为他们这个总部的总裁尖叫呐喊。几乎所有人都吃惊地八卦着那个沈适身边的女人。

这么多年，除了一些必要的场合饭局需要女伴，他清心寡欲，甚至有传言说他性取向有转变，知情人总是笑笑，无稽之谈。

张见也是讶异至极，哪怕是听到沈适刚在电话里吩咐："倒杯红茶，找个得体的人送下来。"

得体。什么叫得体？

张见年纪轻轻，还没怎么尝过爱情百转千回的苦，万思不得其解，刚好碰见中年老总，两人凑一块儿瞎琢磨。

"您这儿哪位员工形象算得体？"张见问。

中年老总思量："我们前台有个姑娘不错。"

"不行，太招摇。"

"管理部门有个刚生完孩子的，挺标致，行吗？"

"标致这个词，不行。"

正说着，旁边路过一个女人，干净短发，眉眼间有些许皱纹，笑起来也温柔得很，张见第一眼就觉得舒服。

"您贵姓？"张见问。

中年女人道："我叫 Derti。"

张见拍了下脑门，只觉灵光闪现，瞬间站直，真诚道："麻烦您送杯红茶给沈先生，他在楼下。"

中年老总忽然道："这茶是给沈先生喝的？"

张见："是。"

"为啥不让您送？"

张见："……"

半晌，张见站直了，对 Derti 说："麻烦您送杯茶，给车里的陈小姐，如果她问你什么，请尽量保持沉默。"

这一番弄完，张见觉得自己会早年秃顶。

此时此刻，外面的风自南向北又轻轻吹了起来，天上风云变化，刚停的雨，好像又有落下来的冲动。

沈适将车慢慢拐进小路，问她："好喝吗？"

陈迦南这次答得蛮认真："有桂花香。"

她这话说完，挡风玻璃砸下来一滴雨滴，渐渐地，雨滴越来越多，重重地砸在玻璃上，敲敲打打，车内瞬间安静下来。

他们就这样静静地听了一会儿雨。

车子下坡上坡，走了一会儿土路，终于爬上稍微平坦一点的村路，眼前便是一望无际的平野，光秃秃，望不到边，只有细细密密的朦胧小雨和轻轻升腾的雾气。

沈适轻声道："今天的雨怎么老下不停。"

陈迦南看着窗外模糊的天："这儿还好，岭南已经下起雪了，不比北方的小，开车都不方便的。"

沈适道："南方的雪倒是罕见。"

陈迦南"嗯"了一声，说："二十年难遇一场大雪，也不知道今年怎么了，居然有雪看，省得人惦念往北方跑。"

沈适看她："往北方跑？"

"小时候在外婆家上过几年小学，那边还不算正经的南方，但也看不到雪，不过总是有同学在冬天请假去北方看雪。"

"你也去过？"

陈迦南摇头。

"我记得外婆家在岭南。"沈适问。

"嗯。"

"这些年都住在岭南？"

陈迦南看他一眼，说："外婆有痴呆，不能乱跑，不能去不熟悉的地方，萍阳的很多街道都拆了，换了新街坊，还是这儿最好。"

"很久没回去了？"

"回去做什么，家里也没人了。"

沈适打了方向盘，本该直走的路，却往左拐。

陈迦南疑惑："你干吗？"

沈适道："那边好像有人煮饭。"

陈迦南抬眼看过去。远处有青山，近看是雾气，还有雨水砸向大地，树叶被风刮得唰唰响。有一家屋顶冒出滚滚白烟，看着像着火的样子。

陈迦南："现在都是天然气，很少有人烧柴火了。"

沈适："我们去看看。"

陈迦南："？"

她摸不透这人在想什么，只觉得有些遥远，又很接近，再看他专注开着车的样子，很难想象，这一年他三十七了。

"我们还是赶路吧，要不然就要被雨拦半路了。"她说。

沈适慢悠悠笑道："急什么，先吃饭。"

经他这么一说，陈迦南还真的是有些饿了。她看了一下时间，都一点多了，是该吃午饭了。

"这儿有卖饭的吗？"她问。

"找找总会有。"

"你又不知道路。"

"转转看。"

陈迦南相信这话确实能从淡定从容的沈适嘴里说出来，但还是有些着急，这么转迟早迷路，村里又不好导航。

"迷路怎么办？"她担心道。

"那正好，找个地方睡午觉。"

这人不咸不淡的样子，让陈迦南忍不住皱眉。她看向窗外一大片错综复杂的乡下长巷和低矮瓦房，倒是少了些急躁，多了些平静缓和。

沈适一路拐了好几个弯，终于在一处停了。那家人好像在盖房子，水泥和沙子铺了一街道，把路都堵了，或许是下雨的缘故，在上面遮了一层塑料布。

沈适将车子熄火，道："先停这儿。"

"停这儿干吗？"

沈适靠向椅背，拿下眼镜，顿了顿说："有点累。"

平日里大都是别人开车伺候，今天他一早起来，忙工作，赶飞机，又开了这么久的车，说累倒也情有可原。

陈迦南说："要不我来开。"

车里静得只有他浅浅的呼吸，空间这么小，两个人这么近，陈迦南看到他眼睛动了动，慢慢睁开，定定地看向她。

他忽然笑了："当年你开车扣了我好几分忘了？"

再提往事，陈迦南心情复杂，还有些不自在，脸颊发烫，眼神半躲闪开道："乡下又没有红灯。"

"没有红灯才危险。"他说。

"为什么？"

沈适给她指前头的路，微微低头，身体侧倾，低声道："就这些路口，不知道从哪儿会冒出人来，你说危险吗？"

"我开慢点。"

"早上谁的车半路熄火了？"沈适抬眼，"你很多年都没碰过车了吧，居然还有勇气开车进城。"

自己好心提议，他却满嘴嘲讽，陈迦南索性道："活该累死你。"

沈适笑笑。

"歇够了吧？"陈迦南故意道，"现在怎么办？"

沈适看她这一脸小女人的样子，不禁好笑，扫了一眼窗外门房下站着的两个男人，说："你在车里坐着，我去问问。"

下午 1:45。

外头的雨斜斜飘着，沈适一下车，迎风被雨水泼了一脸颊，他胡乱抹了把脸，抬脚朝那两个男人走去，一手掏着烟，还没走近已经递了过去。

两个男人接过烟，笑道："谢了兄弟。"

沈适往自己嘴里咬了一支，一边点燃，吸了一口，说："麻烦问问，这边哪有吃饭的地方？"

"今天太冷，馆子可能都没开。"

另一个接着说："你再往前走七八里，前村堡有集，这天一会儿下雨一会儿停的，等你到那儿天可能也就晴了。"

沈适眯了眯眼："有近路吗？"

"给你说的就是最近的，再远就得往后绕着走了，后村堡这些天修渠，整个村子都被挖得不像样，车都过不去。"

沈适抽了口烟，笑了一下。

"你要是不赶时间，可以去后村堡看看，那儿有一大片十几亩地的山茶花，挺漂亮的，附近卖小吃的自然不少。"

沈适嗓子干涩，抽着咳了几声。

"抽不惯大前门吧？"一个男人笑，"一看你就不常抽。"

沈适笑笑："抽得少。"

"你外地来的吧？"

沈适轻"嗯"了一声，说："去趟岭南。"

"那应该走高速啊，哎哟，岭南今天下雪了，我媳妇家就在那儿，听说还挺大，高速肯定连夜就封了。"

"是。"

"你从这边绕过去，得走近路，村里的路不好走。"

"近路？"

"有一条连着省道……"

那人还没说完，沈适打断道："不用了，就走这条。"

他说着抽掉最后一口烟，将烟蒂碾灭，道了谢，走了。

刚打开车门，一股暖流涌上胸口，沈适不禁长舒了一口气。

陈迦南正手指点着手机，没点两下手机就黑屏了。

他一边发动车子，一边问道："没电了？"

这一整天她不是在车里眯着就是看手机，本来就没有充足的电量，现在更是直接关机了，充电器也没带，这回真的彻底闲了。

沈适往后倒车，听她叹了口气。

他腾出一只手将自己的手机扔给她，说："密码是6个9。"

还带着一些余温的手机掉在怀里，陈迦南一下子定住了，指尖轻轻触摸着手机边缘，一时间不知道该不该拿起。

沈适余光瞧见，道："怎么了？"

陈迦南回过神，慢慢拿起他的手机，放到车前，只觉得手指发烫。从前在一起，他的手机她从来没有碰过，就算他有意无意放在床头，她也没想过要看。

"没什么想要玩的。"她缓缓开口。

沈适："那也别睡，一会儿下车该着凉了。"

陈迦南"嗯"了一声："你问到吃饭的地方了吗？"

"问到了。"

"远吗？"

沈适表情自然道："差不多七里路。"

陈迦南听罢，看了眼前面的方向，觉着有点熟悉，瞬间惊讶道："这条路我们不是刚走过吗？"

"嗯。"

"你不是问了路吗？"

"嗯。"

陈迦南憋火："嗯是干吗？"

沈适气定神闲："这地方分两片，一个叫前村堡，一个叫后村堡，我们现在去的就是后村堡，那边有花会，吃饭的地方自然少不了。"

"那不得多走些冤枉路？"

"七里路，问题不大。"

陈迦南气闷，你是问题不大，我可着急回家。她从后视镜看了眼一车厢的书，转身随便抽了一本书出来。

沈适："坐车别看书。"

陈迦南："没看，翻翻。"

沈适看了她一眼，车速放慢。

"别太专心，容易晕车。"他提醒。

陈迦南不以为然，她拿的是一本游记，作者三十来岁，供稿为生，一年有一半时间住在山里写文，一半时间出远门，跋山涉水的穷游。

她想起有一回，问周逸喜欢哪个作家。

周逸："我最喜欢福楼拜，他不工作，就住在父母的庄园，偶尔出门旅行，一生只做两件事，读书和写作。"

陈迦南正专注想着，听见沈适在说话。

他声音低沉："我记得你有个写书的朋友？"

陈迦南倏然偏头，看他。

"怎么了？"他刚好也看向她。

陈迦南慢慢摇头，只是凑巧想一块去了，便轻声道："你要是想支持的话，劳烦多买买她的书，可以不看，送人也行。"

沈适笑："支持。"

陈迦南："你手底下有多少员工？算上分区的。"

沈适说："都算我头上，我买。"

"说话算话？"

"从不虚言。"

他说这话的时候，眼睛里是有一些笑意在的。那样子看着毫不走心，可他也是真的从未食言过。

"你朋友的书叫什么名字？"他问。

陈迦南想了想："她写的大都是青春年少，有一本自传，写她和她的男朋友，叫什么'海棠花上'。"

"你连人家书名都没记清楚？"

"可能年纪大了，记性不好。"

沈适："……"

陈迦南看他忽然不说话了，一时的心情可以用王朔的《过把瘾》三个字来形容。她看着窗外的小雨，蓦地弯了弯嘴。

目光无意瞥到前方，她一愣。

远处一大片林海，种满了树，红红的花，像一团火，每一棵树都仰着头，一排排傲立在风雨中。

她问他："这是你说的花会？"

沈适也看到了，笑说："山茶花。"

她的视线再偏一点，看见红花后面还有一大片白色的花，像女人莹莹如雪的肌肤，干干净净，单单纯纯。

沈适道："那是白山茶。"

陈迦南感叹："我在岭南待这么多年，居然都不知道这边有山茶林，都可以媲美嘉兴的梅花了。"

"你去过嘉兴？"

"我没去过，不过外婆年轻的时候去过，她有一张嘉兴赏梅的照片，很漂亮。"陈迦南说着笑了笑，"外公宝贝得不得了。"

沈适跟着笑了，看了看路："我们就停这儿吧。"

车子刚停好，陈迦南就下了车。她也没急着去转转，倒是站在车边，看着面前这一大片山茶花，眼睛都乱了。

沈适走到她跟前，微俯身，低声说："去那边看看。"

他们一前一后走着，走得很慢。

或许是因为高速封了的缘故，来看花的人不是很多。他们一路往前走，也遇不见多少人，只是到了近处，想要进去看时，被穿着蓝色工衣的女人挡在外头。

"今天不开林，回吧。"女人说。

陈迦南多少有些失望。

沈适问："多少钱能进去，你说个数。"

陈迦南扫了一眼门票，心里暗自计算。一张成人票八十，两张就是一百六，这人张口就是说个数，要是对方漫天要价，那她得辛苦卖多少本书才能赚回来。况且他的卡又刷不了，最后还不是她付钱。

她下意识地用手背碰了下他的胳膊。

女人看了他们俩一眼，无奈地说："你出一百倍我也没办法，多少人来了又走了，你不能破坏规矩呀，趁着雨小赶紧回吧。"

陈迦南看着他道："我们还是找地方吃饭好了。"说着就往前走了，留沈适还站在那儿。

他想摸兜抽一支烟，迟疑了一会儿，还是忍住了动作，抬脚跟了上去。

附近有一排小饭馆，开门的只有一家。

外头的风吹着实在冷，陈迦南是小跑着进去的。沈适看着她的背影，笑着加快步子，随后跟着进了饭馆。

饭馆不大，布置得却挺温馨，光是暖黄色。

他们坐在最角落的位置，陈迦南点了一碗馄饨，将菜单推给他，说："十块钱以上，我不买单。"

沈适正要说点两盘菜的话卡在嗓子眼。

他抬头对老板道："一碗馄饨。"

陈迦南搓搓手，看向门外。她是有些不自在的，或者说不知道是不是命运的提弄，居然以这种方式和他坐在这儿吃饭。

沈适拿过两双一次性筷子，掰开互相刮了刮。

"很冷？"他很自然地看着她，问。

陈迦南道："还好。"

"你冷？"她又反问他。

"还好。"

好像忽然没话说了。

他们斜后方坐了一对年轻男女，应该是还在读大学，像是专门来看花的。

女孩问："你知道山茶花的花语吗？"

男孩说："这还有花语？"

馆子里除了说话声，很安静，旁人听得一清二楚，接着他们的声音就小了，后头的话陈迦南没有听见。

她一抬眼，撞进沈适眼里。

他目光深沉："想什么呢？"

陈迦南："没想什么。"

他又道："你知道？"

陈迦南："不知道。"

"我告诉你，能多要一个茶叶蛋吗？"

陈迦南："……"

真是幽默。

下午 2:20。

山茶花自然没看成，茶叶蛋却吃了。

他们一前一后出了馆子，往车里走的路上，有淡淡的茶花香飘来。

不过，陈迦南无心细赏，步子迈得很快，沈适从后头跟上来："走那么快做什么？"

陈迦南没应声。

沈适说："虽然不能进去，这样看看倒也不错。我记得你以前有段时间喜欢种花，现在还有种吗？"

陈迦南低着头看脚印："嗯。"

"种什么花？"

"都有。"

沈适看了一眼围栏里的大片白山茶，目光慢慢柔和起来，说："山茶挺好看，回头给你搞点。"

陈迦南心里一个咯噔，回道："要那么多干吗？"

沈适笑笑："繁花似锦总是好的。"

陈迦南偏头看他。

那目光沈适见过。还是在几年前的一个夜晚，他有一个饭局，桌上都是京阳的名流，他走不开。

或许真的是巧合，她就在隔壁。

他们那一堆人吃完饭要去喝酒唱歌，出来的时候他在门口碰见她，她好像是和读研的师兄姐一起吃饭，穿着白色的毛衣、牛仔裤，头发也披着，干净极了。

他刻意停顿了一会儿，往她身后看了一眼，轻声问道："几点回去？"

她大概也是没有想到会碰见他，有些许意外，忙将包厢门拉住。走廊里就剩下他们俩，她才开口："还得一会儿。"

他故意道："关门干什么？"

她目光挺镇定："吵。"

"怕看见你和我在一起？"

她总是很诚实："是。"

沈适最开始喜欢她的诚实，还有识时务不主动打扰，有一天忽然想起有这么一个人在，那年轻干净的眼睛让人心情大好，可后来，唯独她最不解风情。那年，沈适三十一岁。

所以那天，他问她："怕什么？"

她说："咱俩身份悬殊，让人看见不好。"

"我们关系清白。"

陈迦南："人言可畏。"

沈适有一瞬间的愣怔，转而笑道逗她："我不过是去打个招呼，和你的师兄姐聊聊学术，好知道你平日里做些什么。"

那天她就是这样的目光。

"你是生意人，大概听不明白。"

看她一本正经又有些讥讽的样子，沈适慢慢收了笑意，低声说："逗你两句怎么还当真了，今晚我有事，改天去看你。"

说完，他就走了，结果没忍住在拐角处回头，她却已不见身影。

再想起那个时候的事情，忽然就有些感慨，明明就清晰地发生过，却好像始终都看不清楚她的样子。

野地的风吹过来，沈适低咳了一声。

他慢慢笑了："你是不是觉得，在我这样一个满身铜臭的商人眼里，是没有所谓的诗情画意的？"

陈迦南沉默。

他年纪轻轻就读完了全世界最好的金融专业，从上一辈手里接下沈氏，短短几年就在京阳又打下一片江山，怎么可能只是满身铜臭。

隔了片刻，她四两拨千斤："你很成功。"

两个人沿着山茶树边的小路，一步一步绕着水洼往前走，风似乎都安静了，轻轻拂过袖口，不敢惊扰。

沈适："是吗？"

陈迦南："是。"

沈适偏过头，目光清冽，眼底有些许不易察觉的感伤和遗憾，只是看着她："你觉得什么是成功？"

远处有小孩叫喊，嚷得欢快。

陈迦南抬眼，目光和他相撞。

对视了一会儿，她先移开目光，想了想说："大概就是在自己的领域做了一些很好的成绩吧，这一生没白活。"

沈适笑："你总跟我打官腔。"

陈迦南反问："那你觉得呢？"

沈适轻轻呼吸了一口新鲜空气，看着远方这漫无边际的土地，只感觉到有风从毛衣里渗进来，镜片起了一层雾气，很快又消散。

他说："我觉得能做着喜欢的事就挺成功。"

陈迦南讽刺地笑了："能说出这种话的人，要么已经站在山顶，要么就是太年轻，您算前者。"

"是吗……"

"现实生活的压力足以压垮理想，本来就是遥不可及的东西，拿什么和现实抗衡？"

沈适忽然笑了。

"你笑什么？"

"在你眼里，我好像不需要努力就能轻易走到这一步，你是这样想的吗？"

那自然也是比普通人少花力气，陈迦南这样想着但没说。

不过沈适看她的眼神就知道她在想什么了，他声音低了低，抬头望向远处的山茶树，道："我母亲叫林晓，苏州人，读大学是第一次出远门，京阳师大音乐系，那一年她的老师是李熠华。"

陈迦南听得一愣。

"她是个很单纯的人，钢琴弹得很好，也是由此认识了我的父亲沈淮。当时他还是个年轻画家，他们恋爱之后，应该好了有很长一段日子。"

这是他第一回这样详细地讲他的父母，陈迦南听着他低低的讲述，看到一阵匆匆而过的风吹起他的头发，忽然有些伤感。

沈适顿了顿，垂眸，又缓缓抬眼："年轻的时候总是容易冲动，他们很快决定结婚。"

陈迦南迟疑着开口："后来没结？"

沈适苦笑，摇了摇头。

"后来，父亲继承沈氏，她就一直待在梨园，有时候等到他回来已经是深夜，有时候独守空房。直到生下我，他们感情已经不太好了。"

沈适说到这儿，看她一眼。

"我要是女孩子，或许她的结局比现在好。"

陈迦南后来查过资料，知道他奶奶一直将他养在身边，却从来没有提过他的母亲。

沈适轻轻叹息："倒是也反抗过。"

陈迦南："什么？"

沈适说："那一年我九岁，她从梨园跑出来，从学校偷偷带我走。我还记得我们一起坐的绿皮火车，吃得很差，住的地方很潮湿，走了很久的路，一个村庄又一个村庄地跑，却不敢回她家。"

陈迦南有一瞬间醒悟，难怪他今天游刃有余。

"后来夜深，稍一打听，她才知道她父母，也就是我的外公外婆，一年前已经去世了。她很少哭，那是我见过她哭得最难过的一次，就跪在家门口，不停地磕头，头都磕破了。"

陈迦南听得有些难过，偏过头。

沈适说："我就站在她身后，那一年她四十二岁。"

"后来呢？"她问。

"后来，我们去了一个小镇生活，她在工厂做工，我在镇上读五年级，就这样过了一年的平静生活。"

沈适说着声音低了，眼睛有点湿润，看着她笑了笑："那大概是我这辈子最难以忘记的日子，我只叫了她一年的妈，后来就再也没叫过。"

陈迦南："她……"

沈适眯了眯眼，遥想道："我被带回了京阳，送去封闭学校读书，再回来已经是半年后，她已经跳楼了。"

这半生有点残忍，陈迦南不忍再听。

沈适抬起下巴，仰头看这雾气缭绕的天，轻声道："南南，如果有选择，我宁愿做一个普通的穷人。"

这一声南南，叫得自然极了。她甚至有一些恍惚，好像还是昨天的事情。他喜欢从后面抱着她，有时候刚从饭局回来，一身酒味，烟味却总是淡淡的，情到浓处总这样叫她。

或许她和他母亲很像。但她终归幸运一些，抽身而退得快，却也留了满地的伤痕，再念起，总是痛苦更多一些。

陈迦南的目光慢慢正视着他："既然你知道那种痛苦有多么摧毁人，当年为什么要拆散林老师和我妈？"

沈适沉默，半晌，看她。

他眼里有一些无奈，淡淡地道："对不起，那是我能想到最温和的法子，总不能等老太太出手。"

陈迦南陡然鼻子一酸。

他们站在漫天的山茶树外，有一会儿没有行路。车就在那儿，好像总是走不过去一样，由着风吹。

她轻声问："能问你一个问题吗？"

"你说。"

陈迦南道："她当年为什么不离开？"

沈适沉默了一会儿，想了想说："前些年可能是真的爱过，后来是因为我，或许还有一个原因。"

"什么？"

"她看不到希望。"

"你怎么想她？"

"反抗过，足够了。"

有一阵风从脚底刮上来，她看着他镜片后的眼睛，忽然感到有些陌生。

她问："你什么时候戴的眼镜？"

沈适说："有两年了。"

他说着将眼镜拿下来，递给她看。

陈迦南接过扫了一眼，诧异道："平光镜？"

沈适笑笑："老张配的。"

"好好的戴这个干吗？"

"小西喜欢挠人，破过相，老张就买了这个，戴了几回习惯了，不好拿下来。"

陈迦南静静听着："老张还好吗？"

"都挺好的。"他说。

这个"都"字，说得讲究。

陈迦南吸了一口冷气，觉得在外面站久了脚都麻了，她看了一眼时间，将之前的话题扔开，对他说："进车里吧。"

沈适笑笑，说好。

出走的 人

● 第 六 章

下午 2:45。

这一路有一会儿没说话，车里只有广播响。

陈迦南静静地看着窗外，高高的电线杆扎根在田野里，好像还有人戴着草帽在田间忙碌，路边的红色塑料袋随风扬起，划过天空。

她回过头，对沈适说："能用一下你的手机吗？"

沈适一只手把着方向盘，一只手从身侧拿过手机，一边看着前方的路，一边伸出手递到她面前。

陈迦南慢慢抬手接过。

她握在手里，停了两秒，拨了一个号打过去，那边一直没有人接，她又打了一遍，这回是毛毛接的。

"外婆好着呢。"毛毛接通直接道。

陈迦南问："你什么时候过去的？"

"早过来了，饭都做着吃了，放心吧。"毛毛说，"外婆这会儿正看电视呢，比我还认真。"

"让外婆接电话。"

不知毛毛和老太太嘀咕了两句什么，听不太清，大概磨蹭了一会儿，外婆才拿过手机，眼睛还盯着电视看。

"行啊陈秀芹同志，看电视都不接我电话了。"陈迦南说。

沈适开车，嘴角轻弯。

那边外婆嘟了嘟嘴："电视好看。"

"什么电视？"

外婆支支吾吾说不出来。

"您连什么名字都不知道还好看？"

外婆哼了一声："小莲喜欢看嘛。"

电话忽然安静了一下，陈迦南握着手机的手定了一下，听见毛毛在大声喊："《祖宗十九代》！"

陈迦南"嗯"了一声，问外婆："看哪儿了？"

外婆声音小了，很快说出几个字："不能说。"

"我是囡囡，还不能说啊？"

外婆好像思考了一会儿，似乎想起她，温和道："囡囡啊，外婆等你回来一起看，行不行撒。"

陈迦南微笑："行的嘞。"

乡下的路有的比较难走，沈适开得极慢。他听见耳边这个女人轻声说着俏皮的吴侬软语，不禁笑了笑。

他们在一起那几年，他很少听过。印象最深还是那一年冬天，他带她去哈尔滨出差，晚上要赶一个很重要的饭局，他让林郁先带她回酒店。

机场外，她接了一个电话。他隔着几米远在听林郁汇报，耳边却是她说着南方话，听那口气，对方似乎是一个平辈的人，倒是很少听她这样讲话，便侧耳多听了一会儿。

她语气懒散："行不行啊陈秀芹，别让我妈逮住，要不然我可不帮你说话，也别找我买烟啊。"

那一瞬间，他听得有些好笑。

正想细听是谁，便听她又道："我这边你就别担心了，真挺好的，您和我妈吃好喝好玩好行不行啊我亲爱的陈秀芹同志。"

林秘书叫了他一声："沈先生？"

沈适平静地收回目光，便听到耳边她很亲昵地喊了一声"外婆"，他蓦地笑了，对林郁道："送陈小姐回酒店，九点过来接我。"

林郁当时一愣："九点？"

饭局八点半才撺掇着开始，陆陆续续有人才来，九点就走好像不太合规矩，更何况这回出差不是小事。

"怎么？"他问。

林郁："是不是有点早？"

沈适："晚点就回不去了。"

他记得那天晚上林郁来的路上堵车太严重，他被灌得有点多，出去醒酒，公司那边又出了点事情，他应接不暇，后来那晚，他回去已近半夜。

车里广播忽然唱起京戏，沈适慢慢回神。

陈迦南已经打完电话，将手机放到一侧，不知道在想什么，目光定定地看着窗外，格外沉静。

沈适随口道："外婆还好吗？"

陈迦南没有看他："挺好的。"

"现在几期？"

陈迦南慢慢道："二期。"

沈适问："后面你什么打算？"

"还不知道。"

沈适说："我认识一个神经内科的医生，看这方面的疾病还是挺不错，有时间的话可以带外婆去看看。"

陈迦南垂眼："在哪儿看都一样，都二期了。"

"总得试试。"

陈迦南："再说吧。"

她不想再欠他人情，拖拖拉拉牵扯不干净。可是有那么一瞬间，她希望这趟行程，稍稍过得慢一些。

过了会儿，沈适道："累的话睡一会儿。"

陈迦南摇头："睡不着。"

"玩游戏？"

陈迦南扯了扯嘴角："我是游戏白痴，一窍不通。"

沈适并不惊讶，只是笑道："我记得有一次去接你，路上你还在看什么《英雄联盟》，看得手机都没电了。"

陈迦南想起来，笑了："想听实话？"

"听。"

陈迦南缓缓吐了口气，道："你那次好像是去参加什么慈善宴会，我不喜欢那样的场合，不想和你说话。"

沈适点头："存心硌硬我？"

陈迦南："算是。"

西城往事2·一天

沈适笑："多大了你？"

陈迦南淡淡道："挺老了。"

"这就挺老，那我不是特别老？"

陈迦南倒还认真地看了他一眼，眼睛里早已经有了这个年纪该有的深沉和稳重，和他说话的时候也是不温不火的样子。

见她不语，沈适轻道："三十七了。"

陈迦南跟上："那是挺老。"

沈适笑了一声，声音里多了些轻快，道："我记得你读大学那会儿，还跟个十二岁的小姑娘一样，年轻得让我羡慕。"

陈迦南不想多说，脸扭向一边。

沈适偏头看了一眼，目光落在她的头发上，当年的短发早已经留长了，堪堪打在肩上，留下岁月的温柔。

沈适看她，没有说话。

陈迦南瞧了一眼前头的方向："你看路，看我干吗？"

沈适收回视线，笑笑。

"知道林洒言吗？"他道。

陈迦南迟钝了一会儿，想起了那个被叫"洒姐"的女人。有一两次她陪沈适去金厦，林洒言就是那个在六楼最好的地段卖京阳最贵的奢侈品的女人，听说他们圈里的人都常去那儿。

沈适说："当年她是名动京阳城的二小姐。"

陈迦南从没听过这个女人的故事，她明白有些事情媒体八卦就算知道了，大概也是不敢散播。

沈适道："她家和沈家一直交好，奶奶很喜欢她，甚至有意指她做孙媳，可以说奶奶从未那样疼爱一个女孩子。"

原来是门当户对青梅竹马。

沈适说着笑笑："我当时还在国外读书。"

陈迦南看他表情自然，开始认真听故事。

"听说她为了一个男人和家族决裂，硬是陪着跑去山区支教，这一去就是三年，我也是回国才知道，他们回京阳的路上出了车祸，男的当场去世。"

陈迦南猛地一惊，以为听错了。

"怎么会出车祸呢？"她问。

"怎么会出车祸呢。"沈适叹道，"至今的答案都是意外。"

他这话轻描淡写，分量却很重。

沈适看她一眼，倒是平和地笑了笑，风马牛不相及地说了另外一件事："你知道她爱的那个男人是谁吗？"

陈迦南猜不到。

"一个高考复读了七年的物理高才生，最后以满分成绩考入北大。他们认识那一年，林洒言二十二岁，他已经四十岁。"

"后来呢？"

"他辞职了，回乡教书。"

"为了她？"

沈适顿了半响，才道："是。"

"她后来有结婚吗？"

"没有。"

"一个人也挺好的。"

沈适笑："你们俩挺像，年轻的时候就连性格也很相似，有自己的想法也倔强，选择一条路就不会回头，哪怕一条道走到黑。"

"你觉得她现在过得不好？"

"一个人要是特别难过的话，大都是不会让你察觉的。"

陈迦南看着他的侧脸，听他这样不动声色地说着这些话，脸色慢慢淡下来，不由得转过了脸，看向窗外。

这些年来，她不就是这样的吗。她想起那些睡不着每天都失眠的夜晚，想起妈妈说"囡囡，好好活一场"，却总是在每一个夜晚和白天，孤独一人。

广播这时停了，听到他清晰地咳了几声。

陈迦南回过头，见他嗓子好像挺难受，艰难地往下咽东西一样。她目光下移，落在他边上的大前门。

她抬头看了一眼外边："车停这儿吧。"

沈适车速放慢，停在路边。

"怎么了？"他轻声问。

陈迦南说："给你买包烟。"

她说这句话的时候，有一种超乎的平静，就像是说"今天天气很好，我们出去走走"一样简单。

沈适拿过大前门，说："还没抽完呢。"

陈迦南目不转睛："好抽吗？"

他也一副认真样："挺好抽。"

陈迦南想起很多年前读大学时，周逸说，当你说一句话的时候，总是"挺什么样儿"，大概就是不好。

她看了他一眼，没说话，下了车。

隔了一个街道，有一家小商店。

商店的柜台里摆了很多香烟，陈迦南默默扫过一眼："一包玉溪。"

"软的硬的？"老板问。

"硬的。"

老板瞅她一眼："你一女的，硬的不好抽。"

陈迦南懒得解释，只是淡淡笑笑，听到有敲锣打鼓唱大戏的声音，一边付钱，一边问了句："村里是有什么事吗？"

"有人办丧事。"

陈迦南："很有钱？"

老板一听，嘿笑一声："可不嘛，那么大排场。"

陈迦南笑："那你们村风水挺好，出了个大财主。"

老板摇了摇头，"嗨"了一声，想说什么又止住了。这时，一道低沉的声音插进来："听什么呢？"

陈迦南偏头一看，沈适不知道什么时候走了过来。她将玉溪递给他，才开口："没什么。"

说完，他往车里走。

沈适拆开烟盒上的薄膜，掏出一支闻了闻，侧眸看了一眼她的身影，然后将烟咬在嘴里。

他问老板："前边办事？"

老板："啊，丧事。"

"好走吗？"

"有点悬。"

他点燃一支烟，黑色的眸子看向远处那片敲敲打打的地方，再想问两句，老板已经进去里屋不见人了。

沈适："……"

他抽了两口，往车边走。

难得这会儿雨停了，空气又新鲜，比车里畅快。再看陈迦南，她站在车外，两手插在衣兜里，背对着他，看着远方田野、雾气和她的白色羽绒服交融在一起，头发披散在肩头，有种说不出的漂亮。

他慢慢走近："看什么呢？"

有的话是不需要回答的，问的人也没想过要听到答案，它不过是连接两个人的桥梁。

陈迦南看着远方，慢慢将脸转向他："给我一支。"

沈适看着她素净的脸颊，顿了顿，最后还是从烟盒里掏出一支，递给她。

陈迦南拿在手里，用拇指和食指慢慢揉搓了一会儿，轻轻放在鼻尖闻了闻，放在嘴里，低头，凑上他递过来的火。

第一口，就不可抑制地呛住。

沈适拧过头，深吸了几口，将嘴里的烟扔掉，抬手摇了摇驱散烟味，这才拍了拍她的背，淡淡道："还抽不抽了？"

她两指夹着烟，呛得眼睛都酸了："要你管。"

"以后别抽了。"他说。

陈迦南"嗯"了一声，眼睛盯着烟头上微弱的火星，好像看到外婆，躺在院子里的摇椅上，在抽阿诗玛的样子。

她对沈适说："外婆喜欢。"

"苏烟和阿诗玛？"

陈迦南眼睛酸着酸着，笑了："对。"

外婆的病好像比医生预料的还要快，有时候出门买菜就不知道回来的路，有时候就不认识她了，可爱抽烟总忘不了。

想起辞职那天回到家，外婆正要出门。她问外婆要去干什么，外婆说小莲要吃糖葫芦。那是个小镇黄昏的傍晚，外婆穿着粗布衫，挎着陈荟莲从前买菜用的篮子，说什么都要买糖葫芦。

她说："要下雨了，明天买行不行。"

外婆不肯："小莲吃不到会哭的。"

她看着外婆出了门，追着跑出去。外婆却停在门口，佝偻的背影照在后面的砖瓦墙上，夕阳落在身后。她低头一看，外婆尿了，裤子湿透，却还是看着她，笑得慈祥，对她招手："囡囡，快来。"

指尖的火星很快就暗了，陈迦南弹了弹烟灰，抬头看向这阴郁的天，正要将手里的烟丢掉，腕子被沈适握住。

"你干吗？"她道。

他低头看她的时候，她眼眶里的泪水还没来得及掩藏，一双清澈的眼睛，就这么坦坦荡荡地面对着他。

"别浪费。"他松开她，然后拿过她的烟，叼在嘴里。

陈迦南静止了一会儿，将脸偏向一边，擦了擦眼睛，缓了缓神，回过头看他："你不是有洁癖吗？"

沈适淡淡"嗯"了一声。

她忽然不知道说什么，又听他道："抽烟总归不好，以后尽量还是别抽了。"

他认真地道："我抽的时间久了，戒不掉，也没想着戒，一会儿不抽浑身就不舒服，晚上也睡不着。"

陈迦南："睡不着应该看医生，不是抽烟吧？"

沈适笑笑："习惯了。"

陈迦南沉默片刻，向他伸出手："钥匙。"

"你干吗？"他疑问。

"我开车吧。"

沈适看她一脸笃定又平和的样子，犹豫了两秒，从裤兜掏出钥匙给她，道："你先上去热车，我把烟抽完。"

一支烟抽罢，他习惯性地往驾驶座走，从挡风玻璃前看见她低下头在摆弄广播，笑了笑，走了几步，拉开副驾驶车门，坐了进去。

"直接往前开。"他说。

广播里，男主持人兴致似乎特别好，说完一段和听众的互动，又接着道："听众朋友们，接下来我们来听一首刘德华的《17 岁》。"

陈迦南这才回他："我知道。"

黑色汽车缓缓行驶在乡间小路上，踩过水坑，车子颠簸了一下，刚好听到刘德华唱"唱情歌，齐齐来一遍"，她放在方向盘的手指跟着节奏点了点。

开过一条街，她看见前边一排排车挡着路。

路口放着一个吹好的 U 形白色气囊，上头贴着一副挽联，再往里看，几十米外搭着一个又长又高的篷，两边的墙上放满了花圈，一堆人穿着白衣，戴着孝帽，三三两两围一圈。

沈适道："应该过不去，先停这儿。"

陈迦南依言，停下车，解开安全带，道："我去问问有没有别的路走。"

她一下车，往四周看了一眼，朝着一个看起来还挺和善的中年妇女走了过去，对方正站在门口看热闹，两手互相插在袖子里。

沈适看着她的背影，目光落在她身后。

办丧事那家排场很大，似乎来头不小，门口站着说话的那个他见过，好像是炀朔市首富家的一个秘书，饭局上挺能说会道一个人。

他坐了会儿，从车上下来，刚好碰见陈迦南往回走。

陈迦南问："你下来干吗？"

沈适："尿急。"

陈迦南："……"

沈适："你要不要一起？"

她本来还好，经他这一问，还真有些不舒服，又不好说，看他问得居然也一本正经，便皱眉道："你自己去吧。"

沈适一走，她把车一锁。

这里的厕所都在门口，是一个小房子，很好找，只要和人家打个招呼，就能行个方便。不像大城市，得找半天。

陈迦南站了会儿，掉头去问路那家。

她丝毫没有注意到，角落里有目光看过来，那人眼神有些凶狠，往地上吐了口唾沫，双手环抱在胸前。

"不是冤家不聚头啊，真巧。"男人冷哼一声。

身边的矮个问："谁啊哥？"

"早上过来的路上碰见一个女的，挡着我道，就不给老子挪。行，这回看我怎么弄她。"

"咱可在人家钱总门口呢，这女的万一是个亲戚咋办？"

"盯了半天了，就是个过路的。"男人道，"你把东西送进去没，贾秘书见到了吗？"

"门都进不去。"

男人站直了："得，先弄她去。"

"弄……她？"

男人拍了一下矮个儿的头："弄她车。"

下午 3:17。

路边正敲锣打鼓，热热闹闹。一堆人穿着孝服走来走去，在路边晃荡，三两小孩戴着小小的孝帽在地上拍卡片玩。沈适站在门口，看到的就是这番光景。

他正准备点燃一支烟，目光一顿。

有两个男人从车后面走了出来，鬼鬼祟祟，东张西望的样子，走路也是抖着腿，似乎是缓解某种紧张情绪。

沈适视线偏移，落在车上。

他若无其事地收回目光，低头将烟点燃，缓缓吸了一口，像是没看见一样，掏出手机玩，等她出来。

过了一会儿，陈迦南出现在他身后。

她经过他，问："站这儿干吗？"

沈适抬头，回："等你。"

这话很自然地从他嘴里说出来，陈迦南倒是有些不自然了。以前他也总是等她，雨天等，雪里等，从来都是不紧不慢的样子，也恰好是这种样子，一直推着她向他靠近。

她看他："你这第几支烟了？"

沈适将手机塞回裤兜，想了想说："第三支？"

陈迦南面无表情："你信吗？"

沈适："不信。"

陈迦南："……"

她看着他坦坦荡荡真诚的样子，忽然有些好笑，也懒得张嘴，只是觉得他俩的对话有些许滑稽。

沈适问："饿吗？"

陈迦南一脸问号："我们才吃没多久，你饿了？"

"有点。"

"我们现在出发，开得快一点的话，你可以去岭南吃，再说，这边哪有吃饭的？"

沈适下巴朝右边点了点。

"人家里有丧事呢。"陈迦南提醒道。

"有朋自远方来。"沈适笑道。

陈迦南凉凉一笑："那可是当地首富，我们能随随便便去？再说也不能空手去吧，按照乡下的风俗，不得行个礼，我可没钱。"

正说着，那边喇叭喊："现在请向阳街乡村父老入席，大家随便坐啊，尽管吃……我家先生感谢大家能在百忙之中前来参加母上大人钱老夫人的葬礼，对此表示……"

沈适头微微一偏："坐坐？"说罢已经抬脚走过去。

陈迦南原地泄气，肩膀耷拉着，站了一会儿，才踢踏着脚跟了上去。

进席前，他们被挡在门口。

确切地说，专门有个盯梢的婆婆，大概看见他们有些陌生，便凑过来问："你们是先生什么人？"

沈适说谎都不打草稿，表情相当凝重："我外婆和钱老夫人生前是朋友，她近来病重，特地叫我过来替她吊唁。"

陈迦南在一边都听呆了。

她目光一直在沈适身上，没有看见身后有俩男人一直低着头，一个对另一个苦着脸，轻声道："哥，真是亲戚啊。"

沈适又客气道："顺便看看你家先生。"

婆婆"哦"了一声，看向陈迦南道："你俩一起？"

沈适："她是我……"

陈迦南忙接道："我是他小姨，他是我外甥。"

婆婆愣了半天。

陈迦南笑笑，当真了说："我俩就是差个辈分，我妈生我比较晚，好像当时钱老夫人还来看过呢。"

沈适就那么站着，看着她编。

婆婆"哎哟"一声乐了："我还以为你俩是夫妻呢。"

沈适闻言，眸子顷刻软了。

陈迦南笑意在嘴角凝住，很快又恢复过来，道："瞧您说的，我这外甥都三十七了还单着，可把我姐愁的。"

婆婆打量着沈适，这男人穿着随意，看着有种贵气，长相也好，怎么着也不会是个小人物。

陈迦南从口袋里掏出一张一百块，塞给婆婆："这是份子钱，不多，我妈的一点心意，您收好。"

沈适："……"

婆婆收了钱，笑道："进去吃吧。"

沈适朝宴席那些桌子扫了一眼，目光在左边顿了顿，垂眸，慢慢往里走去。陈迦南随后跟着，嘴里说道："记得还我。"

他轻飘飘道："你不也占我便宜。"

陈迦南撇撇嘴，翻了个白眼。

宴席有三十桌，摆了两行，中间长长一个过道，占了村里半条街，难怪车都堵在外头，过不去，有钱有势就是豪横。

他们在最后一桌落座，同坐的大都是老人孩子。

饭菜看着都挺好的，颇有排场的样子，陈迦南尝了一口，味道也不错，可以媲美炀朔四大美食。

正低头，沈适夹了青菜放她碗里。

"尝尝这个。"他说。

陈迦南看着碗里的菜，有些别扭，道："你自己吃吧，不用给我夹菜。"

沈适动作一顿，声音抑扬顿挫："那怎么行，这可是公共场合，我这个做外甥的得知道礼数才行，您说是吗，小姨？"

他这一声"小姨"，叫得陈迦南差点喷了饭。

同坐的几个老人看过来，好像都愣了，一个抱着孙子的老太太看着陈迦南，不可置信道："你是他小姨？"

陈迦南又咳了几声，拍拍胸口，点头。

"那你俩这辈分差得可大。"另一个人插话进来。

陈迦南瞪了沈适一眼，有仇报仇："我外甥三十七了，有房有车，就是现在还没结婚呢，哪个阿姨有合适的可以给他说说。"

沈适悠然自得地吃菜，也不说话。

一个老太太说："三十七了啊……什么工作？"

陈迦南："自己开公司。"

"那不得了，我给你说……"

头顶插进来一个声音："晚了。"

饭桌上有人笑话："你看这老太婆，一个都不放过。"

陈迦南抬头，是刚才收他们份子钱的婆婆，这会儿正喜笑颜开，好像中了大奖一样，看着他俩。

"有个事咱进去说？"婆婆道。

陈迦南："……"

沈适偏头，在她耳边低语："你点的火，你去。"

陈迦南咬牙："什么事儿啊？"

婆婆拍拍她的肩膀："好事。"

陈迦南："我和我外甥一起？"

她说"外甥"俩字时，音压得很重，眼尾扫了一眼沈适，余光里他低头吃饭的动作似乎有短暂迟钝，她不禁嘴角上扬。

"一起一起。"婆婆说。

陈迦南的右手慢慢滑向桌下，拉了拉他的衣袖，可是他好像无动于衷似的。在她手指都要僵硬的时候，他才慢慢抬头，站了起来，道："走吧。"

婆婆带着沈适走在前面，陈迦南觉得自己像个跟班。他们穿过宴席，绕过众人，直接走进一间有些气派的屋子。

路上，婆婆道："你开什么公司啊？"

沈适走得稳重，淡淡道："各行都沾一点。"

"那厉害了。"婆婆说，"我一看你就不是一般的毛头小子，又是钱姐朋友的儿子，信得过。"

沈适："您客气了。"

陈迦南走在后面，忍不住腹诽。

"我干闺女三十二了，除了单身全都是优点，你俩要是看对眼，那我烧高香了。虽然年纪差点，可她是我家先生的侄女，你晓得了。"

沈适笑笑。

陈迦南就当看热闹，东瞅瞅西望望。他们现在进来的这个屋子，装修古朴，像是个四合院，窗户都是镂花的，再瞧窗台摆件，个个都不是价格便宜的东西。

婆婆带他们进了屋，让他们先坐。

等房间剩下他俩，陈迦南松了口气，满屋子打量着，扫过墙上的西欧风格挂件："这房间打理得还挺漂亮。"

沈适随便往沙发上一坐，抬眼看她。

"看我干吗？"她道。

沈适："是挺漂亮。"

陈迦南讶异："像你这么有钱的人，什么世面没见过，还能看得上这儿？"

沈适笑笑："你还有空想这个？"

"那想什么？"

"想你一会儿怎么接招，反正我是不会说一句话。"他慢悠悠地将刚才那句话丢给她，"你点的火，你来灭。"

陈迦南："……"

她哼了一声："大不了给你接下就行了，反正你也一个人，万一要真看对眼了呢，你说是吧小外甥？"

沈适眯了眯眼，抿唇。

门外头有了点动静，高跟鞋声踢得很响，跟故意似的，咚咚咚，还未见人，便听见一段对话。

"干妈，你这说的都是谁啊？"

"你见了就知道了。"

话音刚落，不过两秒，门从外边开了。一个女人站在婆婆后面，不太情愿地往他们这儿看了一眼，只是一眼，蓦地一愣。

"沈……沈先生？"女人双眼都直了。

陈迦南也一愣。

沈适不慌不忙，抬眼，没说话。

女人轻脚走了进来，挺胸抬头，微微一笑："您前几年来炀朔，请二叔吃过饭，我们在饭局上见过，没想到您今天会来吊唁。"

沈适却将目光看向陈迦南，不开口。

女人有些尴尬，却依然客气道："您先坐着，我去叫二叔过来。"说完拉着婆婆走了出去，带上了门。

房间又安静了。

陈迦南瞪他："你看我干吗？"

沈适："看看怎么了，你又少不了一根头发。"

陈迦南气急："人家问你话，你干吗不说话？你不说话也别看我行吗，会让我很尴尬的，沈先生。"

沈适："我不在乎。"

陈迦南："……"

沈适："今晚前还想回岭南吗？"

陈迦南："当然。"

沈适"嗯"了一声："一会儿别说话。"

陈迦南正要问他为什么，房间门被推开了，她看见那个所有人嘴里的本地富绅，个子不高，有些瘦，六十岁左右，脸上堆满了笑，身后跟着一个秘书，还有刚才那女人。

婆婆站在最后面，心里不知有多动荡。

"沈先生来怎么也不通知一声，我好叫人去接你。"

这话说得冠冕堂皇。

沈适站了起来："您客气，节哀顺变。"

这个富绅瞬间一副难过的样子，重重叹了一口气说生死难料，看向陈迦南，欲言又止，道："这位是？"

沈适："我小姨。"

所有人："……"

"真年轻啊。"

沈适："生得晚。"

陈迦南："……"

房间门还半开着，没有要关的意思。

富绅笑了笑："沈先生要是不嫌弃，咱去上屋，我叫人弄几个菜，慢慢聊。我这穷乡僻壤的没什么有意思的招待，打打麻将喝喝茶。"

沈适："不着急。"

陈迦南嘴角抽了抽。

"那要不这样，我让秘书开车……"

大门口有些响动，似乎有人在喊话，富绅停了话匣子，有些不耐烦地皱了皱眉，不打算理会。秘书会意，正要赶人。

沈适点到为止："万一有重要的事呢。"

富绅犹豫了一下，给身边秘书使了个眼神。秘书跑出去一看，门口站着两个光杆子男人，一个胖，一个矮。

这俩死皮赖脸的，肯定道："钱总在里边吧。"一边说着话，一边硬是往里头挤，一路小跑转个弯就来到那间房子门口，喘着粗气，喊道，"钱总，可把您等着了。"

这声音听着耳熟，不就是早上找事那男的。陈迦南皱眉。

沈适："要不，我们先回避。"

"这倒不用。"富绅笑笑，转头看向那俩，"你们的事找现任董事长去谈，我这边已经不管事了。"

"这……钱总，我那货……"

秘书立马道："钱总已经退休了，二位还是回吧。"

沈适整了整袖子，缓缓开口，声音低沉："钱总，今天难得一见，正好庆祝您退休，我看也不必出去，就在这儿打打麻将怎么样，顺便为钱老夫人送灵。"

"这让我怎么好意思呢。"

沈适："应该的。"

陈迦南看他一眼："？"

沈适扫了一眼门口都快急哭了的那两人，对钱总淡淡道："今天刚好都遇上，也算一场缘分，牌面正好差一个人，您给我一个面子，让他俩试试？"

钱总沉默了两秒，笑了一笑："行，听老兄你的。"

那胖的还算有眼力见儿，低头哈腰："谢谢钱总您看得起。"

沈适道："纯玩多没意思，不如我们打个赌，谁输了就答应赢的一方一个要求？"

陈迦南心里一叹，这人真绝。

"只要钱总一句话，我上刀山下火海。"胖子道。

钱总脸色不太好。

沈适道："钱总年事已高，早已不涉尘世，今天这桌就当给大家看个热闹，咱俩赌。"

那胖子一愣："咱俩？"

陈迦南不知道他葫芦里卖的什么药，看了一眼周围的人，这个钱总现在挺直了背站着，似乎很是受用沈适的话。

沈适道："要是你赢了，你的事我帮你办。"

"我要是输了呢？"

沈适道："我要你那辆车。"

活着为了 讲述

第 七 章

下午 3:45。

沈适道："我要你那辆车。"

他说这话的时候，端得是一副云淡风轻的样子，表情要笑不笑，像是已经谈好一桩生意正准备随手签个字，举手投足尽是运筹帷幄。

这样的沈适，陈迦南再熟悉不过。好像他给她看到的就应该是这个样子，而不像今天过去的那几个小时里，温和、耐心，对她的冷言冷语也照接不误，放下了全身的棱角。

这一刻的他，让人着迷。

陈迦南后来想，她当年爱上他，大概就是喜欢他这样漫不经心从容淡定就把事干成的样子，永远走在前面，明明呼风唤雨却又什么都不放在心上。

房间里的空气有些僵滞，一堆人看热闹。

有一道女声插了进来："咱们还愣着干吗，今天就当是家宴，没有外人，大家和和气气，二叔，要不去会客厅打牌吧，再找厨房弄点小吃，怎么样？"

钱总笑笑："你这张嘴呀。"

女人嘴唇轻抿，看了一眼沈适。

钱总偏头对沈适道："沈先生，你看我这个侄女够不够格去你们公司公关部打杂啊，她这张嘴厉害着呢。"

"二叔！"

这一声喊得，男的听了都牙痒。

陈迦南站在沈适后面，看不清楚他的表情，大概也想得到，这样的场合他司空见惯，如鱼得水。

沈适抬眼，微微笑道："钱小姐冰雪聪明，一个公关部怎么容得了，太大材小用了。"

钱总笑道："你太谦和了。"

沈适只是笑了笑，轻轻抬了抬手，做了个先请的姿势。一堆人随后跟上，挪步会客厅大堂。牌桌已经摆好，茶水也已奉上，两人自当先行落座。

后面那哥俩，倒是有些颤颤巍巍。

胖子说："钱总，那我……"

"坐吧。"

那位钱小姐忽然出声："二叔，我能凑个数吗？"

"男人的局，你瞎凑什么热闹。"

沈适一直微低着头，慢慢摸着牌面，偶尔抬头看一眼，看到陈迦南站得远远的。他无奈皱眉，正要说话，便被头顶一道话匣子给拦了。

"我听说沈先生的牌打得很漂亮，只是可惜从来没有见过，二叔，您就让我见识见识吧。"钱小姐仰着小脸，三十来岁的样子却青春洋溢得过分，"行不行啊？"说着就已经坐下。

钱总摇头失笑。

那个胖子挑着最后一个位置慢慢坐下，看了一眼桌面上的人，手心都紧张得出汗了，大概是从来没和这样一桌人打过牌吧。

沈适看了一眼陈迦南，对一旁的秘书道："劳烦请我小姨过来坐。"

陈迦南虽然站在大厅边的台阶上，假意欣赏墙边花树，耳朵却灵敏得很。听见这句，她后瞬间僵了一下，慢慢回头，见他正坐在上座看她。

钱小姐笑道："沈先生和小姨关系真好。"

有人端好凳子放在沈适旁边，一桌人都看向陈迦南，她嘴角僵硬地扯了扯，只好硬着头皮走了过去。

先摇骰子，数大先摸牌。

他们玩的是最普通的麻将，照着乡下人的玩法，有和有炸，赌码只存在与沈适和那个胖子之间，一局定输赢。

陈迦南在他身边坐下，瞥了他的牌一眼。

真烂。

她又看了一眼对面那个胖子，早上车子出问题停在路口，她淋着大雨敲了半天窗都不开的家伙，真是冤家路窄，原来着急赶路也是来送礼谈事的。

要是真输了……

陈迦南凑到沈适跟前，皱眉低声道："能赢吗？"

沈适闻声，正摸了一张牌，微微侧眸看她，小巧的嘴巴有些红润，大概是还生着他让她坐过来的气，嘴角有些不情愿地撇着。

他微微倾身，低声道："不想我输？"

陈迦南轻哼一声，坐直了。

沈适笑着，随意撂了一张牌，正好给旁边的钱小姐截和，后者乐了，特意看了沈适一眼。

"谢谢沈先生啊。"

钱总跟着撂了一张牌，道："沈先生是来这边有什么事儿吗？"

沈适"嗯"了一声："家里事。"

闻言，陈迦南愣了一下。

钱小姐跟着道："沈先生平日里大概千忙万忙的，我们要见您一面可真是难于登天。"

真会开玩笑。

沈适淡淡地笑笑："钱小姐确实很会说话，钱总您有福了。"

他好像不看牌面一样，随意撂了一个牌，刚着桌面，对面的胖子就赶紧拾了起来，贼兮兮地说了个"碰"，怕谁不认账似的。

"您可仔细着点。"钱小姐提醒。

沈适勾勾嘴角。

胖子像是占了上风一样，看着沈适道："沈老板，我这要是赢了，你说的给我办事算数不？"

沈适抬眼。

钱小姐道："你先赢了再说。"

沈适："算数。"

"您是大人物，我信。"

钱总冷眸瞧了一眼，撂了个牌。

看他们一边打牌一边还能淡定自若地聊天，陈迦南不得不感慨，她在沈适身边那几年也不是没见过他什么样儿，越是淡定越是有把握。

可是，这牌是真的烂。

眼看对面那胖子碰得越来越多，牌面差不多都要听了，可他这牌，被他拆得乱七八糟，实在遥遥无期，别说自摸，勉强和就算不错了。

沈适摸了一张五条，正要摞，陈迦南眼疾手快一把握住他的手，瞪他："这牌挺好的，你干吗？"

他就等着她看不下去，笑了："那就留着。"

两个人的手握在一起，他也没有拿开的意思，只是看着她那倏然一呆："想什么呢，小姨？"

轻轻的尾调，余音绕梁。

陈迦南噌地把手拿开，真像是小姨教训侄子一样的语气："人家都快和了知道吗？好好打牌。"

沈适："知道。"

众人："……"

钱小姐看了一眼陈迦南，从来没有女人敢这样和沈适说话，虽然说是亲戚，可总觉得哪里奇怪，便道："小姨怎么称呼啊？"

陈迦南还没说话，沈适已经开口："姓陈。"

陈迦南偏头，只见他一副随意的样子，也没有看她，若无其事地摸着牌，漫不经心地替她回话。

钱小姐似乎并不罢休，又道："小姨什么工作？"

你才小姨。

陈迦南面目平静道："我开书店。"

"书店啊。"钱小姐将最后一个字拉了长长的音，轻笑道，"现在实体书店越来越少了，小姨你蛮厉害的。"

陈迦南笑笑："为了生活。"

众人："……"

钱总开口道："陈小姐怕是和我这侄女年纪差不多吧，一看就是个知书达理的文化人，喜欢看书是好事。"

陈迦南笑笑："我二十八，钱小姐呢？"

牌桌忽然有些安静，对方似乎不知道怎么接。这样的场合问及一个女人的年纪，确实不太礼貌，可这位钱小姐话里话外有些带刺，陈迦南睚眦必报。

钱总自是不能让侄女吃亏，便道："我这侄女啊，太能挑了，眼高手低，就把自己耽搁了，所以我说啊，这女孩子还是不能结婚太晚，二十六七都算晚婚。"

陈迦南："您说得太对了，我大侄子今年三十七了，都晚到祖宗十八辈去了，您是不知道我有多着急。"

沈适笑着听她诓。

陈迦南："要不这样吧……"

沈适忽然咳了几声，打断了话匣，话音一拐，绕到钱总身上："您退休了有什么打算吗？"

"养养鸟，种种花。"钱总说着玩笑道，"这话拐得，沈先生似乎挺怕你这小姨啊？"

沈适："怕。"

陈迦南目光一定。

沈适："怕她把我卖了。"

得，气氛又活了。

陈迦南瞪他几眼，假装低头看牌，听见他手机响了。他似乎没工夫看，侧了下目光，道："兜里，你接。"

她先是没反应过来，半晌才回神。

陈迦南不太情愿地伸出手，从他裤兜掏出手机。看了一眼，她犹豫片刻，还是将手机递给他："你接吧。"

沈适目光一顿，余光扫了一眼来电显示。

钱小姐看他眉头皱了一下，便道："二叔，还是让沈先生先接电话吧，小姨接着打怎么样？"

沈适："抱歉。"

他说完看向陈迦南，好像是已经默认了要让她替，她有些意外，看他："你知道我不怎么会打牌。"

钱总笑笑："打打就熟了。"

沈适对她笑了笑："没事。"

"我要是输了怎么办？"

沈适道："随便打，他赢不了。"说完，便向外走去。

陈迦南坐下后，看见对面的胖子对她势在必得地笑了笑，心里一阵恶寒，搞不明白沈适为什么要打麻将。

她一边看牌，一边等他回来。

眼看剩下的麻将不多，胖子已经开始着急。陈迦南慢慢稳住心情，开始以最笨的方式凑对子，或许是运气的缘故，后面一张张牌渐渐好了起来。

钱小姐道："小姨打得不错啊。"

陈迦南笑笑，没说话。

她把宝压在即将要摸的那张牌上，记了一下手里的牌，这才慢慢伸手过去，刚要碰上，一只手先她拿起。

陈迦南抬头，沈适轻轻把牌撂下。

"自摸。"他说。

下午4:15。

沈适的声音一贯的低沉、稳重，发出的每一个字都轻轻敲打在她的头顶，却犹如千斤重，慢慢沉浸在心里头。

陈迦南缓缓夺拉下肩膀，松了口气。

对面的胖子眼睛都要瞪出来了，噌地站起来，盯着那张牌看了半天，欲哭无泪，瘫坐在椅子上。

钱小姐："恭喜沈先生。"

沈适笑笑。

"没想到小姨的牌打得也不错。"钱小姐又道，"刚刚怎么还那么一番推让呢，害得我担心沈先生赢不了。"

陈迦南客气地弯了弯唇。

"要是真输了，小姨……"

还来劲了。

陈迦南打断道："不会输的。"

她说这话清脆果断，沈适低头看过去。

钱小姐："小姨怎么知道不会输？"

陈迦南："他说的。"

这话回得巧妙，钱小姐再强词夺理也不会傻傻问一句"他说你就信啊"，只好罢休，要笑不笑道："您和沈先生感情真好，让人羡慕。"

陈迦南倒是笑得特真诚："钱小姐和钱总感情也好。"

沈适清了清嗓子，看向陈迦南。

钱总偏头对身边秘书说了句什么，然后抬头看向众人，恰逢门口乐器敲敲打打的声音又响，遂道："好了好了，一副牌打得人都累了，我们去看看热闹吧。"

陈迦南跟着站起来，目光落在沈适身上。

秘书似乎并没有领会她的意思，只道："您先请。"

陈迦南看了一眼时间，再不赶路晚上就别想回去了，她看着已经往外走的一行人，拉了一下沈适的袖子。

她咬着牙道："你干吗？"

沈适微微侧头，余光里有两个人进来，把胖子那俩兄弟带了出去。他低声道："盯着他俩，把车留下。"

陈迦南一脸雾水："真要车啊？"

沈适看着她眼神特别无辜的样子，那一瞬间他很想刮一下她的鼻尖，硬生生忍住了，低声道："想回家就照我说的办。"

陈迦南倒吸一口气，气急。

沈适轻笑道："一会儿再跟你解释，车里等我。"

他说完就走了出去，留下陈迦南在原地想发火。她手抄口袋，看着那人高大挺拔的背影，想起他刚刚镜片背后的目光，深沉狭长。

陈迦南正要走，被身后一道声音拦住。钱小姐走上前，道："小姨要喝杯茶吗？"

陈迦南脚步一顿，偏头，看了一眼身边的女人，高跟鞋丝袜短裙，留着长长的头发，身上的皮草看着就价格不菲。

见她没说话，钱小姐道："他们男人谈事情，我们去喝茶吧。"

陈迦南懒得搭理："我还有事。"

"现在能有什么事儿啊？"

陈迦南皱眉。

"喝一杯也耽误不了多少时间，更何况这是我家，你也别见外，你是沈先生的小姨，那也是我的小姨。"

陈迦南："……"

"虽然我比你大几岁，可辈分在这儿。"钱小姐似乎还挺不好意思地笑了笑，"我叫你小姨，你不会生气吧？"

陈迦南目光一抬，淡笑："不会。"

钱小姐道："你看着年纪小，或许是亲戚的缘故，其实你和沈先生性格蛮像的，冷冷淡淡又让人觉得很厉害。"

陈迦南很少听到这种话，不禁一怔。

"我听说沈先生以前有个女朋友。"钱小姐适可而止，问得恰到好处，"不知道小姨有印象吗？"

陈迦南："他有很多女朋友。"

钱小姐笑了笑："你一定和我说笑吧。沈先生虽然女伴很多，可他承认过的就一个，好像是姓陈来着，只是可惜，缘分没到。"

陈迦南垂眸，淡淡道："是吗。"

"这么看来，沈先生挺长情。"

陈迦南直中要点："你喜欢他？"

"见过他的女人很难不动心。"

这话说得也直接。

陈迦南没兴趣再耽搁，朝庭院外看了一眼，道："那可能要伤你心了，真对不起啊钱小姐，我侄子现在不喜欢女人。"

她说完走开了，留下钱小姐一脸蒙。

走到门口，陈迦南再回头，不知道是不是有些感慨。沈适这个男人看着不像拈花惹草的人，可他身上有种致命的迷人感。她在门口环视一圈，看到胖子那哥俩。

街对面停着那两辆 SUV，胖子左看右看，似乎有些想开车走的意思。那俩人贼眉鼠眼，不像是个会真的守承诺的人。

陈迦南吸了口气，径直走了过去。

她直接伸出手："愿赌服输。"

胖子撇撇嘴，有些不甘心，道："早上的事算我对不住，妹子，你就大人不记小人过，行吧？"

陈迦南看着面前这人，丝毫没有心软："对不起，我记仇。"

胖子半天没有说话，冷笑一声，偏头看向一侧，从兜里掏出钥匙丢给她，一个眼神都没给就走了。

陈迦南把玩着钥匙，回了自己那辆车。她不是个心肠有多好的人，甚至性格里有些自私，她不喜欢为别人考虑，这样总是会活得轻松一些。

外婆说："善良的人活得都累。"

陈迦南不愿意做那样的人。

她在车旁边等了一会儿沈适，还不见他出来，正打算自己上车，目光无意识地一扫，发现汽车四个轮胎都……塌陷了？！

陈迦南一口气提到嗓子眼，瞬间醒悟。

身后的鼓队忽地敲打起来，戏台也唱起了京剧，婉转悲伤的调子听得人感怀，可这场子里，大多数人都笑得很热闹。

陈迦南找了个台阶坐下，偏头看那热闹。她记得前两年沈老夫人去世，沈家也只是很低调地发了个丧，有媒体拍到他低着头穿着黑色西服站在墓碑前，那天京阳还下着大雨，他打着一把黑伞，萧条落寞。

那是陈迦南很少的一次看见他的消息。说出来挺奇怪，她并没有那种消愁解恨的感觉，只是看见他的背影，觉得难过，从此以后，他便是孤身一人。

有时候一觉醒来，好像还是西城那个早晨。太阳很好，有鸟儿在院子里啼叫，屋顶的猫跑过来翻跟斗，最后停在窗台，朝他们窗子里望。

那时他们刚睡醒，他在清晨的光线里看她。

"演出还有几天结束？"他问。

"两三天。"

他会看着她说："完了随我回京阳吧。"

她故意问："干吗跟你回，我有手有脚。"

他总是一副温和的样子，笑笑说："是，我跟你回。"

难得有那样柔和的画面，她忍不住弯了弯眉眼，又往枕头深处靠去，只是轻轻闻着他身上的味道。

他说："我们养只猫吧。"

她静静地听着。

他说："房东的猫不错。"

窗外微风拂过，撩起窗帘。

他说："过些日子我大概会很忙，有事情我会叫老张去接你，等我忙完，到过了年，梨园的花就该开了，明年带你看梨花。"

像是一个庄重的承诺一样。

陈迦南至今都不敢想起那个清晨的一切，风也温柔，阳光也温柔，他穿着居家睡衣，靠在床上，对她说着今后的打算，也给了她一个看得见的时光等候。

不知道什么时候，天上慢慢下起了雨。陈迦南从思绪里走出来，轻轻摸了摸脸颊，湿湿的。她很快清醒，从遐想中抽离，目光一抬，愣住。

沈适正朝她走了过来。

有点恍惚，有点迷离。

沈适老远就看见她了，看见她毫无形象地往地上一坐，头发披散在肩头，仰着脖子，眼神比他见过的每一次都清澈。

直到他走近，陈迦南才回过神。

沈适问："看我做什么？"

她没动，就那样坐着，说："你是不是早就知道轮胎坏了，是他们弄的吗？你怎么不告诉我？"

沈适笑了："一下子问这么多，我要回答哪个？"

陈迦南拍拍屁股，站了起来。

"随便。"她说，"你说完了？"

"说完了。"

"我们可以走了？"

"可以。"

陈迦南掏出钥匙递给他。

沈适道："扔了吧，不需要。"

陈迦南："？"

"我们要的是轮胎。"

陈迦南："……"

他们互相对视，目光里似乎都有些期许。

沈适看着她："还有要问的吗？"

陈迦南直愣愣地问："你怎么知道一定会赢？"

戏台子上的京剧腔浓烈厚重，有着历史的古韵，唱的是一出折子戏，《四郎探母》。唱腔字正腔圆，韵味十足。那腔调和着小雨落下的声音，衬得此刻，有些萧索。

只听他开口："想知道？"

陈迦南等着他下一句。

小雨里，沈适说："一百块。"

陈迦南："……"

下午4:30。

陈迦南看了沈适一眼，眸子里似乎写着"赶紧还钱"几个大字，余光看向他身后过来的人，道："爱说不说。"

话落，她径直上了车。

沈适看着她这别扭的样子，笑了笑，正要低头点烟，瞥见身后钱小姐踩着高跟鞋走了过来。

他点燃烟，眯了眯眼。

钱小姐笑道："沈先生，二叔让我来送您。"

"客气了。"

"二叔这会儿忙了，特别嘱咐我亲自送您，不知道您方便告诉我去哪儿吗？这边的路比较绕，我可以给您指路。"

沈适顿了片刻："好意领了。"

钱小姐识趣地笑了笑："一直很敬仰您的为人，过些日子我会去京阳谈事情，还希望有机会与您合作。"

"钱小姐抬举了。"

"您太谦虚才对。"

沈适抽了口烟："还有事吗？"

钱小姐看了看他，又瞥了一眼车里驾驶座的陈迦南，目光顿了顿，忽然又不知道该说些什么，便慢慢开口道："没有了。"

"嗯。"

"沈先生。"

沈适抬眼。

"其实也没什么事。"钱小姐谨慎又紧张地组织着语言，"车胎我已经叫别人去换了，您等着就行。"

沈适道："谢了。"

钱小姐缓了一会儿才道："不客气。"

挡风玻璃外的两个人相对而立，男人低头抽着烟，女人拘谨得连手都不知道往哪儿放，已经没有了刚刚牌桌上自信凌人的样子。

一般的女人还真的驾驭不了他，陈迦南看着这位钱小姐，忽然有些同情她。

轮胎很快就换好了，正好沈适抽完了一支烟。他和钱小姐站在外面再没说话，他似乎也不觉冷场，特别认真地在抽烟。钱小姐看过来，他轻轻颔首，便上了车。

陈迦南打开引擎，将车开了出去。

她开出很远，从后视镜里还能看见钱小姐站在路边，望着他们离开的方向，不禁有些感慨，看了一眼副驾驶座的男人。

沈适似乎察觉到她的目光，问："想说什么？"

陈迦南收回目光："没什么。"

乡下有的路窄，稍微不留神就容易磕碰，陈迦南开得特别专心，也没太注意沈适，两人话也不多。只知道过了会儿，他接了个电话。

沈适看到来电的时候，微微侧头，余光看了一眼陈迦南，按下了接听键，表情没有一丝变化，可是电话那边的副总已经焦头烂额。

副总声音很焦虑："老板，股价还在下降。"

"谁涨得最快？"沈适问。

"这……"那边犹豫了片刻道，"周家。"

"你调查一下今天早上周达有没有见过什么人？"

"好。"

挂了电话，沈适很快又拨了个电话给张见。

沈氏忽然出了这么大的事，张见自然是知道的，也正发愁，只是手里有一堆烂摊子要收拾，暂时腾不出空。

看到沈适的来电后，张见忽然淡定了："老板。"

沈适沉默了一下，道："可能要取消你的假期。"

"我知道，有事您吩咐。"

"你立刻回京阳。"

意料之中，张见又问："要我去接您吗？"

沈适刻意停顿了片刻，说："不用。"

张见一愣，这么严重的情况，老板不出面，谁也解决不了。周达当年为了女儿周瑾婚礼取消的事情一直耿耿于怀,这回大概就是冲着沈氏来的。

沈适道："你代表我。"

"可是……"

"这边的事情暂时先放下，让周然去处理。你先回梨园，找张叔要一样东西，直接去周家。"

张见很快冷静："什么东西？"

沈适道："张叔知道。"

两通电话，让车里的气氛有些许紧张。陈迦南偏头看了沈适一眼，只见他眉头皱着，面目冷峻，大概是出了什么事情。

她暗自抬手，打开车里的广播。

两个主持人笑着聊天，聊完道："接下来请大家听一首老歌，周华健的《有没有一首歌会让你想起我》。"

低低的歌声里，气氛似乎柔和很多。

沈适揉了揉眉头，轻声道："这歌谁唱的？"

陈迦南眼角微抬："你听不出来吗？周华健。"

"你喜欢他？"

"喜欢。"

"还有吗？"

"你说歌还是人？"

"都算。"

"李宗盛。"

沈适一本正经地看向她，似乎是在确定她的话是不是真的，扯了扯嘴角，自嘲地笑了。

陈迦南："你笑什么？"

沈适："你觉得我笑什么？"

他们说了一连串的废话，似有似无，可有可无，好像这些废话比正经说话还要有趣，不用经过大脑，简单至上。

陈迦南："不知道。"

沈适笑了笑，靠在椅背上，看着前方长长的路，慢慢道："我读大学那几年，摇滚比李宗盛火，当时一个大学同学很喜欢他，为了听一场演唱会跑了半个中国，后来又跑了半个中国回来了，从此再也不听李宗盛。"

陈迦南问："为什么？"

沈适说："上半场和女朋友吵了一架，下半场就单身了，好像现在还是一个人，满世界地跑。"

陈迦南还是好奇上半场："吵架？"

沈适笑笑："他女朋友中途有事要走，他不走，那女孩就说，我和演唱会你选哪一个，那畜生说，我选李宗盛。"

陈迦南："……"

沈适笑道："是不是挺王八蛋的？"

"嗯，"陈迦南说，"要是我，我也分。"

沈适看着她。

陈迦南："现在不分还等着干吗，谈恋爱的时候都吊儿郎当满心满眼不是你，你还指望结婚能过好日子吗？怎么可能。"

沈适笑："是。"

"不过有时候女孩子也没那么无理取闹，只是想知道这个人心里到底有没有她，如果有，有多少。或许你那个同学，他要是答应陪她一起走，那个女孩子反倒是不会让他走了。"

"你这么想？"

"就像是谈恋爱花谁的钱，男孩子大大方方，追的时候不吝啬，等到女孩子铁了心跟他，反倒贴钱给他。"

"以前没听你这样说过。"

"你也没问过。"

沈适顿时沉默，目视前方，没有说话。前边的田野一望无际，小路弯弯绕绕，远离琐事和人群的时候，人总是寂静的。

见他又不说话，陈迦南心里没谱。

刚刚还随便说了很多话，这聊一句，那聊一句，或许也是分散注意力的一种情况。他有心事的时候，总是超乎常人的淡定，陈迦南不好分辨。

她偏着头，看了他几眼，轻声道："没什么事儿吧？"

沈适顿了顿，说："没事。"

广播里又放了一首老歌，陈迦南故意道："这歌你听过吗？"

沈适皱眉，听了两句："什么歌？"

陈迦南正要说话，一时没有注意到前方路口正开过来的小面包车。

沈适微低着头，余光里感觉到不对，抬起头的时候，两辆车已经快撞上了。

沈适迅速去打方向盘，身体前倾转向她。

这一瞬间，他几乎是下意识地就挡在她面前，用力将车拐向田里，和面包车擦肩而过，却还是听到了刺啦划过的声音，刺耳，像指甲在黑板上划过。

车子慢慢停在田间，陈迦南慢慢喘了口气。

她还是被吓到了，靠在椅背上，看着挡风玻璃外的某个点，目光有些呆愣，直到听见他喊她，才轻轻抬眼，看着他。

外面那辆面包车的车主已经下了车，往他们这边走过来。沈适见她的脸颊还是有些青白，便将窗子关上，低声笑道："头发该剪了。"

这不合时宜的玩笑话，听得陈迦南心里一咯噔。

沈适拨了拨她的刘海："没事，我下去看看。"

"拨刘海"似乎是个习惯性的动作，像五年前在西城，她晨起描眉，他刚买了豆浆回来，会弯着腰对她说："这里没画好。"

像是旧时光又回来。

陈迦南还没有意识过来的时候，他已经下了车。她目送着他的背影，忽然有些难过。

她看着他和那个车主在说话，递了一支烟。

想起刚才他下意识护着她那个动作，不知道为什么，鼻尖酸酸的，她下意识一摸，眼眶已经满含泪水。

很久以前，周逸送给她一本书。

她翻了几页就搁下了，只记得王朔在《我的千岁寒》中说了这样一句话："我再见你，记住，不是青苔，也不是蘑菇，是一片橘子色。五百蜡烛点亮香蕉船，银杏树下躲柿子雨，深秋雨后收割麦田，迎着晚霞采摘向日葵，你想要一只铜哨子，结果得到满河金被子。"

他们已失去这么多年。

小 团圆

第 八 章

下午 5:00。

风从地上慢慢刮了起来，清清静静，田野上的小花随风吹动，温温柔柔，有叶子飘起，飘到了沈适的脚下，风又停了。

沈适打着火，点了一支烟。

面包车主是个中年男人，看着不难说话，检查了一下车上的划痕，保险杠弄了点小摩擦，于是对沈适要价三百块。

沈适眉毛一挑："能不能便宜点？"

"三百块还多啊，这搁别人早给你要到五百块去了知道吗，再说我这好好开着车，你迎头撞上来，耽搁事都是轻的，要真撞出个好歹，你说这账是不是就不好算了。"

沈适偏头看了一下那辆面包车。

他夹着烟的手指了指那划痕，道："保险杠问题不大，几道划痕也不是很严重，要不了三百块吧？"

"这还不严重？！非要受伤才算吗？"

沈适道："兄弟，你这可就是强词夺理了啊。"

他话音刚落，听见身后有脚步声，目光随意一抬，陈迦南已经下了车，踩着野地，朝他走过来。

她从衣兜里掏出三百块递给那人："够了吧。"

中年男人笑着接过："够了。"说罢看了一眼旁边的沈适，"兄弟，还是你老婆大气，你在家不管钱吧？"

这一声"老婆"，喊得陈迦南一怔。

沈适倒是一副坦荡样子，淡淡笑了。

等那面包车开走，陈迦南转身刚往驾驶座走，腕子被沈适一拉，回过头，他咬着烟，笑了。

"我开吧。"他说。

陈迦南犹豫了片刻，想起刚才差点出的事故，还是会有些后怕，也不辩驳，从他的手掌里，慢慢抽出腕子。然而他握得紧，似乎也没有立刻放开的意思。

她皱眉，抬眼看他。

沈适却忽然松开手掌，将嘴角的烟吸了一口，扔到地上，用脚碾灭，看了一眼风向，说："走吧。"

她迟钝了一下，才跟着上了车。

好像哪里的感觉有些不一样，自从接了那两通电话之后，沈适心里一直装着事，虽然他表现得云淡风轻，但陈迦南能感觉到。

他将车慢慢开到路上，也没有说话。

陈迦南将目光偏向窗外，看着被风吹起的树叶，飘飘零零落在地上，觉得这样的天气未免太过萧索，她随手插进衣兜，眉毛抬了抬。

忽然听见他问："还剩多少钱？"

陈迦南摸着兜里薄了一层的钱包，顺便拿了出来，很快地数了数，有些失望道："八十块。"

"那你刚才么大方。"

"你又说不过人家。"

沈适把着方向盘的手一松，手指悠闲地敲了敲，偏头看了她一眼，特别强调道："谁说我说不过？"

陈迦南："……"

"让你待车里别下来，再过会儿我这一百块就能完事。"沈适一边看路，一边开车说，"你倒是干脆，直接撂了三百块。"

陈迦南蹙眉："我撂我的钱，不行吗？"

沈适："行。"

"你欠我的可别赖账。"陈迦南说，"这一路我都快倾家荡产了，要不是因为你，我现在早回岭南了。"

沈适忽然笑了："要不我们玩个游戏。"

陈迦南看他："什么？"

沈适道："我们各自问对方一个问题，你答对了，我欠你的千倍万倍还给你，要是你答错了，你就得听我的。"

陈迦南不太相信他说的话，这人太精明。

沈适看她一眼："玩吗？"

陈迦南不敢轻易回答。

沈适道："反正也是闲着，你赔不了。"

"什么叫赔不了？"

"就是不会输。"

"你怎么知道？"

沈适笑笑，没答她这一问，只是说："刚刚打牌不也没输吗，我什么时候骗过你。好了，你先问吧。"

车里的气氛稍稍回暖，陈迦南松了口气。

她顺着杆子往上爬，道："还是之前那个问题，刚才牌桌上你的牌明明很烂，你怎么知道一定会赢？"

沈适笑了一下，说："你倒挺执着。"

"我本来就是这样，不撞南墙不回头。"

听到她说的这话，沈适愣了一下，确实是不撞南墙不回头的性子。他随即笑了，对她道："这个很简单。"

简单吗？

"打牌之前，你要先学会记牌，得知道他手里有什么，和什么，要把他的牌抓在手里，这样不管怎么打，他都赢不了。"

"万一别人打了他要的牌呢？"

"那就再拆。"

"可是这个'万一'要是出现他可就赢了。"

"不会。"

陈迦南一脸蒙。

沈适道："今天他坐庄，我们三打一。"

陈迦南一连 N 个惊叹号在眼前闪过。

沈适道："如果我没记错的话，钱振豪祖上可是开过麻将馆的，他打牌不会差，听说当年就是牌打得好才发了家，他这个伛女学的金融，从她摸牌的手法就能看出来是老手，可不是个省油的灯。"

原来你们仨串通一气，难怪。

陈迦南又问道："要是他自己接到了呢？"

"这个更不可能。"

"为什么？"

"真正的老手在洗牌的时候就已经赢了，每个牌的布局和方位，都注定了对方能接到什么牌，他赢不了。"

陈迦南惊讶道："所以你在洗牌的时候就……"

沈适看着她："不用这么吃惊，一个普通的技能而已。"

"你还真谦虚。"

"我爸从小就被爷爷训练摸牌，他能一手摸出一个王炸，当年也是凭着这个本事追到我妈的。"

说到这个，沈适笑了。

"当年爷爷打算培养他做个商业奇才，没想到他跑去学画，这一学就是几十年，玩牌也成了一个消遣。"

他们这个家庭出身的孩子，难得自由。

陈迦南想了想，问："你的牌是谁教的？"

沈适沉默了一会儿，说："我妈。"

陈迦南一怔。

沈适莞尔："后来他和我妈在一起才知道，我妈三岁就开始玩牌，喝白酒都不会脸红，算是祖师爷赏饭吃。"

陈迦南听得愣愣的。

"还有呢？"她问。

"她是个好女人。"沈适最后说，"也是个傻女人。"

这话听得人难过。陈迦南想起陈荟莲，抬眼看向前方，见到挡风玻璃外有山有树，远处有云，天不知道什么时候亮起来了，车里的广播跳到戏曲。

很多年前，陈迦南看过一出折子戏。

那时外婆还年轻，喜欢穿绣了花的衣裳，站在院子里，一边听戏一边做个兰花指，眼神勾勾的。外公活着的时候说，当年喜欢外婆就是喜欢上了那双眼睛。那一年，她妈妈陈荟莲还是个小女孩，扎着两个小辫儿，相信人间很好，可以活到一百岁去。

可她只活了四十五岁就走了。

王朔在《我的千岁寒》里还写过一句话："现在想人间，能让我想起来光线如雨的，都是人齐的时候，父母年轻，孩子矮小，今天还在远方。穿什么衣服不重要。好风水，就是该在的都能瞧得见。"

好风水，就是该在的都能瞧得见。

陈迦南好像忽然明白过来点什么，她看着远处的山和半明半暗的云，慢慢收回目光，看向沈适。

"你呢，你想问我什么？"她轻声道。

沈适顿了顿，正要开口，手机蓦地响了。

他一边开车，一边拿出手机瞥了一眼来电显示，下意识地皱了皱眉，迟疑了片刻，对她说："我接个电话。"

电话接通后，那边人道："沈先生，查到了。"

沈适只是听着。

"今天早上周达只见过一个人，丰汇的凌总。真是没想到，这个凌天强居然出这一招，找我们合作不成，转过身就翻脸。"

沈适道："本来还以为这人有点本事。"

"这几个月，他天天打电话谈合作，我们一直拒绝，不曾理会，如果我猜得没错的话，一定是他和周达商量好的玩这一出。"

沈适看了看前边的方向，很快就到下一个村子，正有车往他们这边开过来，路不宽，他提前将车缓缓停在边上让路，一边把着方向盘一边道："他太着急了。"

"您说的是。"

沈适淡淡地道："他那个公司几个月前就完了，留着的不过是个空皮囊，他急着找项目，我们不干，可是周达喜欢。"

"周总都一把年纪，还是不消停。"

沈适冷笑："周达可是个吃人不吐骨头的主，我看这一回，就算找老天帮忙，他那个空皮囊都保不住了。"

"那我们……"

"静观其变。"

"可是股价已经跌得很厉害了。"

"再等等看。"

"公司现在上下已经乱成一团了，股价弄得人心惶惶，不知道周达下一步会做什么，您不回来吗？"

沈适道："我有更重要的事。"

他挂了电话，目光一抬，副驾驶座已经空了，陈迦南不知道什么时候下了车，正站在路边弯腰拔草。

沈适将手机扔到座位上，也下了车。

他走在她身后，问："做什么？"

陈迦南噌地站起来，一只脚往后退去，差点没站稳，腰被他虚扶了一下，她惊得回头，小声嚷："你干吗？"

沈适觉得好笑："你干吗？"

"我看风景啊。"

"这地方就咱俩，你这么小声做什么？"

陈迦南被吓到也没好脾气："要你管。"

她说这话的时候像极了很多年前，她还是个学生，有着肆无忌惮的性格，和他顶嘴抬杠，怎么硌硬怎么来的样子。

扑面而来的怀念，让沈适笑意更深。

"怎么下车了？"他问。

"难道坐车上听你打电话吗？很无聊的。"

陈迦南说着，拍了拍手，从草堆里抬起脚，正准备踏出下一步，只听见旁边的树忽然抖了抖，有几只鸟叽喳叫着飞走，忽地只觉头顶吧唧一声。她倏然僵住，看见沈适一脸复杂的表情，抬手慢慢摸向头顶，一瞧，一堆鸟屎。

她嫌弃地看着自己的手，有些尴尬。

沈适忍着笑："不用难为情，这是个好兆头。"

陈迦南："……"

她抬手又摸了一把。

沈适笑说："别摸了。"

陈迦南："……"

沈适指了指前面不远的村子，看这一路不停过去的自行车和三轮车，想着前边应该挺热闹，便道："前边应该有集市，我们去洗头发。"

"等等。"

"怎么了？"

"不是各自问一个问题吗，你还没问呢？"

他就这样看着她，一只手无所适从地搁在半空中，发丝被风吹起，目光有些无辜，又有些红了脸颊。

"先留着。"他轻笑道。

下午 5:28。

沈适将车停在集市口，人太多过不去。

陈迦南对着镜子还在轻轻扯着头发，用卫生纸擦了又擦，好像潜意识里都能闻到鸟屎的味道，不禁嫌弃起自己来。

沈适看她一眼，笑："别动。"

他抽了一张纸，俯过身，朝她靠过去。她真的不动了，闻着他身上淡淡的烟草味道，听着他平稳均匀的呼吸，不知道为什么，忍不住颤抖。

沈适逗她："你抖什么？"

陈迦南闭上眼："你快点。"

沈适看着她说这话的样子，这样一张脸明明该是很绵软的性子，可偏偏那双眼太清澈伶俐，时常让人捉摸不透，反倒和软绵搭不上边了。

"好了吗？"陈迦南问。

沈适沉浸这一刻的平静美好。毕竟，这些年来他们真的很少有这样的时候，西城的那段时光就像一场大梦，大梦初醒，不负韶华。他回想这些年每一个孤独的夜晚，看着她此刻真真实实地在自己面前，却又忽然胆怯了起来。

"好了。"他说。

陈迦南睁开眼，不太自然地照了照镜子，想起刚才他怀里的温度，还有鼻翼间的轻轻呼吸，不禁有些慌神。

沈适坐好："下车吧。"

集市上的人很多，拎着篮子讨价还价的中年女人，疯跑的小孩，卖冰糖葫芦的年轻男人，门口坐着看热闹的老人，拥挤吵闹，来来往往，小摊贩占了一整条街道，不嫌累地吆喝。

雨水停了，乌云散了，天色又亮堂了一点。

他们一前一后下了车，站定在集市口。陈迦南看着这热闹的长街，忽然想起王维的那句"空山新雨后"，只觉得新鲜亮堂。

沈适找了个人问路，对方手指前方五十米。

他回头看她："要不要转转？"

陈迦南直直盯着他的眼睛。

沈适笑笑："得，咱先洗头。"

理发店在集市里面，他们穿过人群的时候，陈迦南被挤散在身后，她一抬眼沈适就不见了。正四处望着，只觉手心一热，他不知道什么时候出现在身边，握住她的手，像说"今天吃什么"一样自然，道："走这儿。"

她仰脸看他，沉默不言。

等挤出人群，他又悄无声息地放开她的手，看着眼前空无一人的理发店，回过头对她道："进去？"

陈迦南盯着门口的价钱牌子，犹豫着没动。

"怎么了？"他问。

陈迦南道："我们就剩八十块钱了。"

"够了。"沈适想了想，"洗剪吹三十块，你这头发也该剪一剪了，有点长，冬天捂脖子不难受吗？"

陈迦南看着他："你也淋雨了，不洗吗？"

沈适笑道："男人糙点，无妨。"

陈迦南："……"

沈适直接道："走吧，进去说。"

说罢，他已经往店里走去。

理发师很热情，问他想剪啥样，他说不是我，后边的话还没开口，理发师看见陈迦南跟在后面，已经机灵地接上："你们俩口子啊，想咋剪？"

陈迦南说："我们洗个头发。"

理发师："都洗？"

沈适正要开口，听陈迦南道："都洗。"

理发师："好嘞。"

沈适看向陈迦南，眉目清澈极了。

理发师："你俩谁先来？"

陈迦南："我。"

她已经难以忍受头发上沾了鸟屎的样子，匆忙就往里面躺椅上走，理发师随后拿了一条干净毛巾跟了过去。

沈适坐在一边的沙发上。

理发师没话找话说："你俩不是这儿的人吧？"

陈迦南"嗯"了一声，躺下了。

"走亲戚过来的？"

陈迦南："路过。"

理发师一听，一边给陈迦南揉头发，一边热情道："那你们今天要好好转转我们这儿，像这样热闹的集会一年只有一次，方圆几十里外的人都会来逛，热闹着呢，搁往常，普通的集会中午就散了。"

沈适问："有什么特产吗？"

理发师听罢，笑了笑说："咱这儿又不是啥大地方，就一些小吃，但我保证比大城市的还有味道，放心吃。"

陈迦南暗自吸了口气，那不得更穷了。

"听你们说话没有口音，啥地方的？"理发师问。

沈适："岭南。"

陈迦南没有说话。

"岭南是个好地方。"理发师道，"就是气温变化比我们这儿明显，你说奇不奇怪，就差这几十里路，一个秋天，一个冬天。"

"岭南今天雪挺大。"沈适说。

"百年一遇。"理发师"啧啧"感慨了一声，用毛巾包裹着陈迦南的头发，对她说，"好了。"

陈迦南起身，坐在椅子上。

镜子里沈适正抬眼看她，他的目光很正，就这样坦荡地瞧着，对视之间，他很轻很轻地弯了弯嘴角。

理发师说："你这头发有点干，我给你修修。"

陈迦南从镜子里看向沈适，他似乎格外精神，偶尔还会对理发师说"发梢再剪剪"。

等到剪完，头发少了小半截。

陈迦南瞬间觉得脖子轻了很多，自己用手捋了捋，发梢擦过肩膀，软软地轻扣在肩上，活泼轻巧了很多。

沈适看着镜子里的她，说："挺好看。"

陈迦南看着镜子里的他，眼角轻轻一抬，两个人目光撞在一起，她顿了顿，移开。

沈适笑意渐深。

陈迦南被他那笑弄得不自在，便道："你赶紧去洗吧，我一个人出去溜达会儿。"

沈适"嗯"了一声。

她走了几步又回头："你手机借我用用。"

沈适从兜里掏出手机，递给她。

"别走太远。"他说。

"知道。"

街道上的人这会儿没那么拥挤了，陈迦南一边朝着卖糖人的老爷爷走过去，一边给毛毛拨了个电话，问了两句外婆的情况。毛毛问她什么时候回来，她想了想说，快了。

电话挂掉，忽然有些怅然若失。

卖糖人的老爷爷问："想要什么样的？"

她说："孙悟空。"

电话又响，还是毛毛，问她拿的谁的手机，她支支吾吾半天，说是碰上一个熟人，匆匆又挂了。

卖糖人的老爷爷问："美猴王的还是普通的？"

她说："普通的。"

电话再响，陈迦南还以为是毛毛，看都没看就按了接通，听到那边陌生的男人叫了声"沈先生"，忽然一愣，慢慢地将手机从耳边移开，看到来电显示：副总。

她犹豫了片刻，又将手机放回耳边。

那边道："股价一直在降，亏损太多了，公关那边也出了大问题，周家这次来势汹汹，实在不好对付，老板，公司真的需要您来主持大局。"

陈迦南听完，把电话挂了。

糖人做好了，老爷爷说："十块钱。"

陈迦南看着眼前的孙悟空，好像那一瞬间集市里的所有声音都听不见了一样，她付了钱，沉默着往回走。

隔着一圈人，几个地摊，她看见沈适站在门口。

像是隔了很远的路一样，明明他就那样站在那儿，却遥不可及。从前在京阳如此，现在依然如此。

等她走近，沈适笑道："好吃吗？"

他刚吹好头发，短而利落，干干净净的面庞，没有戴眼镜，眼睛里钻满了笑意，看起来温和极了。

陈迦南没应，将手机还他："你有个电话，我不小心按了。"

他"嗯"了一声，直接将手机塞裤兜。

"你不回一下吗，万一很重要呢？"

"问题不大。"

身后，理发师走到门边，一边打扫着地上的头发，一边抬头对陈迦南道："麻烦把钱付一下。"

陈迦南目光偏了半毫："多少钱？"

"五十。"

陈迦南以为听错了："？！"

理发师解释道："你剪个头发三十块，你男人二十块。"

陈迦南慢动作看向沈适："你也剪了？"

沈适："……"

还没来得及感慨，陈迦南兜里就只剩下二十块钱。她本来还想问他要不要吃糖人，也不想问了，直接往车边走过去。

沈适跟在后面："不转了？"

陈迦南："没钱。"

沈适："我没什么要买的。"

陈迦南："那也不转。"

她直直往前走，也不见停。

沈适跟在后头，没话找话："怎么想起吃糖人？以前这东西多的是，现在倒还真是很少见了。"

陈迦南不吭声。

沈适继续道："像这样的集会现在不多了。有句顺口溜怎么说来着，

'看玩意儿上天桥，买东西到大栅栏'，有时间可以带外婆去看看，有趣的东西也不少。"

走到车边，陈迦南停下来。

她拿着孙悟空，面向他，看他跟着这一路，有些语无伦次的样子，忽然觉得好笑，又笑不出来。

她偏题八百里问他："大栅栏为什么叫大栅栏？"

他一本正经地回答："乾隆十八年有内城栅栏 1919 座，皇城内栏 196 座，原叫廊坊四条，制作出挑，保留也好，时间长了，就成了老京阳的一景，大家都叫大栅栏。头顶马聚元，脚踩内联升，身穿八大祥，腰缠四大恒，说的就是大栅栏，早年也算是一片繁华。"

陈迦南："……"

"有点渴。"他说。

下午 5:58。

陈迦南看着沈适说这话的样子，一时不知道说什么好。他身后还是吵闹的长街，人来来往往，有一瞬间，她觉得这一刻很好。

她说："只有二十块钱。"

沈适："嗯。"

她说："省着点花。"

沈适拿过钱，问她："你想喝什么？"

陈迦南："我不渴。"

"在这儿等着。"

他说罢转身，朝着路边的小摊走了过去。陈迦南站在后头，默默地看着他的背影。那一会儿，风很轻，天有点蓝，集市在人间，夕阳已经要落山。

她看见他和小摊老板在说什么，对方大笑。

过了一会儿，他拿着一瓶矿泉水回来了，一边朝她走，一边拧开瓶盖，直接就递给她："喝点。"

陈迦南："我不渴。"

"少喝点。"

陈迦南犹豫了片刻，轻轻喝了一口，正不知道是要递给他还是拿过瓶盖自己拧上时，就见他很自然地从她手里拿过水，仰头喝了小半瓶。

"有你的电话。"沈适拿着水，另一只手掏出手机递给她，"我没接。"

陈迦南低头一看，是毛毛打来的。

她回拨过去，那边却是外婆的声音："囡囡，啥时候回来？"

她下意识地看了沈适一眼，说："可能还得一会儿。"

"毛毛说你都走一天了，这天都黑了，你妈也还没回来，我坐不住。"外婆说到最后愁眉苦脸，"你啥时候回来？"

陈迦南侧了侧身子，低声哄着："要听毛毛的话，我很快就回来。"

"那你快点啊，再晚了赶不上吃席。"

陈迦南问："什么席？"

"毛毛带我们去。"

"外婆听话，你把电话给毛毛。"

毛毛好不容易把手机拿回手里，喘了口气道："外婆霸占我手机很久了，一直在等你电话呢。"

陈迦南问："你要带她吃什么席啊？"

"周然他亲妈再婚，今晚在老家摆酒席。本来说好不去的，不知道怎么了，他妈亲自跑过来叫我们。"

陈迦南反应快："和好了？"

"就那点事儿呗，谁主动都一样，而且他公司好像出了点问题。"毛毛说着叹了一口气，问她，"你什么时候到啊？"

陈迦南没有确切时间，还没想好说什么，便听见电话那边外婆扯着嗓子喊："囡囡买烟，要阿诗玛——"

她忍不住莞尔："知道了。"

挂了电话，沈适正看着她。

"我刚问了，从这条路穿过去，可以直接上高速。"他说，"现在出发，七点多就能到。"

陈迦南反应慢半拍，迟钝道："高速通了？"

沈适："通了。"

有一刹那，陈迦南说不出什么感觉，只是有些惆怅，这条路似乎很快就要结束了，就像她开始期望的一样。

"怎么了？"沈适问。

陈迦南缓缓摇头，将手机还给他："走吧。"

车子又重新开起来，两个人一路很少再开口说话，一个专心开车，一个认真看路。很快就到高速收费站，发现这儿已经堵得不可开交。

陈迦南皱眉："怎么这么多车？"

沈适慢慢停在一辆车后头，闻声道："可能高速刚通，大家都不想绕远路，就都跑过来了。"

陈迦南瞥他一眼，无声地笑了笑。

现在堵成一片，车里空间就那么点大，两个人做什么都很敏感，稍一个小动作都会被对方看见，沉默只会更尴尬。

沈适问她："笑什么？"

陈迦南没想到他连这个也问，看来真是太无聊。

她顿了一会儿，说："就是在想，一直以来都运筹帷幄指点江山的沈先生也会有失算的时候。"

沈适笑了。

"我又不是神。"他说。

陈迦南有心揶揄："你比神厉害，要不然怎么能迷得倒万千女性，到了穷乡僻壤都还能跑过来一个钱小姐投怀送抱呢。"

沈适："你说绕口令呢。"

陈迦南弯弯嘴角。

沈适笑："听首歌？"

"好啊。"

"想听什么？"

"广播随便听吧。"

沈适打开车载电台，随便按了一个台。广播里男女主持人在聊天，背景音乐是黄宗泽和胡杏儿唱的《感激遇到你》。

粤语歌似乎总能唱出一种伤感。

过了会儿，主持人声音淡去，音乐声大起来。车前玻璃上有夕阳照过来，落在车外的后视镜上。

陈迦南靠着窗，看着窗外。

沈适问："想什么呢？"

陈迦南沉默半晌，才开口道："没想什么。"

"累的话就睡会儿，暂时也过不去。"他说。

陈迦南深深吸了口气，坐直了，靠着椅背，看向玻璃窗外寸步难行的车流，还能听见有人按喇叭，看见有人从车上下来探听前边怎么回事。

她在这嘈杂里对他道："你还是回个电话吧。"

沈适看她。

她说："我无意听见了一些话，你公司的副总似乎挺着急，好像真的有什么要紧事和你商量。"

沈适抬眼："让我回去？"

陈迦南一愣："你知道？"

沈适悠哉道："不急。"

"真出事怎么办？"

沈适往后一靠，云淡风轻道："公司每个月高薪养着他们，要是这些事都挡不了，那还要他们做什么。"

陈迦南看了他一会儿，移开目光。

"周然的事儿你打算怎么处理？"她问。

"要是他的错，绝不姑息。"

"他是个很诚实的人，做事情也很认真，这些年一直都做得很好，因为一次错误就否定所有，是不是太残酷了点？"

"你替他说情？"

"我替他老婆。"

"毛小姐？"

"他们结婚五年了，有一个孩子。"

"我记得当年他还追过你。"

陈迦南无奈一笑："你也说是当年的事儿了，就吃过几顿饭而已，也没干什么，我妈乱点鸳鸯谱。"

沈适眸子一深："这几年呢？"

陈迦南低喃："这几年啊——"

"不是都快谈婚论嫁了吗？"

"是啊。"

她说完立刻觉得哪里不对劲，忽然抬眼看他，四目相对，她似乎都能看见他镜片后的眼睛里的伤感？

"你怎么知道？"她缓缓开口。

沈适沉吟片刻，道："有一次我来这边出差，在一个酒店大堂，见到过你和他的婚礼照片。"

陈迦南微微歪起头，笑了笑。

"后来怎么没结成？"他问。

陈迦南看着前方的长龙，轻道："他工作比较特殊，需要长期待在一个地方，总不能为了我和外婆放弃自己热爱的吧。"

"就这样分开了？"

"本来也就凑合过。"

"什么叫凑合过？"

陈迦南偏头，心平气和道："这个你应该比我更清楚吧，隔三岔五新人换旧人流连花丛五万里的沈先生，你说什么叫凑合过？"

沈适笑了。

他看着她，说："其实你一点没变。"

陈迦南目光闪了闪。

沈适视线落在她的脸颊，低声道："说话还是这么呛人，喜欢跟我抬杠，有时候明明难过却还要装着毫不在意。时间长了，假的也成了真的。"

陈迦南右手暗自攥了攥。

沈适道："你有没有觉得，我们是一种人。"

陈迦南没说话。

沈适忽然笑了，轻松地开口道："有时候很奇怪，你明明什么事都没做错，却要为那些事情付出代价。"

"是吗？"

沈适一手搭在方向盘上，目视前方："我那时候跟你一样。"

陈迦南没听明白。

他说："我妈当年跳楼的时候，我最恨老太太，每天都和她作对，最坏的时候，往她屋子里放过蛇。"

陈迦南一愣。

"我恨她带给我的一切。"

沈适的语气平平淡淡，像是叙述一件无关紧要的事，声音没有一丝波澜，平静得仿佛在喝一杯淡淡的下午茶。

"可是南南，有些事你没办法。"他说，"我用了三十年从她手里拿走沈家，直到她去世那天才知道，她也不过是个可怜人。"

沈适想起那天，京阳大雨。

沈老太太临终前把他叫进房里，手里攥着一个翡翠镯子，靠在床头，气息奄奄，慢慢对他说："这是当年我送给你妈，她后来还给我的。这么多年了，还跟新的一样。"

他当时站在床前，静静听着。

"奶奶对不起她，也对不起你，就看在我们婆孙相依为命三十年的分上，别记恨我。你小时候，奶奶陪你练字，哄着你睡觉，给你买棉花糖，逛景山公园，都记得吗？小适啊，奶奶是疼过你的。"

车流好像慢慢动了起来。

夕阳落在车头，陈迦南看见他眼眶慢慢红了，不由得偏过头去，看向车外远处，晚霞漫天。

然后听见他说："南南，我们向前看吧。"

下午 6:20。

车流慢慢井然有序地动了起来。晚霞一片一片散开，夕阳从车尾走到车头，落进窗里，落在他的身上。

陈迦南没有说话。她的目光慢慢落在后视镜里那一堆摆放拥挤参差不齐的书上，又轻轻移开，看向正前方的滚滚车流。她想张开嘴说点什么，却又无从说起。

后来还是沈适开口，他很自然地道："不堵车的话，高速四十分钟就到了，你可以睡会儿。"

陈迦南"嗯"了一声，说："四十分钟能到吗？"

话匣子就这样又打开了。

沈适看了看外面的车况，笑道："够了。"

陈迦南正想要开口，又记起了什么，淡淡笑了声，将脸扭向窗外，看着一辆一辆汽车有序排队往前走。

沈适："刚刚想说什么？"

陈迦南顿了一下，回过头看他："只是想起毛毛每次开车一趟都得一个多小时，忘了你是个老司机，还玩过赛车，自然开得得心应手一些。"

沈适笑笑："你还记得。"

那些年，沈适很少带她去看他玩赛车。大概还是刚认识的那半年，他们之间若即若离，他也没有打算要和她怎么样。

圈里的发小倒是经常会调侃："三哥，听说你最近认识个漂亮姑娘，哪天带出来给兄弟们瞅瞅呗，我们见识见识。"

他一脸吊儿郎当："听谁说的？"

洒姐总是毫不留情面，道："又是南方人吧，我说沈三儿，你是跟这儿过不去了还是怎么着？"

他惭愧一笑，眼里却丝毫没有惭愧之意。

"这个又打算谈多久？"有人笑问。

"且瞧着吧。"

后来，她母亲和姑父纠缠得紧了，他出现的次数也就渐渐多了起来。一般都是有饭局的时候，去接她吃个饭，给她做做样子。

再后来，就走到这一步。

很多个夜晚，沈适站在窗前，看着夜晚里的霓虹，总是会不由得克制地想起那些个与她之间虚与委蛇的真假玩笑，有些时候，也挺好玩。

他淡淡笑了笑，车子已缓缓加速。

陈迦南瞧见他很快和后边的车拉开了些距离，不由得问："如果是一辆好车，你是不是开得更快一点？"

沈适看她一眼："那不见得。"

"还会慢吗？"

沈适优哉道："不是快一点，是快百千倍。"

陈迦南："……"

"快慢除了和车有关系之外，也得看什么人开。"沈适说，"有的人能把一辆几万的车开出一百万的感觉。"

"你行吗？"

沈适看她："你觉得呢？"

陈迦南："这辆车行吗？"

沈适嘴角慢慢浮起一抹笑，陈迦南看出他似乎有意要试一次的想法，忙伸直了手去拦："你干吗？我头疼。"

她说罢，他放慢了车速，松了松油门。

"头疼？"他问。

陈迦南："安全第一。"

沈适嗤笑："逗逗你。高速公路，可是有限速，我还不至于这么没有安全意识。"

说话之间，他的手机又响起来。陈迦南下意识看了一眼他的表情，似乎没有理会的意思。

陈迦南："你不接吗？"

沈适："不接。"

陈迦南没有再劝，笑着看他。

"笑什么？"

"我只是觉得你好像和以前有些不一样了。"

"以前什么样儿？"

陈迦南歪了歪头，还真是很认真地想了想，说："以前的话，大概总是很忙，数不清的饭局，像今天这样的情况千年一遇。可能真的是赚了很多钱吧，也不外乎少一点。"

沈适勾勾嘴角，正视着前方，问她："还有呢？"

"还有吗？"

"嗯。"

"还有的话，那就是以前总能感觉到有一种逢场作戏的样子，现在好像没有了。或许是上了年纪？"

沈适笑了一声："你怕是有什么误会。"

"啊？"

"男人八十岁都会调情，与年纪无关。"

"那和什么有关系？"

"那得看，他想不想。"

"你现在不想？"

"我没说不想。"

这话要是再绕下去，那得成什么样儿。陈迦南恰逢其时地闭口不言，偏头看向窗外，轻轻叹了口气。

"你倒是和以前没怎么变。"他忽然说。

"我？"

"是啊。说一些话的时候还是会有些脸红，和以前一样挺爱较劲，性格倒是变得爽快了。"

陈迦南讷讷道："有吗？"

"有。"

"可能年纪大了。"

沈适笑："二十八九岁就敢说年纪大？那我不得老掉牙了。"

"我也没说你年轻啊。"

"这话在理。"

"好好开车吧。"

"嗯。"

他们看了一路的夕阳西下，从这头跑到那头。这是一条长长的路，好像总是看不到边一样。远处就是岭南的山，他们一直往山脚下开去。

两人一路无话，陈迦南半睡半醒。

大概是过了很久吧，听见他和人说话，她以为还在梦里头，迷迷糊糊睁开眼，看他和收费站窗口的工作人员在说什么。

"怎么了？"她还半清醒。

沈适闻声，回头看她。

"醒了？"他笑得特别温柔，说，"人家说不给钱不让过。"

那还用说。

陈迦南噌地就清醒了，白他一眼："多少钱？"

"十块。"

她从口袋里拿出十元钱递给他，犹豫了片刻道："没钱了，怎么给外婆买阿诗玛啊？"

"过去再说，我有办法。"

"卖身？"她故意揶揄。

"要真的这么着，也行。"

陈迦南被他惹笑了："开你的车吧。"

从高速下来，直接开进小城岭南。这个时间太阳已经落山了，天慢慢地黑了起来，等进了岭南城，天色彻底黑了下来。书店在北边，要拐好几个弯。

陈迦南给他指路。

沈适问："岭南有一间书店？"

陈迦南一愣，这是她公众号的名字。

"你怎么知道？"

"要不怎么说世界也不大，说小也很小。"沈适笑笑，看着她疑惑的样子，道，"有人和我说过。"

陈迦南"哦"了一声："我认识吗？"

"你应该不认识。"

陈迦南抿唇笑笑。

"怎么会想起叫这么个名儿？"

"简单啊，朗朗上口。"

"你起的？"

"我起的。"

沈适道："适合你。"

陈迦南脸扭向一边，笑了。

目光只是稍微一偏，她发现这条路有些不太对劲，不像是回书店的路，便转身看他："走错了，不是这道儿。"

"我知道。"

"那你还走？"

"不是要买烟？前边有家店。"

天黑之后，车里有些暗，陈迦南看不太清楚他此刻的表情，大抵也是一副轻描淡写却一言九鼎的样子。

她还是忍不住泼凉水："你有钱吗？"

现在这个时间，岭南这座小城的沉睡时间即将到来，银行早就关门了，他的黑卡在这儿也没有自助银行能取款。

"谁说没钱就不能买烟。"

他说完将车停在一家小超市门口，很快下了车，进去没多久就拎着一大袋子东西出来了，细细一看，有烟有酒，还有小零嘴。

等他上了车，陈迦南吃惊道："你有钱啊？"

沈适笑，没有直接回答，只是说："好歹也是开了一天的车，去你家看外婆，总不能两手空空，不成体统。"

“你别岔开话题，哪儿来的钱？”

“总归不会去偷。”

“不会真偷吧？”

沈适无奈道：“你想什么呢。”

“那钱哪儿来的？”

沈适一边开车，一边听她问了一遍又一遍，好像不会烦似的，觉得好笑，倒还真笑了出来。

“当的。”他最后妥协。

陈迦南一听，忙往他身上看去，看了一圈，发现他之前左手腕上戴的一串念珠不见了。那串念珠，都够买一辆车了。

她一脸不可思议：“你干吗？”

沈适漫不经心道：“好了，看路。”

他云淡风轻地打断她的话，一副不以为然的样子。陈迦南知道，他做的决定从来不会改变。她只是觉得可惜，又堵一窝气，索性不搭理，又不是她的钱。

不管怎么说，终于到岭南了。

到灯塔 去

第 九 章

晚上 7:10。

他们到书店门口的时候，店里的灯还亮着。

沈适将车停在路边，慢慢熄了火。书店门口有一个高高的路灯，昏黄的灯光落在车前盖上，车里隐隐有些微亮。

雪停了，路干了，他们都没有说话。

陈迦南忽然有些难受，她偏头看着窗外的书店，在这寂寥的夜晚孤独挺立，门前没有一人，静悄悄地与这路灯做伴。

这一天过得像一年，漫长平庸。

她坐在车里，看着外面，只觉得恍惚。好像什么事都没有发生一样，又好像已经发生过很多事。

她听见沈适慢慢道：“是这儿？”

陈迦南轻“嗯”了一声：“是这儿。”

“位置挺好。”他说。

陈迦南笑了笑，不知道该如何开口，今天他开了一天的车，要说不累那是骗鬼。她不知是问他今夜打算住宿还是直接回市区，想来又觉不妥，话到嘴边，说了句：“要不要喝杯茶？”

沈适看着她，眼神平静：“好。”

他们一起下了车，陈迦南走在前面，推开书店的门，看见倪小智站在柜台边，低头在翻书，口罩拉扯到了下巴。

听到推门声，小智抬头，惊喜道：“陈姐。”

陈迦南微笑：“怎么还没有下班呢？”

"我一个人回去也没有什么事儿，在这儿看看书挺好。"倪小智瞥到陈迦南身后走进来一个男人，不动声色地慢慢拉起口罩，微偏头，"欢迎光临。"

沈适抬头："我们一道。"

倪小智目光看向陈迦南。

"一个朋友。"陈迦南这样介绍，似乎也没有要说姓甚名谁的意思，话题直接拐开，"你也早点下班吧，第一天别太勤劳，后边还有的累。"

倪小智不好意思地笑笑："哎。"

陈迦南走到柜台后面，给手机充上电。再抬头，看见沈适正打量着她的店，目光落在店里的每一个角落。

她看了一会儿，问他："有红茶和茉莉花，你想喝什么？"

沈适视线微顿，偏向她："都行。"

倪小智还没走，自告奋勇："我去倒。"

空气里一时有些静谧，说不出来是什么。三个人各忙各的，倪小智怕冷，还想多待会儿。沈适像个看客。倒是陈迦南，有些许拘束。

沈适踏着小步，慢慢走向面前的几排书柜，目光轻轻一掠，余光里瞥见角落有一架钢琴。他停下脚，回头，正好倪小智送来茶。

"谢谢。"他说。

倪小智很快收拾东西就离开了，店里只剩下他们俩。陈迦南在柜台站着，等手机开机，看到毛毛打来的好几个未接来电，回拨过去，毛毛很快接起。

陈迦南说："我在书店。"

"到啦？"毛毛说，"就在店里等着啊，我很快就到。"

"真要去啊？我坐了一天的车，挺累的，要不还是算了，你们去吧，我想早点回去休息。"

"一堆人多热闹啊，这也是休息的一种。"毛毛说，"反正我不管啊，你不去我都没人说话。"

"周然不是在吗？"

"不想和他说话。"

陈迦南一阵头疼："不是和好了吗？"

"他的工作出了点麻烦，我这只是暂时性退让妥协，但还是不想和他说话。"毛毛说，"你必须陪我。"

陈迦南听到那边，周然咳嗽了一声。

想着他们应该是一起开车来的，便不再多说，没聊两句就挂了电话，一边等车来，一边发呆，目光时有时无地落在书柜方向。

过了会儿，沈适从书柜那边走了出来。

"什么时候走？"他平静地问。

"应该快了。"陈迦南说完，想了想，又补充道，"周然的妈妈二婚，今晚在老家办酒席。"

"晚上办？"

"这是我们这地方的风俗，前一天晚上都会在家里摆宴席招待亲友，第二天中午才去酒店。"

沈适听罢，顿了顿："我去把书搬下来。"

陈迦南抬眼："好，我和你一块吧。"

车里放了一些纸箱子，还有零零散散掉落的书，都塞在车后座和后备厢，两个人搬下来费了些力气。

沈适抱着最后一箱书进来，陈迦南正喘气。

"就放这儿吧，我明天来整理。"陈迦南说完，犹豫了片刻，道，"你晚上有什么其他安排吗？开了一天车应该也累了，附近有一些还不错的旅馆，我可以给你推荐。"

沈适笑笑："住就算了。"

"现在就走吗？"

沈适沉默了一下，静静凝视着她，淡淡启唇："你好像很着急让我走一样，开了一天的车也只是请我喝杯茶。"

陈迦南："……"

沈适："还不是你泡的。"

陈迦南："……"

沈适只是随意说了两句，就让她有些手足无措。他慢慢走在"每日推荐"的牌子旁边，拿起一本书翻开，看了一眼。

"这些年来，我一直以为你会去做一些喜欢的事。"沈适依旧低着头，平静地翻着书，"其实开书店也挺好。"

"还好，比打工强。"

"钢琴还弹着呢？"

他问完，她下意识地抬头望了一眼角落的电钢琴，说："教毛毛家的儿子弹，有时候也会自己练练。"

"没想过再去深造？"

陈迦南笑了："都快要三十了，已经没有当年半路出家的勇气了，再说了，我走了外婆怎么办？"

"三十就打退堂鼓？"

"只是心力大不如前了。"

沈适放下书，看着她的眼睛，好像在欣赏一样瓷器，认真，专注，满怀珍惜，不紧不慢道："我不觉得，你倒是比以前更漂亮。"

听他如此恭维，陈迦南笑了。

"沈先生在和我说漂亮吗？"她弯弯唇，玩笑的皮囊里空气流动得更肆意了些，"不会吧？"

沈适低头笑了。

陈迦南看着他这从容一笑，不禁有些难过，像从前那些相处的日子里，他最自在的时候，也是这样笑，笑得发自肺腑。

时光匆匆而逝，有那么一瞬间，陈迦南仿佛看见很多年前那个自己，略带拘束地站在他面前，羞涩一笑，见他转过来，那双眉眼静默温和，含着一点笑意，也在看她。

她看了一眼他身旁的杯子，问："茶还要吗？"

沈适没有很快开口，依然那样静静地凝视着她，半晌，垂了垂眸子，轻声道："我说要，你还给吗？"

这话一语双关，让人浮想联翩。陈迦南抿紧唇，他们四目相对。

书店外头忽然多了一些响动，有脚步声，说话声，很快地，像是有人小跑过来，倏然推开了书店的门。

"囡囡。"是外婆。

陈迦南目光抬过去，一愣。外婆佯装生气的样子，很快迈着小步，走到她身边，拍了一下她的背。

"干吗去了这么久才回来。"外婆哼道，"我的烟呢？"

她还没反应过来，沈适已经递上来一包："在这儿。"

外婆回头，笑眯眯地接过烟，看了一眼沈适，嘴角的笑意有一瞬间凝固住，又深深地打量着沈适，然后大喊："小灿？"

陈迦南："……"

"你什么时候回来的？"外婆问他。

沈适看了一眼陈迦南，对外婆说："今天刚回来。"

陈迦南："……"

"我就说囡囡干啥去了那么久，原来是去接你了啊。"外婆拉起沈适的手，笑得特别慈祥，"正好，我们去吃饭。"

陈迦南忙开口："外婆——"

外婆回头："跟着点。"说完拉着沈适就出去了，留下陈迦南一个人在店里。

她重重吐了一口气，不知道如何是好，正要抬脚跟上，毛毛慢慢出现在店门口，靠着门，以一种似笑非笑的表情看着她。

"什么情况？"毛毛问。

陈迦南没有直接回答，只是道："你都没说你和外婆一起过来，这下好了，外婆把他当成李灿了。"

"你说你之前的相亲对象？"毛毛紧追不舍，"我知道啊，所以你俩什么情况？"

陈迦南无奈："说来话长，反正路上碰见的。"

她们还没说几句，就听见外婆在外面喊她俩快点。两个女人对视一眼，一前一后走出了店。

毛毛走在她身边："当年你和李灿的事儿，外婆还挺耿耿于怀，这一回，我看你怎么收场。"

"大姐，能哪壶不开提哪壶吗。"

"幸好没成，要成了还有他什么事儿。"毛毛看着车里正和外婆说话的沈适，"你要当心了小南。"

陈迦南看向前方，沈适刚好侧了一下头。

他的目光里有点滴笑意，静静看着她，不知道身边外婆说了一句什么话，他又若无其事地偏过头去。

车里，外婆问："你俩啥时候定啊？"

"听她的。"沈适说。

西城往事 2·一天

晚上 7:36。

周然开车，毛毛坐在副驾驶，陈迦南和沈适坐在后座，外婆坐在他们中间。等都坐上来，车门关上，气氛刹那间有些古怪。

外婆忽然对陈迦南说："今晚回家我们商量商量，你妈最喜欢挑日子，给你俩找个时间赶紧办。"

陈迦南听得头昏脑涨，小声问外婆："什么日子？"

"你和李灿啊。"

陈迦南怕事情到那一步不可收拾，还是觉得应该对外婆说实话，想了想便道："外婆，他不是——"

沈适打断她："现在不是说这个的时候，我们改天再谈，行吗外婆？您看看外边，晚上的夜景还是挺好。"

外婆的注意力很快被移开，笑着看向窗外的路灯和街道，满足地说："现在的日子都是好光景。"

毛毛转过头，和陈迦南对了一下眼神，好似在说："沈老板厉害。"

遇见红灯，周然终于在几分钟之前沈适上车后惊讶之余喊了一声"沈先生"之外，抽出时间说了句问候的话："许久未见，您是为这次分区的事情来的吧？"

沈适抬头，对上周然的目光。

"不全是。"沈适说，"你处理好了？"

周然苦笑了一下，摇了摇头。

"是你的问题也好，不是也罢。"沈适说，"顺其自然。"

周然听得沈适这句，心里有些许安慰，看了眼前方已经变化的绿灯，一边开车，一边道："这段时间销售额下降很多，大家都过得不怎么样，互相拿一点资源也可以理解，只是我听说，总部要撤掉岭南的分区。"

沈适顿了片刻："你怎么想？"

周然笑了一下："岭南是个好地方，资源还没有被完全开发，长远看有发展前景，而且压力小，适合养老，我当年申请调回来有一部分原因是这些。"

"别的原因呢？"这话是毛毛问的。

周然看了一眼自己的老婆："当然是因为你了。"

陈迦南听罢不禁笑了，她挽着外婆的胳膊，一起看窗外霓虹，长街，行人，有趣的小摊，有经过的一家人，小孩在蹦蹦跳跳。

毛毛有些酸了鼻子："那些事不重要，开心就好。"

周然回以一个温柔的笑。

"您这是第一次来岭南吗？"周然这回开口，好像一瞬间换了一种语气，爽朗了许多，"应该多瞧瞧我们这儿的乡俗。"

"什么乡俗？"沈适问。

外婆这时候"哎哟"了一声，拉着沈适的手，说："你平时都在外边，这回和囡囡办了事儿，让她多给你讲讲，带你看看。"

沈适看向陈迦南，目光询问。

陈迦南静了静，看着外婆说："他平时很忙，还得经常加班，哪有时间听我说这些，您把自己管好就行。"

"我不管，你妈管多累啊。"外婆说。

陈迦南无奈道："好了，我们今天不说这个，马上就要到了，外婆您得跟紧我，不许乱跑，听到了吗？"

车里又安静起来。

大概过了五分钟左右，车子拐进了一个小巷道，往前开出百来十米，停在一家挂着红灯笼的门前。

一堆人下来，周然去停车。

晚风灌进脖子里，陈迦南缩了缩，听到里边很热闹的样子。她正要去拉外婆的手，外婆却握着沈适的手，往屋里去。

毛毛"哎"了一声："外婆这是在看着孙女婿啊。"

陈迦南泄气，一时也不知道怎么办，只能将错就错，和毛毛一起往里面走，道："你儿子呢？"

"周晏康这个小王八蛋，这会儿怕是已经吃了一圈了。"

陈迦南笑："我们快进去吧。"

刚进门，有一扇圆形的屏风挡着，走过去，就看见一个大院子，灯火通明，摆了十桌宴席，搭着台子，台子上有人唱戏。

"弄得真热闹。"陈迦南说。

院子里有很多人，都是巷道的街坊，大多都是老人和小孩，鲜有年轻人，却也是和和气气，有说有笑。大红灯笼高高挂了一圈，每一桌都摆好了酒菜，就等着入席了。小孩手里拿着气球，笑眯眯地在桌子下面钻来钻去，叫大人一阵好找。

周然妈妈穿着大红羽绒服，笑着朝外婆走过来。

"老太太，您来了。毛毛给你点了你最爱看的折子戏，看完我们还和以前一样打麻将好不好？"周然妈六十岁，整天笑呵呵，看着像五十出头。

"好好好。"外婆歪着头，笑得特别慈祥，"小莲等会儿就来了。"

陈迦南站在身后，眼睛有些湿润。

周然妈妈带他们坐到了第一桌，看折子戏最好的位置，接着就去忙别的事，招呼别的客人去了。

四周都是欢笑和戏曲，一桌人谈笑风生。

外婆指着一个地方，对沈适说："看看那边房子，拾掇得漂亮不？红红火火的，看着就喜庆。"

沈适低头："您喜欢热闹。"

外婆笑笑："你说热闹啊，倒也还好，有时候也爱清净，可就是看着这些大红喜庆的东西，那心里呀，好像就没啥难过的事儿了。"

陈迦南正在倒茶，听他和外婆说话。

沈适问外婆："您有难过的事儿吗？"

外婆沉默了一会儿，像是笑着在看戏，看着台子上的人穿着戏服唱了一出《四郎探母》，微微叹了一口气，说："你外公不爱看戏，可是我爱看，他就老陪着我看，看一晚上。"

这话是对陈迦南说的，可外婆的眼睛却盯着戏台。

"外公脾气好，被你欺负了一辈子。"陈迦南看着外婆。

外婆的目光有些迷离，也不知道是看见了什么，嘴上却是笑的："是啊，一辈子，赶明儿到了地下，我还是要欺负他。"

"您怎么欺负？"这话是沈适问的。

外婆说："我就是想问问他，那会儿怎么不打个招呼，就那么走了呢，他还没看到你结婚呢。"

陈迦南轻轻笑着，擦了擦眼角。

"好了陈秀芹女士，我们看戏吧。"陈迦南说。

沈适接上话："《四郎探母》，是好戏。"

陈迦南鼻子一顿酸楚，刚低下头，沈适递了一张纸巾过来。她看了那纸巾一眼，伸手拿了去。

宴席很快开始了，敲锣打鼓唱大戏。

周然妈妈嫁的男人比她小三岁，两人也算是中年相识的半路夫妻，后来各自离婚，这一回，也是拿出了捅破天的勇气，办婚礼。两人的感情，看起来比想象中的好。

大戏唱了一半，周然妈站在戏台上，拿着话筒，对街坊们说："大家吃好喝好，吃不好不能走啊。"

众人哄笑，大戏又唱起来。

外婆哼着小曲儿，拉着毛毛的儿子周晏康一起看，给小孩讲故事，看着好好一个人，说话也不会颠三倒四了。一桌桌人吃着，热闹着，笑得也喜庆。

陈迦南站起来给外婆盛汤，顺便也给沈适盛了一碗，他要笑不笑地看着她，也不说话，低头默默喝起来。

宴过一半，周然和毛毛来敬酒。

陈迦南正在给康康剥虾，一边哄着外婆再喝点汤，一边和毛毛说话，余光里，沈适和周然喝了好几杯。

酒过三巡，两个男人出去抽烟。拥挤狭窄的巷道里，路灯昏昏暗暗，落在地上，院墙隔了里头和外头，里头热火，外头安静，适合说话。

沈适咬了根烟，周然给他递火。

"外婆的病，到时候可能要麻烦你了。"沈适说，"我会找专家过来，你就说是你朋友。"

周然理解："行。"

"谢谢。"沈适说。

周然不好意思地笑了："您还跟我客气什么。"

"应该的。"

周然犹豫了片刻，道："一直就想说两句，现在沈氏的情况这么严峻，您真的不能在这儿耽搁了。"

沈适抽着烟，没有说话。

"大伙儿都还指望您指点江山呢。"周然说，"沈先生。"

沈适笑了："你怕沈氏倒了？"

周然没吭声。

沈适又抽了一口烟，眯着眼睛，抬头看了一眼这岭南的夜晚，天空亮亮堂堂，耳边热热闹闹。

"这地方很好。"沈适说。

周然瞬间明白了这话的意思，仿佛打了一针强心剂，嘴角的笑意渐渐溢开，道："那您先待会儿，我进去看看有什么要帮忙的。"

"去吧。"沈适说。

他把烟抽完，正要进去，迎面看见一个人出来，忽地顿住了脚，就这么静静地看着她，也不说话。

陈迦南跨过门槛，站在门口。她看着他，好像有很多话要说，好像又张不开口一样，那目光像是永别一样，有些忧伤。

有什么东西"嗖"地一响，两人都抬起头。

夜晚的天空绽放了一束烟花，亮亮的，接着又放了一束，烟花在天空绚烂绽开，照亮了她的脸颊。沈适看着那张柔和的脸，凝视着。

院子里的烟花放了一束又一束，听见小孩"哇"的一声叫喊，老太太们笑的声音又大又好听，响遍红红火火的人间。

陈迦南收回目光，往前走了几步。她想起这些年来他们之间的一切，想起今天发生的这些事，普普通通，没什么大事，一天下来，好像什么都没有发生过一样。

这一天，他们迷路、看茶花、闲晃、尬聊、绕小路、蹭饭、富绅家的丧事、车胎被扎、打麻将、乡下赶集、撞车、剪头发，有趣的、尴尬的、无聊的、伤感的、沉默的、忧伤的、平静的，后来赶在傍晚回到了书店，参加花甲老人的婚礼。

这是个最普通平凡的一天。

她看着他，慢慢说："现在还不算太晚，开车走高速，到市区也就九点多，或许还能赶上今晚最后一趟开往京阳的飞机。"

沈适静默良久，始终没有开口。

陈迦南最后说："你尽快出发吧。"

她说完，转身往屋里走。

平静又热闹的巷子里，昏昏暗暗，红灯笼挂满了一条巷子，烟火照亮在夜空。她的身影纤瘦单薄，转过身的时候好像要失去了一样。

然后，听见他说："结婚吧，我们。"

陈迦南猛地站住，没回头。

听见他又道："你不是问我，有什么想要问你的吗？"沈适看着她的背影，缓缓开口，又重复道，"结婚吧，我们。"

只有烟花在冉冉升起，"砰"的一声。

陈迦南听到自己的耳朵，耳鸣了好一会儿，又听见院子里外婆喊康康，过来。她鼻子一酸，眼眶湿润。

她没有回头，轻声说："等你下次来岭南的时候吧。"说完就走了进去。

院子里一片热闹的气氛，老人们一起听戏，小孩手里拿着小烟火，转着圈圈，闪闪的，戏台上在唱《红灯记》。

毛毛迎面走来，看着她："走了。"

陈迦南呆呆的。

"周然开车送他，刚去拿车。"

陈迦南轻轻"哦"了一声，慢慢朝着外婆走，恍恍惚惚，眼神又渐渐一片清明。

"下次再说，不过一句推辞。"

或许，他们此生，再也见不到了。

"囡囡，来点烟花。"外婆叫她。

陈迦南深呼吸，轻轻笑了。

她走到外婆身边，弯腰去拿康康手里的烟花。外婆抬手扯了一下她的袖子，问她，他去哪儿了。外婆一抬手，袖口露出来，手腕多了一串佛珠。

陈迦南愣了半天，眨了两下眼睛，湿了。

"走了。"她对外婆说。

故事的结局 早已写在开头

第 十 章

【深夜】

沈适回到京阳已经深夜，张见在机场等着。

要说情况有多严峻？可以看看此刻的沈氏大楼，明晃晃的灯依然亮着，一堆堆人影走来走去，匆匆忙忙，在二十几层高的办公室穿梭来往。

短短三分钟，张见汇报工作。

"一直合作的几个银行今天傍晚突然终止协议，还有几个工程出了点事故，副总压着，周家攻势太强，好些乙方也不愿意再继续合作，已经提出解约，还有就是——"

张见停顿了半秒，道："公司有项目数据泄露。"

沈适目光无波无澜，只是赶了很久的路，听得有些头晕。

"周家去过了吗？"他淡淡问。

"周总不见。"

沈适沉默片刻："回梨园。"

张见犹豫半晌，没再多说。

梨园的门十分钟前就悄悄打开了，萍姨站在门口等，看着远方的路上慢慢亮起的车灯，总算是松了口气。

车子开进院里，沈适下了车。

他看了一眼萍姨："这么晚了，您以后别等。"

萍姨摇头笑笑说："不晚，今天忙坏了吧，有没有什么想吃的，我去做。后院的小菜长得正好，老张已经去摘了。"

沈适往屋里走着，说："那就做碗青菜面吧。"

客厅里的落地灯暖黄暖黄，照着对面的墙壁，衬得这屋子古旧、柔和，比起屋外的寒意，倒是让人舒畅。

沈适上了二楼，洗了个澡。

等他换了一身睡衣，往楼下走的时候，萍姨已经做好了面条，正准备盛汤。汤锅里冒着热气，暖涔涔的。

他径直走去厨房，接过萍姨手里的碗，说："我来吧。"

萍姨多看了他两眼，嘴角弯了弯。

"您笑什么？"

萍姨道："好像哪里不一样了。"

沈适盛了一碗放旁边，又给张见盛了一碗，端着走向饭桌，一边道："您觉得哪里不一样了？"

"这我说不好，就是感觉。"

正说话间，张见抱着一大把菜走了进来，后头跟着老张，拎着个菜篮子，里头装满了草，草上躺着猫。

萍姨话音一转："你看它睡得多自在，这辈子也算无忧无虑了。"说着笑了，看向张见，"快去吃饭，沈先生都给你盛好了。"

张见："哎。"

萍姨和老张去收拾厨房。

梨园的深夜平静温和，地板上的暖气热烘烘的，青菜面里，冒着热气，再听听，后院起风了。张见看着沈适一脸淡定，心里头更急了。

沈适发觉，抬眼："怎么了？"

张见想起在机场外等得心力交瘁的样子，特别诚恳道："沈先生，再要是没点招，明天就真的输了。"

沈适轻轻"嗯"一声，道："先吃饭。"

张见："……"

"您是不是有办法？"

沈适："没有。"

张见："……"

这一顿饭吃了很久，窗外狂风四起。张见去洗碗，沈适回到了二楼房间。他倒了杯茶喝了几口，站在窗前看向院子里的梨花，都开了一小部分了。这会儿已经凌晨一点，岭南的宴席也早散了。

深夜总是最容易想事情的。这一天对于他来说，就像是过了很长很长的一天，长到太阳总等不出来，夕阳总落不下去。

他喝着茶，笑了笑。这些年来，他似乎从来没有这一刻这样轻松，好像已经卸下了所有的重担，整个人都轻松了很多。

他们这一场相逢，像是一个人的临时起意，只有他知道，这是无数个夜晚和白天都想要去做的一件事。只是恰好，那天老张说看雪，恰好，岭南业务出了点问题，恰好，他闷太久了，恰好，他需要一个理由，才有了后来，他们都被堵在那条小路上的事。

那句话怎么说来着？

即使许久未见，不再亲近，举止疏离，分外客气，但对方一个眼神，一个动作，都还是曾经记忆里的样子，陌生又熟悉，只需稍稍用力，她一抬眼你就沉沦了。

沈适从裤兜里掏出一个物件，摸了摸。那是在岭南小卖部买烟的时候，捎着给她买的头绳。想来有空给她戴上的，后来还是忘了。

有人敲门，老张走了进来。

"沈先生。"老张将门关上，走到沈适身后，才开口道，"周家不见面，文件也没有送出去。"

沈适轻轻笑了一声："周达这次下了血本了。"

"您看要不要找沈老——"

"找他做什么。"沈适垂眸，"他就只想着画画逗鸟，哪里还顾得上沈家，真要是倒了跟他也没关系。"

老张叹了口气，眉头皱紧。

沈适道："既然他不要这三十股，那我也没必要给他留后路了，他想一口气吃掉沈氏，真是痴人说梦。"

"您需要我做点什么？"

沈适笑笑，绕过老张的问题拐向另一件小事："张见今天辛苦了，明天让萍姨给他多煮两个荷包蛋。"

老张："……"

"沈先生，我不是有意隐瞒，只是怕——"老张平日说话稳重利索，这会儿倒有些结巴，"怕他不上进——"

沈适："你想多了，老张。"

一席话说完，已经凌晨一点半。沈适让张见订了两张凌晨三点去英国的机票，他很快简单梳洗，换了一身铁灰色西装，站在镜子前整理领带，再抬眼，已经变成了那个杀伐果断的男人。

下楼，张见已经等在客厅。

"困吗？"他问。

张见摇头。

"我们先去接个人。"沈适说。

到地方一看，那是京阳城一个很普通的住宅小区，沈适打了个电话，一个女人就走了出来。迷离的路灯下，她简单大方，又看着贵气，张见细细一想，这是十年前京阳城的二小姐。

沈适下车迎接，女人白了他一眼。

"真不是有意打扰。"沈适换了一副嬉皮笑脸的模样，"事出有因，洒姐这么讲义气，不会坐视不理吧？"

"我可是有条件的。"

沈适恭敬得很："要什么都行。"

洒姐笑笑，坐上了车。

那会儿夜正深，京阳的街道车流不是很多，四周静静的，只有风声刮过，一排排路灯下，衬得这夜更长了。

"我说明天去不行吗沈三儿，非得大半夜的。"洒姐抱怨，"你那个破沈氏又不是一天就能倒。"

沈适道："和那个没关系。"

"那你这么着急干吗？"

沈适笑而不语。

洒姐眯起眼："你总是这么一副深藏不露的样子，不知道有多少女人喜欢吃这套吗？还不收敛一点。"

沈适无奈："能不能安静点？"

"安静？！咱俩谁打扰谁呢你忘了吗？这回去英国可是去捅周家老

巢的,我安静得了嘛。"洒姐冷笑,"听说周家总部早年已经开拓英国市场,抵得上大半个周家,而且和那边事务已经谈了一年,合作可能性很大,你有把握截和吗?"

"这不重要。"

"那什么重要?"

沈适淡定道:"周家在京阳城也算数一数二,谈了一年都没谈成,我们几天就想成,怎么可能?"

洒姐:"……"

沈适:"我就是想看看他后院失火什么样子。"

张见开着车,听着后座那两位的谈话,不禁嘘了口气。沈先生这一招倒也是坦荡,周达那个人生性多疑,做事情总会思虑三分,这倒是给了沈适攻守的时间。

"那你还找我?"洒姐问。

沈适优哉道:"我听说英国那边市场部的负责人是一位华人,如果我没记错的话,他追了你这个京阳二小姐已经十年。"

洒姐斜眼看他:"挺门清的啊沈三儿。"

沈适笑笑:"知己知彼,百战不殆。"

汽车缓缓行驶在去机场的路上,张见叹了又叹,难怪老板不着急,原来是胸中早有了计策,这样的人,自己怕是一辈子都赶不上。

夜已深,路还长着。

后来,那次谈判进行得相当顺利,没有人知道沈适和对方说了什么,大概就是洒姐做了几顿饭,那位华人负责人多喝了几杯,与沈适随便聊了聊。

再到后来,媒体报道,周家一败涂地。

张见也是那时候才知道,老板说什么"周家谈了一年都没谈成,我们几天就想成,怎么可能"实在是一句谦虚话,沈适从来都有谈笑风生里就把事儿做了的本事。

于是,有一天。

那是沈适从英国回来的第二天,张见去梨园接他。萍姨已经做好了早饭,等着沈先生下楼。

看见他慢慢走下来，张见站直了。

结果，沈适扔了个钱包下来，正好落在张见怀里，一看居然是自己的，想了半天也不知道怎么丢的。

"里面照片上那女孩是你前女友？"沈适问。

张见愣愣地说是。

"没找过？"

"找过，不见我。"

沈适"嗯"了一声，一边系领带，一边对张见说道："今天早饭不吃了，路上随便买点，我们去个地方。"

"去哪儿？"

沈适："到了你就知道了。"

一路 两个人

第十一章

一个月后，春天。

那是个春笋冒尖的清晨，院子里的梧桐树刚发了新芽，小鸟站在窗台上走来走去，啄着外婆刚撒的米吃。电视机里戏曲频道在唱京剧，外婆一边看一边绣花。

陈迦南做好菜放在餐桌上，看向外婆。

"吃饭了，陈秀芹同志。"她笑着说。

外婆放下手里的活儿，坐过来，挑起筷子，尝了两口，啧啧嘴道："今天的菜比昨天的咸。"

"还有呢？"

"切得粗了。"

陈迦南无奈又好笑地看着外婆："那怎么办？"

"叫毛毛做，她做好吃，都可以去外边开饭店了，你看她把康康养得多结实。"外婆委屈地看她，"你瞧我都瘦了。"

陈迦南哭笑不得："那中午叫她过来给您做。"

她看着外婆埋头使劲吃饭的样子，不禁有些难过，这几个月外婆的病情好像又重了些，有那么一会儿，连她都不认识了。

"吃完我们一起去书店好不好？"陈迦南说。

"不去。"

外婆一边扒拉着菜，弄得满桌子都是，一边往嘴里一个劲地喂，头都未抬，只顾着吃饭，嘴角还沾着菜渣。

"那你在家里要干什么？"

"看电视。"

"看什么电视？"

"《祖宗十九代》。"

"怎么想起看这个？"

"小莲喜欢。"

陈迦南沉默了一会儿，微微笑着，给外婆碗里又夹了一筷子菜。外婆吃得很快，还没等她放在碗里，就往自己嘴里塞。

"吃慢点，别噎着。"

外婆吃着吃着，抬头看她："你啥时候回来？"

陈迦南："中午就回来了。"

外婆又低头吃饭。

后来出门的时候，外婆已经乖乖坐在沙发上，坐得端端正正，看着电视，电视上是当年很多个夜晚，外婆和母亲总是一起看过的《祖宗十九代》。

陈迦南站在房间门口，看着外婆咯咯笑。

她眼睛湿了，想起曾经也是这样，母亲早起，和外婆说说笑笑，偷偷藏起外婆的烟，一起买菜，一起听戏。她会难过地想，妈，您要是还在多好。

看了外婆一会儿，陈迦南就走了。

屋里，外婆的眼眶已经含满泪水。

太阳慢慢地出来了，落在屋外，照着巴掌大的小院子。陈迦南锁了大门，朝着书店方向走了过去。

路边行人不紧不慢，悠闲地赶去上班。

书店里倪小智已经来了，戴着口罩，穿着围裙，在整理书，站在高高的梯子上，清扫着书架上的微尘。

她刚进店，小智就看过来："陈姐早。"

"早，小心点啊。"

倪小智"嗯"了一声，说："刚刚进来一个清洁工大爷，问我他下午换班，能不能来这儿坐坐。咱今天不是有签售嘛，我不好说，就让他下午过来再看。"

陈迦南想了想，便道："一会儿我们腾个地方出来。"

倪小智慢慢从梯子上下来，又挪向旁边，爬上去，一边清扫一边道："陈姐，周逸老师什么时候到啊？"

"怎么，你也想要签名？"

"能要个 TO 签不？"

陈迦南笑："十个都没问题，店是咱的嘛。"

倪小智一乐："我听小筠姐说，周逸老师的先生也会一起来，真人是不是像书里写的那样，长得很帅？"

陈迦南歪了歪脖子："你这么一问吧，我倒觉得，现在他都三十来岁了，应该要用成熟和魅力这俩词，你要知道，这样的男人一见误终身。"

倪小智嘿嘿一笑。

陈迦南换上围裙，泡了一壶热茶，又去整理书架，然后和倪小智一边喝茶，一边等待店里第一个客人。

"陈姐，有个事想问问你。"

"什么事？"

倪小智说："小筠姐提起过，店里可以做一个'今天你当老板娘'的兼职，我有好几个朋友想试试。"

陈迦南笑了笑："有机会可以提上日程，也算是个不错的赚钱方式。"

倪小智腼腆一笑，口罩往下拉了拉。

陈迦南看了一眼倪小智的脸颊，轻声道："我感觉最近好了很多，没一大片那么严重了，别熬夜。"

"嗯，知道。"

"我们两个人的时候，别老戴口罩，透透气好得快。"陈迦南说，"再喝喝茶，看看书，好得更快。"

倪小智扑哧笑了："嗯。"

早晨的书店，偶尔会来一些人，来来去去，卖了十几本书，就到了中午。毛毛一下班就赶去给外婆做饭，陈迦南加了会儿班。

周逸提前一个小时到了。

那会儿店门口已经排起了小队伍，有附近的女孩子好奇地过来看热闹，也有长途跋涉赶过来专门等签售的人，大都是年轻女孩子，倒也有男读者，还有少数的中年女人。

倪小智正在店里忙活，桌上的新书摆了厚厚一摞。二维码贴在窗户上，读者可以开始扫码买书，然后去旁边签售的门口排队。

陈迦南和周逸许久未见，正在叙旧。

"何东生呢？"陈迦南问。

"找了个地方抽烟去了。"

陈迦南看着周逸现在总是一副温柔了岁月的样子，低眸瞧了一眼那微微隆起的肚子，不禁莞尔道："我就说何东生怎么这么贴心，非得跟着，几个月了，预产期什么时候？"

周逸歪头笑："今年冬至。"

"好日子。"

陈迦南想起很多年前正处于低谷的周逸，只觉人间百态，世事苍茫。那个时候总以为，一个人经历了那么多心酸和艰苦，怕是会竖起棱角，越来越坚硬。然而不是，一个人经历了那么多心酸和艰苦，她才更能理解痛苦带来的绝望，只会变得越来越温柔。

"去签售吧，晚上喝酒——喝茶。"陈迦南笑着改口。

她看着周逸坐在软椅上，第一个小姑娘特别郑重地将书放在桌边，很客气地笑笑说："我能抱一下你吗？"

也有读者会问："这书真的有原型吗？"

还有一个男生问："我是替我女朋友问的，这本书结局是悲剧，还能接着写吗？"

陈迦南站在旁边，听着他们千奇百怪的问题。忽然记起一年前，周逸打电话说，想要写一本不同风格的新书。

她当时问："不同风格？"

周逸说："写写你好不好？"

"我？"

"是，我印象中的你，还有你的生活。"周逸说，"我们当年看《单身男女》，你不是说会选择张申然吗？"

陈迦南默了默，笑了。

"现在还是吗？"

"不知道。"

后来周逸写完书，给她看稿子，她说算了吧，不看了，只是问了一句新书叫什么名字。

周逸说：“《西城往事》。”

现在大概很多人都知道这个故事，真真假假，说也说不清了。陈迦南偶尔会看周逸的微博，评论里也会有读者问：“结局太悲了，会写第二部吗？”

毛毛倒是时而调侃：“你说那个人看见这本书会是什么样子？”

陈迦南懒得回应。

沈适那个人，就算天地倒退五百年，孙悟空横空出世，白素贞和许仙再续前缘，他都不会看言情小说。

签售活动有条不紊，读者队伍越来越长。周逸忙得喝茶的工夫都没有，陈迦南去换了两次茶水，又和倪小智待在一边，倪小智正拿着新书看得认真。

“好看吗？”陈迦南小声问。

倪小智：“好看。”

“真的？”

“真的，我男朋友说周逸老师写得很真实，就像是还原了当年的每一件事一样，看得人揪心难过。”

陈迦南听着听着，一愣：“你谈男朋友了？”

倪小智不好意思道：“和好了，还是之前那个。”

“他找你了？”

倪小智低低“嗯”了一声，看着陈迦南，犹豫了半天道：“陈姐，今天下午签售结束后，我能不能跟你请会儿假？”

陈迦南了然：“他来了？”

“他和老板来这儿出差，晚上一起走走。”

后来直到签售会快结束，倪小智的男朋友才赶到，背影看着很挺拔，穿着西装，是个很英俊的年轻人。

倪小智一走，店里就剩陈迦南在忙。

周逸签完所有的书，依然还有特别热情的读者陪着一起说话、拍照，聊了很久，喝了很多茶。

再后来，何东生来了。

周逸有些孕吐，不习惯，便提前被何东生接走回了酒店休息，她们只能明日再聚。很快，店里就剩下陈迦南一个人。

那会儿天已经暗了，夕阳快要落山。

陈迦南打扫完书店，收拾好书本，正要关灯出门，一个穿着并不干净却整洁的清洁工制服的老人走了进来，模样有些熟悉。

老人话不多，挑了本书。

陈迦南想着今天是个好日子，便道："这书送您。"

老人抬头："送我？"

"是，不要钱。"

老人静默了一会儿，看着陈迦南，满是褶皱的脸笑了笑，从口袋里掏了掏，拿出两颗水果糖出来。

"给我孙女买的，你尝尝。"

说罢，他拿着书，佝偻着腰离开了。

陈迦南看了看那两颗糖，剥了一颗放嘴里，甜甜的橘子味，像小时候喝过的夏天的汽水，她含着糖，关了店门。

街边的路灯慢慢亮起来，宁静而温暖。

陈迦南一步一步，往前轻轻走着，看着宽宽的马路，远处的霓虹，还有远方已经快要落尽的夕阳，路边的梧桐树，脚下渐起的微风，只觉人间美好。

她吃完一颗，又从口袋里掏另一颗。

再抬起头的时候，路口的街边，停着一辆黑色的汽车，好像并没有要开走的意思，只是朝着她的方向，打了个双闪。

陈迦南走了几步，停了下来。

那辆黑色汽车的车牌是京A，牌号是她无论如何都不会忘记的数字。陈迦南在那一瞬间，有些恍惚，又有些无所适从。

很快，车门开了。

陈迦南看着那个数月未见的男人慢慢走了过来，他看着她，嘴角的笑恰到好处，温温和和，风尘仆仆，带着岭南三月的微风，朝她走了过来。

像是刚分开一会儿似的。

他走近，低声道："忙完了？"

那种语气自然得像是在说"今天天气很好"，陈迦南呆呆地看着面前这个男人，就在几个小时前，周逸还问她"我有没有写第二部的机会"，她说不可能。

沈适，这是要和她结婚来了。

这是岭南一年中最好的天气，微风和夕阳、路灯和大树，风吹起来，路灯亮了，树叶摇晃，挡住了远方的夕阳。

陈迦南愣愣地张开手掌，看他。

"要吃糖吗？"她问。

夜幕降临。

记忆的 尽头

第十二章

1.

那个晚上忽然飘起小雨，电视里，音乐频道在放歌，一首接着一首。屋子里放着火炉，炉边没人。

陈迦南从厨房出来，不见人在。

她满屋子走了一遍，看见走廊角落里的外婆，正低着头，眯着眼睛，一只手拿着烟放在嘴里，咂咂嘴，等着沈适给她点烟。

陈迦南就那么站着，看着，笑了。

外婆抽了口烟，心满意足地舒了口气，对沈适说："孙女婿，你要不要来一支？囡囡不知道。"

沈适故作皱眉："被逮着怎么办？"

"你就说我让你抽的，她不能拿我怎么办。"

陈迦南慢慢地，咳嗽了一声。

那俩人看过来，外婆倏地将烟藏在身后，沈适像是知道她在身后，一脸无奈又有趣的表情。

"藏什么呢，陈秀芹？"

外婆抿紧了嘴唇，就是不说话，倒是看了一眼沈适，偷偷伸出手碰了碰他，又很快看着陈迦南。

沈适不紧不慢道："没藏什么，外婆和我说说话。"

陈迦南挑眉："说什么话？"

"总不能一句一句跟你说吧，一会儿饭该凉了，我们要不，边吃边说？"沈适提议，"您说呢外婆？"

外婆捣鼓着脑袋："同意。"

陈迦南看着他俩，目光从外婆身上，落在沈适那儿，轻轻哼了一声，转身往厨房走，一边走一边开口："端饭。"

后边那两人很快跟过来，一人端了一盘菜。外婆先溜进屋里，陈迦南趁机拉住沈适，道："外婆肺不好，少让她抽点。"

沈适笑："我知道。"

或许是做了亏心事，饭桌上外婆吃得可快，一直低着头往嘴里刨饭，也不抬头看陈迦南。

"吃那么快，尝到什么味道了吗？"她问外婆。

外婆畏畏缩缩地抬眼。

火炉里的煤炭静悄悄地燃烧，炉子上的水壶冒着滚烫的热气，充盈在这个小小的屋子里。

沈适夹了一筷子菜搁外婆碗里，说："尝尝这个。"

外婆又缩回脖子，瞄了一眼沈适，声音小小的，悄悄道："小莲最近脾气有点大，我们别惹她。"

陈迦南鼻子一酸。

沈适轻轻叹了口气，慢慢握上陈迦南的手，紧而用力，像是一种安慰，说："粥一会儿该凉了。"

他的手掌干燥温暖，将她包裹。

外婆依旧毫无形象地往嘴里喂菜，菜渣掉到身上，还一边吃一边看她："小莲快吃，吃完妈带你去看戏，还得拿板凳占地方呢。"

电视还在放，有人在唱《岁月轻狂》。

好像最近特别容易伤心，外婆的身体越来越差，经常连她都不认识了，嘴里总提起母亲小时候。她听不得这些事。

陈迦南的泪水渐渐模糊了视线，放下筷子，起身出了门，面前是无边的黑夜。她好像看见母亲坐在院子的摇椅里，忽然转过身来，温柔地叫她："囡囡，来妈这儿。"

泪水瞬间夺眶而出，掉在了地上。

她颤抖着肩膀，不让自己哭出声，一抬眼，沈适不知道什么时候已经站在身边。他看着她，没说话，只是动作很轻地将她拉入怀里。她靠在他的肩上，由着泪水湿了他的肩膀。

"想哭就哭，别忍。"他低声道。

2.

外婆睡着是后半夜，雨正大。

陈迦南给沈适收拾了一个房间，房间里有些冷，她从柜子里拿出了母亲生前缝好的新被子，铺到了床上。

窗外雨声啪啦，房间里只有他们俩。

陈迦南弯着腰，正给他铺床，也没回头，只是说："家里不是很暖和，你将就一下。"

沈适倚着门框，静静看着她。

"你晚上睡哪儿？"他问。

陈迦南手里的动作顿了一下，依旧没有回头，说："我在你隔壁，你有事可以喊我。"

"什么事儿才能喊你？"

这人不依不饶。

"什么事儿都行。"

"上厕所也行？"

陈迦南回头，冷冷瞪了他一眼："行啊，你去上厕所，我给你放哨，你觉得怎么样？"

沈适笑了："我觉得挺好。"

陈迦南无语，故意弄乱了被子。

"早点睡吧。"她丢下一句。

说完，她往外走，直接忽视他，穿过门，还没走出去，腕子被他拉住，整个人僵了一下。

"就这么走了？"他说。

"不然呢。"

沈适松开了手，转向她，她有一半在阴影里，一半在灯光下，眼睛看向地面，好像并不打算直视他。

"我们结婚吧。"他说。

这是他今晚第三次说这句话，陈迦南还是和第一次听到的时候一样恍惚。他们好像再熟悉不过一样，像在唠家常。

她抬眼看他。

沈适笑了："你户籍应该是萍阳，我们明天一早去那儿领证，差不多两个小时就能到。"

雨水沿着屋檐落下，一滴一滴掉在水洼。

陈迦南好像听不到自己的声音，沉默了很久，也没有张开嘴说话，大概又过了很久，才问："明天？"

他说："明天。"

身后的雨水声音慢慢地越来越大，衬得这深夜寂静漫长，漫长到每一秒都很久，久到可以看见他漆黑的目光里，每一寸笑意。

3.

后来，陈迦南总是想起那个夜晚。

还有那个，长长的白天。

沈适开着车，一路高速，开了两个小时，去萍阳民政局。工作人员检查资料的时候，问他们婚前财产分配的事情。

陈迦南想，至少得有个婚前协议。

然后听见他说："不用。"

她霎时看他。

"你干吗？"她一脸诧异。

"我觉得挺好。"他说。

他们就这样领了证。

4.

刚出民政局，沈适的电话响了。

大概是有很要紧的事，他需要立刻赶回京阳。两个人还没有适应这种突如其来的关系，就要分开了。

陈迦南说："先送你去机场吧。"

沈适犹豫了片刻："你一个人能回去吗？"

陈迦南忽然有些不自在起来，他们现在已经结婚了，对话并没有什么不一样，却又好像在细微之间发生了某些变化。

她偏过头，不太自然，看了他一眼，说："萍阳是我老家，这条路我比你熟好不好？"

　　沈适轻笑："路是熟没错，技术不见得。"

　　陈迦南："……"

　　后来，他们还是先去萍阳机场，送他到航站楼门口。那里不好停车，陈迦南也没打算下车和他一起进去。

　　沈适下车前，看她："你也不问问我去几天？"

　　陈迦南愣了一下，说："都行。"

　　沈适一脸不知如何是好的样子看着她，最终还是笑了笑，解开安全带，下了车，又弯腰，趴在窗口说："事情不大，我尽快周末回来。"说完，径直走进了航站楼。

　　陈迦南开着车，慢慢驶出机场高速，那一刻似乎才有了一些已为人妻的感觉，想起他刚刚那句"事情不大，我尽快周末回来"，有一种踏实感，缓缓落向大地。

　　副驾驶座上，放着两张结婚证。

　　开回岭南的路上，朝阳一路向前，阳光落在那红红的本子上，映出耀眼的光芒。电台里放着歌，温温柔柔，清清淡淡。

　　陈迦南看着远方的路，轻轻笑了。

　　5.

　　陈迦南刚到岭南，就收到沈适落地的消息。

　　毛毛今天不上班，在家里陪着外婆，顺便做了一顿火锅，周逸与何东生也来了家里。

　　一堆人开始忙活洗菜，择菜。

　　趁着何东生去买酒，三个女人聊了一些比较隐私的话题，那会儿外婆正在听着半导体，睡午觉。

　　岁月静好。

　　6.

　　那天的后来，何家夫妇走了，毛毛陪着外婆看电视，过了一会儿，周然带着儿子来接毛毛回家。

　　生活还和以前一样，普普通通。

沈适偶尔会给她打电话，问她在做什么，吃了什么，也都是一些简单的话，说几句又去忙了。陈迦南最近一次看见他，是在一个发布会上。

　　他西装笔挺，答记者问。

　　"沈先生，我想替所有单身女性问一个问题，不知道我们还有没有机会和您共度晚餐？"这话问得很文艺。

　　沈适："不好意思，我有太太。"

　　一时间，京阳哗然。

　　陈迦南看着电视上那个稳重泰然的男人，不敢想象，这么多年过去了，他们居然结婚了，有些不太真实。

　　晚上她还在书店忙，已经深夜。

　　外婆那会儿已经睡下了，她睡不着，从家里又回到书店，弹了一会儿琴，直到深夜才停。

　　门口有动静，她以为是客人，一边整理书，一边回头道"不好意思，已经打烊"，话到一半，被惊讶淹没。

　　沈适笑容疲惫，靠在书架上。

　　他们彼此都没有说话，只是静静地互相望着对方。他还穿着发布会上的西装，领带松散，领口的扣子解开了一颗，头发有些乱，已经没有面对镜头时正正经经的样子，此时此刻的他，倒有些不修边幅了。

　　"怎么这么晚还在这儿？"许久，他问。

　　"闲着。"

　　"睡不着？"

　　"嗯。"

　　"想我？"他一脸放浪。

　　陈迦南不说话。

　　他忽地笑了，沉默地看着她，慢慢走近，拿起她手边的书，随意翻了几页，抬眼看她。蓦地，他低下头，双手握着她的脸，亲了上去。

　　书落在地上，久违的吻。

7.

　　那是一个很好的清晨，天空湛蓝。

　　陈迦南迷迷糊糊睁开眼的时候，门关着，房间的窗帘拉着，隐约只看得见窗外天气很好，只觉晴空万里。

她抬头看着天花板，将被子往上拉了拉。

昨夜好像很着急就回了家，都不知道怎么上的床，印象里只有他铺天盖地的吻，急切又温柔。

她听见院子里他和外婆在说话。

外婆说："把那一块青菜挑出来，要兜着底挑，一会儿给囡囡熬点汤喝，孙女婿，你会做饭不？"

他说："会做几个小菜。"

"平时不太做吧？"

"工作太忙。"

外婆说："太忙也得抽空，我们岭南有句俗语是，男的下厨房，来世上天堂，知道不？"

沈适笑道："知道了。"

"她身体素质差，你多照顾着点，以后要是有了孩子，少不了你操心，她那性子，带娃不行。"外婆说，"把菜给我吧，你去看看她起来没？"

沈适笑着从菜地里出来，擦了擦手。

房间里还很安静，有淡淡的温存过的味道。沈适一进屋就觉得全身都暖和了，目光往床上一落，床上的人背对着他。

他轻轻走了过去，朝里看了一眼。

她闭着眼睛，好像睡着了一样。沈适没叫，只是轻轻将冰凉的手塞进被窝里，慢慢地碰了一下她的肌肤。

陈迦南倏然睁眼，哆嗦了一下。

她皱眉看他，正要说话，眼见着他俯下了身，近在咫尺，低头便亲了下来，薄薄的唇，又凉又硬。

"你干吗？"她挤出一句。

他吻得平静虔诚。

"造人。"他笑说。

8.

清晨吃过饭，外婆去邻居阿婆家串门，两个老太太一起听戏，捯饬花花草草，做这些的时候，外婆是很听话的。

家里这会儿就剩下她和沈适。

她收拾完厨房回房间，将折腾到一片狼藉的床单被罩扯下来，扔进洗衣机里，一回头看见他端了一杯热水出来。

"喝点水。"他递过来。

清凉的屋檐下，春天的风吹到脚踝，此刻握着暖暖的热水杯，瞬间觉得整个人都暖和了很多。

"一会儿还去书店吗？"他问。

"当然去。"

陈迦南吹了吹热水，轻轻喝了一口，水流顺着嗓子，慢慢滑进心田，她几乎是刹那间就想起昨夜那个长长的吻。她不动声色地转移话题："你忙完了？"

"差不多。"沈适说，"今天再和你待一晚上，明天要去趟英国，可能得一个月才能回来。"

陈迦南笑了笑。

"笑什么？"

她就站在洗衣机旁边，看着里边搅拌的衣物，轻声说："我差点忘了，你以前也是很忙的，有时候深夜才回来。"

沈适看着她的侧脸，静默。

他沉吟片刻，道："这次去英国要彻底解决一些事情，年底会忙一些，现在倒不是说这个的时候，我们是不是该聊聊别的？"

陈迦南看他："别的？"

"比如，我们要一直这样异地吗？"

陈迦南不知道该怎么回答。

洗衣机停了，她又拧了一遍，想了想对他道："外婆这个样子，你知道我是离不开这儿的，而且，书店刚做起来，我还是想自己有个工作。"

沈适停顿了一会儿："嗯。"

陈迦南犹豫道："你要是觉得麻烦——"

"不麻烦。"他打断她，"大不了我多跑跑。"

她想起昨夜，他缓缓归来，一脸疲乏却强撑着笑意看她时的样子。

陈迦南低了低头："我没事也会去看你的。"

她说这话时声音不大，就像是一句平静的叙述。他们之间，哪怕已经有过亲密，可有些时候，话到嘴边总是会再纠结几分。

沈适轻轻笑了："也好。"

9.

洗衣机转了两圈，停了。

沈适问："直接晾？"

"这还湿着呢，得先甩一下。我家这洗衣机很多年了，还是我妈年轻时候买的。"

沈适欲言又止。

"我知道你想说什么，全自动是很方便，可我还是喜欢这个。"陈迦南看他一眼，"你别乱买。"

沈适弯了弯唇，走近："我来吧。"

他从水里捞起被罩床单，往甩干机里放，两只手被冰水裹挟，这么冷的天里不禁打了个哆嗦。

"我看挺干净的。"他说。

陈迦南无视他这话。

这人又道："以后是常事，总不能天天洗吧？"

陈迦南："……"

大白天犯浑。

她默默瞪了他一眼："洗完自己晾。"

说罢，她转身回了房间。

身后，沈适笑花了眼。

10.

书店一般十点开门，时间还早。

陈迦南打扫完屋子，沈适已经晾好了衣服。房间里的电视播着老版的《西游记》，正演到"真假孙悟空"那一集。

她往火炉里加炭，火星嗡嗡向上蹿。

沈适走了进来，一边搓着手，放在火炉上取暖，看似不经意地说："我今天难得休息，要不别去店里了。"

陈迦南放好炭，抬头："那不行。"

"少去一天又不能怎么样。"

陈迦南："那也不行。"

沈适"啧"一声。

陈迦南不咸不淡道："我一天就卖那么点书，自己开店哪能说不去就不去的，过两天都没人来买书了，再说周末销量最高。"

沈适："一天能卖多少钱，我给你。"

陈迦南站直了，看着他说："我自己挣的够花，还有你之前说好要买周逸的新书，买吗？"

沈适笑："买，买。"

"一本三十块。"

沈适抬眸："你想我买多少本？"

陈迦南走向衣架，取了外套穿上，又拿了包斜挎着，这一切都做好才看他："先买个一千本吧。"

11.

那天的后来，沈适陪着外婆去城隍庙。倪小智今天请了一天假，陈迦南一个人在店里坐着，过了会儿，毛毛带着儿子小康过来了。

毛毛："这么好的天气，出去走走。"

陈迦南："大姐，我不干活了吗？！"

"一天时间而已，又不能影响什么，你不去我带外婆去总行吧？"毛毛摊了摊手，"今天城隍庙有会，热闹得很。"

陈迦南："……"

"你还是带小康去吧，邻居阿婆带外婆逛去了。"陈迦南张嘴胡诌，"这会儿人应该很多，你晚点去。"

毛毛翻她一眼，带儿子走了。

过了一会儿，毛毛的电话打了过来。陈迦南正在擦书，只听得那铃声一直响个不停。

刚接起，就听见那边急切道："你猜你看见谁了？"

陈迦南心往下一落。

毛毛惊讶道："沈适！他和外婆在一起转城隍庙呢，你知不知道？外婆认错人了，还叫他孙女婿！"

陈迦南："……"

"你说我怎么办怎么办？要不要过去，要不要过去？"毛毛原地盯着前方那个男人，一只手无处安放，嘴里喋喋不休，重复一句又一句，"啊？"

陈迦南淡淡道："没认错。"

"要不我先报警，你说他这行为算不算拐卖老年人？他不是在京阳吗，怎么好端端来这儿了？"毛毛像是没听到，叽叽喳喳，"他想做啥？"

电话那边声音嘈杂，有钟声一下一下地敲。

陈迦南叹了口气："没认错。"

毛毛还在啰唆："他是不是还记恨你，想着要报复你，所以偷偷把外婆带走了，我告诉你小南——"

"我结婚了。"陈迦南说。

对话戛然而止。

"你说啥？"毛毛声音拔高，变得尖细。

"我和他结婚了。"陈迦南说，"一周前。"

电话"啪"的一声，挂了。

12.

半个小时后，毛毛风风火火出现在陈迦南面前。

那一双盯着她的眼睛像是着了魔一样，不可置信看着她，喘了很久的气，像是要从她的目光里看出点什么。这个结局来得太快，毛毛招架不住。

"先喝口水。"陈迦南淡定地递过杯子。

毛毛机械地接过来，咕咚咕咚喝了个光。

陈迦南轻轻做了个深呼吸，心平气和道："不用这么吃惊，说实话我也挺恍惚，不知道怎么就和他结婚了，我们是回萍阳领的证。"

毛毛听罢："一周前？"

"对。"

毛毛冷静得出奇："做财产公证了吗？"

陈迦南摇头。

毛毛嘴巴慢慢张大，大到都能塞进一个馒头那样夸张，很久都没有合上，嘴巴都快风干了。

陈迦南歪头，看着毛毛笑。

毛毛半天才道："大哥，你现在真有钱。"

陈迦南："……"

"我的乖乖，那可是个千亿大富豪啊，这辈子能活到这份上，算是圆满了，就算他乱搞，离婚也是一大笔钱，不亏。"

陈迦南："……"

看着毛毛动作浮夸的样子，陈迦南摇头失笑。

后来想想，怎么会忽然之间就和他结婚呢？不，不是忽然之间。他们曾经有过那么多日日夜夜，他一抬眼，你就知道他在想什么。哪怕多年不见，有一天路上擦肩，你看着他的背影，还是会想起，过去某一天，你是想要给他生小孩的。他只需要低下头，点支烟，再抬眼，看向你。曾经的你为那个瞬间心动，现在的你依然会为此心动。就好像是，相爱的人再重逢，柿子树上藏满花香。

13.

陈迦南中午关了店门，回家吃饭。

菜园子被收拾得很整齐，红砖铺成的小路已经清扫干净。厨房的窗帘被风吹起，房间的门轻轻闭着，屋檐上有小鸟在叫。

她一个人，做了碗简单的鸡蛋羹。

电话适宜地响起，来自沈适。

"还在书店？"

"回家了。"她说。

沈适停顿了一秒，道："你要不要来城隍庙转转，这边搭了个台子唱大戏，挺热闹的。"

陈迦南喝了一口鸡蛋羹，看着院子里有风划过树梢，周围静寂得只有他的声音，缓慢，温和。

不见她说话，沈适试探道："我去接你？"

他话音刚落，邻居家的阿婆隔着墙喊她，扬着嗓子用岭南的方言说，迦南过来一趟，阿婆给你弄了点搅团糊糊。

陈迦南仰脖，对着墙大声："哎，来了。"

她说完，听见沈适笑了。

"你和外婆看吧，她最喜欢看戏了。"陈迦南说，"一会儿要是有时间，我自己过去找你们。"

沈适"嗯"了一声："搅团糊糊是什么？"

没想到他问这个，陈迦南还是耐心解释道："就是用面粉熬的糊状面团，浇点汁儿，放点辣椒油，味道还不错。"

"你会做吗？"他问。

陈迦南："不会……"

沈适："嗯。"

陈迦南："你想尝吗？我给你留点儿，晚上回来吃，就是不知道你能不能吃得习惯。"

沈适听着笑了："会习惯的。"

"那我不说了，阿婆喊我呢。"陈迦南一边往外小跑，一边道。

沈适："嗯，慢点走。"

14.

陈迦南到城隍庙是下午一点，人还是很多。大家都挤在戏台前的长凳上坐着，里一圈外一圈，大都是老人带小孩。

她本来想打电话给他，又不想打了。

陈迦南站在人群外面，看着这一堆密密麻麻的人，忽然有些感慨，谁又知道多年后，那个叱咤京阳的男人有一天会像个普通人一样，待在这个小地方。

她仰头找，一眼就看见他。

他穿着皮衣外套，短发，戴着眼镜，坐在外婆身边，身体微微侧着，好像还在和外婆说话。

陈迦南看得认真，站了很久。

过了一会儿，电话响了。她低头从包里掏出手机，看见未接来电的时候，下意识地抬头，沈适站在那儿，朝着她的方向。

她接起，听见他说："我看见你了。"

陈迦南："我也看见你了。"

沈适笑："什么时候到的？"

"刚到一会儿。"陈迦南一边往那儿走，一边看着他，"你看好外婆，我从旁边绕进去。"

"旁边不好走，直接从戏台前边过来。"他说。

陈迦南目光朝着戏台望了一眼，找了个缝穿过去。她隔着人群看见外婆拉着他的袖子，她俯下身，指着戏台上的人说了句什么，外婆笑得拍手。

电话还通着，他随即抬头。

戏台上在唱《玉堂春》，唱腔婉转，字正腔圆，苏三和王公子凄惨离别，台上哭，台下忽然一片寂静。

两个人目光对视，他笑着朝她招手。

陈迦南定了定神，穿过人群朝他走了过去，一边走一边在心里默念"城隍爷保佑"。

15.

看完戏人群散去，外婆还是不肯走。

岭南的天气多变，刚刚还大太阳，忽然就乌云密布，眼看着就要下雨了。外婆挺直背看着戏台，就是不动。

陈迦南哄了半天，问外婆："这出戏叫什么您知道吗？"

外婆面容慈祥，看着落幕的戏台慢慢说："你这孩子，别以为我真糊涂了，这出戏叫《玉堂春》，你妈小时候还学过。"

"您教的？"

外婆不说话。

陈迦南看向沈适，不知道如何是好。他用手势做了个嘘声的动作，指了指远方某处，过去了一趟。

再回来的时候，他拿了一包烟。

沈适在外婆面前晃了晃，老太太眼睛噌地瞪直了，像小孩看见好吃好玩的一样，眼巴巴瞧着沈适："阿诗玛？"

"那我们回家？"沈适弯腰，轻声道。

外婆一股脑点头，拉着沈适的袖子就走。走了两步，她想起什么似的，回头看陈迦南，目光清明："你外公教的。"

16.

后来外婆就病重了，有一天清醒过。

那是一个冬天的早上，外婆刚睁开眼，就把陈迦南喊进屋里，对她说起晚上做过的一个梦。

"好些年前了，还是这个院子，你妈就在那棵柿子树旁边玩，我在做饭，家里过得拮据，你外公啊，用挖煤挣的钱买了一双红色的凉鞋，怕自己手弄脏了，就用手帕包着，塞在怀里连夜走了几十里地赶回来，你妈看着那鞋，高兴坏了。"

陈迦南蹲坐在外婆床边，静静听着。

"那天你外公高兴，挣了点钱，我们可以过个好年，他多喝了几杯，教你妈唱了一首《玉堂春》。"

外婆说得很慢，目光遥远。

陈迦南轻声问："还梦见什么了？"

"都忘了，好像是你外公第一次病危，你妈给他唱的就是这出戏，那时候你妈刚结婚，唱完第二天，你外公醒了，你妈就怀孕了。"

"这么巧啊？"

外婆缓慢笑了："你外公说，你是他的宝贝。"

外婆说着说着，就困了，倒下又睡了。

陈迦南给外婆掖了掖被子，像小时候外婆哄她睡觉一样，拍着外婆的背，一下一下，哼着小调，一遍又一遍。

很久以后想起，这出戏是真好。

17.

从城隍庙回去，外婆终于抽了口烟。

到底是年纪大了，身体又不好，没怎么折腾就睡着了。陈迦南服侍外婆躺好，轻手轻脚出了屋子。

沈适在门口等着："睡着了？"

"嗯。"

这会儿还不到傍晚，雨水落下，哗哗啦啦拍打着窗，院子里的树枝被风吹得弯了腰，天也较之前暗了。

陈迦南恍然想起，道："阿婆给的搅团糊糊还留着呢，你要不要现在尝尝？我去给你热。"

沈适："行啊。"

陈迦南说着往厨房里走去，一阵忙活。沈适自她身后走进来，靠着案板看她做。

"这有什么好看的？"她说。

"看还不能看。"

陈迦南瞥了他一眼，像是嘲笑他真幼稚，静了一会儿，道："最近好像很少见你抽烟。"

"嗯。"他说，"对你不好。"

陈迦南一愣："对我有什么不好？"

沈适舔了舔干涩的唇，意味不明地看着她。那目光里，陈迦南忽然想起昨天晚上两个人激情似火的样子,说不清是她欲拒还迎还是他蛮横入侵。

他缓了缓，道："我们没做措施。"

陈迦南低头看着锅，轻"嗯"了声。她一时间不知道该说些什么，手也无处安放，只是不停地翻着锅盖。

听见他说："我明天一早就走了，有什么事可以随时给我打电话。外婆清醒的时候，你问问她，给孩子起个什么名字好。"

陈迦南倏然一愣。

她蓦地抬眼看他，神色复杂道："你说得是不是有点太快了？我们才一次怎么可能——"

沈适笑："总归会有的，先准备着。"

陈迦南一时无言，默默看火。

他觉察到她的别扭，微微笑了笑，上前帮她拿起锅盖，看了眼快要热好的面团糊糊，道："怎么会快呢，我倒觉得慢了。"

陈迦南垂着眸，抬了抬。

他看着她说："南南，我三十七了。"

18.

沈适走的时候，是清晨五点半。

陈迦南只记得，他在她床边站了一会儿，俯身轻轻亲了下她的额头，就那样走了。

那一个月，外婆好像不认识她了。

沈适的电话倒是每天都准时响起，有时候他会打家里的座机，是外婆接的，外婆糊涂，却还能和他说好些话，有些陈迦南都听不懂，他倒是很有耐心。

夜深人静，他总会打过来。

有时候会说一些无聊的话，大都是今天做了什么，吃了什么，有没有印象深刻的事。说得差不多，他又能轻松挑起另一个话题。陈迦南想，这人原来这么能说。要搁以前，可都是惜字如金的人。

他会问："困吗？"

"还好。"

"那再说会儿。"

陈迦南："……"

过了十几分钟。

她说："睡吧。"

"困了？"

"还好。

沈适："再说会儿。"

他们的相处，别扭又自然。

过了两周，正是沈适最忙的时候。每天都有饭局，经常到深夜才回酒店，有时候喝多了，再打电话是不可能了。

有一个晚上，他确实醉了，给她打电话，说了一通浑话。陈迦南听着他醉着酒的样子，静静听他说完，罢了故意平静道："我怀孕了。"

他喝多了，自然是没意识。第二天醒来只觉得头痛无比，却始终想不起来昨晚和她打电话说了什么。后来的几个晚上，两人说话又平平常常，像是没这事儿一样。

日子很快到了年底。

那天傍晚，他正在和英国大使馆的一个朋友谈事情，手机静音没有听到。等到谈完，已经是夜里十点半。他打开手机，有她一个未接来电。

这半个多月来，她从来没有主动给他打过电话，沈适一时有些不安，忙回拨了过去。

那边她声音平常："喂。"

"是我。"

"嗯。"

"刚才在忙，没听见电话。"他解释得有些语塞，停了一秒才道，"是不是有什么事情？"

陈迦南语气平平："没事，就是想和你说一声，岭南下雪了，挺大的，整个街道都开始贴对联，问问你什么时候回来。"

沈适正要说还得一周，忽然敏感一滞。

陈迦南却道："要是忙就算了。"

寂静的夜里，一切感官都很清晰。

沈适忽然道："陈迦南。"

"嗯？"

他若有似无地想起那个醉酒的夜晚，说的一些乱七八糟的话，好像有什么尘埃落定，又莫名慌张。

沈适声音很低，很轻："你是不是——有了？"

陈迦南嘴角缓缓扬了扬，并不着急说话，等他快要淡定不下来的时候，才慢慢开口。

"差不多吧。"她这样回答。

沈适很难形容那一刻的心情，紧张又期待，怅然又慌张，有一种莫大的欣喜忽然从天而降，他刹那间有些鼻酸了。

19.

沈适回到岭南，是大年二十九的早晨。

陈迦南和外婆一起去菜市场买东西，拎了一个大袋子往回走着。外婆一边走一边自言自语说话，沿路捡起石头往口袋放。

"你在说什么呢，外婆？"陈迦南跟在身后。

外婆只顾着捡石头，边走边玩。陈迦南拎着袋子走得慢，看着外婆瘦小的背影，目光变得又静又柔。

走了一会儿，看见巷口停了辆车。

陈迦南还没来得及细看，车上有人下来。她愣愣地看着那个熟悉的身影，不禁停在原地。

沈适朝她们看过来，微微俯身。

他从地上捡了一个石头，递给了已经走近的外婆，好像是说了什么话，外婆笑眯眯地往家里走。

目光一偏，沈适抬眼，看她。

不远处有小孩放炮，"嘭"的一声，响了一个又一个。听着那声响，仿佛一切都变得喜庆。他快步朝她走过来，在她还发着呆的时候，接过她手里的袋子，不像几周未见，倒像是只出门抽个烟的工夫，语气自然道："买这么多做什么？"

陈迦南看着空空的手掌，目光涣散。

"想什么，问你话呢。"他笑了声。

她半天才道："你什么时候回来的？"

"刚到。"

"事忙完了？"

"差不多，总要跟你和外婆过个年，这么好的日子我可不愿意一个人在国外。"沈适看了眼买的菜，"能吃完吗？买这么多。"

陈迦南："又不是我们吃，还有亲戚来串门的。"

"什么时候？"他问。

"明天晚上，我们这都是大年三十的晚上走亲戚的，做一桌小菜，一起说说话看看春晚。"

沈适："那应该挺热闹。"

陈迦南笑笑："这几年也没别人，就毛毛一家，一般她下午就来了，外婆喜欢吃她做的菜。"

沈适"嗯"了声："那我也有幸尝了。"

陈迦南抿了抿唇，将目光偏向一边。

"我们回家说？"沈适道。

陈迦南又看向他。

"不认识我了？"

她还没说话，他已经笑着去拉她的手，动作很自然地握在手掌，低声对她道："走吧，回家。"

20.

家里有火炉，屋子里很暖和。

沈适又从车上拿了些东西，大都是黑枸杞、人参这些补品，他拎进来放在桌上，陈迦南有些不知道说什么好。

她好笑道："怎么买的这些？"

沈适犹豫片刻："张见买的，这些不行？"

陈迦南随便拿起一盒人参，一看包装就知道价格不菲，便道："不是不行，哪有走亲戚送这些的，太贵重了，人家回礼也不好回。我们这儿一般买些点心水果，有长辈的话拎一瓶酒就行了。"

一听是这意思，沈适松了口气。

他说："这些是给你吃的。"

陈迦南："……"

"我从国外也带了一些比较好的维生素，你和外婆每天吃一片。"沈适说着，俯身从行李箱里找，"好像是放这儿了。"

陈迦南看着他弯下去的背影，淡淡笑了。

"找到了吗？"她问。

"应该在后备厢。"沈适站起来，"我出去看看，你就在屋里待着烤烤火，外边路滑别乱走了。"

说罢，他就出了屋子。

陈迦南看这满地乱七八糟的东西，弯了弯嘴角。她抬眼去看窗外，好像慢慢飘起小雪，雪落到地上，墙外响起了鞭炮声。

21.

沈适掀开门帘，一股热气烘到身上。

他走进来："下雪了。"

"外边冷吧？"

"比早上冷。"沈适将怀里的小纸箱放在桌上，拍了拍箱子，道，"都在这儿。"

他呼了口气，搓了搓手。

陈迦南看着小纸箱里满满一堆钙片维生素，一个个拿起看了眼说明书，眼花缭乱，道："这么多哪吃得完，估计一瓶还没吃完都过期了。"

沈适一边烤火，一边回头道："你可不能乱吃，有的是给外婆的，只有一两瓶适合你，多的就先放着。"

陈迦南腹诽，有钱就是豪横。

沈适说："刚出去看见大家都贴春联，我们现在弄？一会儿这场雪就该下大了。"

"对联我买了，不过还没和糨糊呢。"

沈适皱眉："家里有胶带吗？"

"胶带贴出来不好看。"

沈适笑了："行，就糨糊。"

陈迦南准备喊外婆一起弄，被沈适一句话拦了。他将房子的东西归置在一边，看了眼外边的雪，回头瞧她。

"你说怎么弄，我去。"他说。

陈迦南沉默了一会儿，觉得他有点太小心了，道："这个有点麻烦，还是我去吧，和得不好就跟稀泥一样，不好粘。"

沈适想了想："那你在屋里待着，要用什么弄，我拿给你。"

陈迦南多看了他两眼，她从来没有见过这样的沈适，忍着笑，道："面粉和水，还有锅，再拿一双筷子。"

"还有吗？"他走到门口，又问。

陈迦南："就这些。"

沈适："不得用碗盛？"

陈迦南："……"

这个男人真是。

22.

糨糊熬好，雪已经下大了。

外婆从自己房间出来，在柜子里翻着沈适买的那些东西，拿出来一个一个看新鲜，也不乱跑。

沈适拿着春联，准备出去贴。

外边天冷路滑，院子和门口连着一条窄小的石砖路，雪落在上面已经厚厚一层，踩着咯吱咯吱响。

沈适："要不你在这儿？"

"我不扶着你怎么贴啊，总得有个人看端不端正吧。"陈迦南直接抽过他手里的春联，往外走去，"我来。"

沈适看她走得快，一颗心都紧了。

"你走慢点。"他忙跟上去。

家是小家，门是小门。沈适身材挺拔，抬个手就够到顶了。他不让陈迦南弯腰，自己抹了糨糊上墙。

陈迦南百无聊赖站一边看，闲得慌。

她盯着他宽阔的后背，微微歪了歪脖子，叹气道："你把这些都做完了，我做什么？"

沈适："你站着就行。"

陈迦南："……"

"要不给我摇旗呐喊？"他回头，笑。

陈迦南："……"

她想想往后还有漫长岁月过，迟疑了片刻，对他道："日子还长呢，你没必要这么小心谨慎，我自己的身体我自己知道，不会有什么问题。"

沈适贴好横联，转过身来。

"你知道什么？"他问。

"挺健康啊。"

"还有呢？"

"挺稳定的。"

沈适定定看了她半晌，想起今天自回来后好像就没停下来过，一颗心七上八下，又不知道从何说起，每次想好好和她说，却又不知怎么开这个口。现在她站在雪里，雪花落在她的脸颊上，明亮的眸子里多了岁月的沉淀，他莫名地平静了。

他说："陈迦南，那也是我的孩子。"

陈迦南呼吸倏然一紧。

沈适："你说，我管不管得着？"

23.

雪越发地大了，落在肩上。

邻居家阿婆从门口探出头来，朝他们这边看了一眼，笑得眼睛都弯了起来，站在门口，喊陈迦南过去。

这一喊，打破了两人之间的宁静。

阿婆对陈迦南悄悄说："长得挺俊，新谈的？"

陈迦南笑了笑，余光里看见沈适瞧着她们这边，她没有抬眼，轻轻对阿婆说："我已经结婚了，阿婆。"

"啥时候？怎么一点动静都没有？"

陈迦南笑："改天请您喝喜酒。"

那个下午，沈适又帮着阿婆贴了春联，往屋里挂了几个红灯笼，照着院子亮堂堂的，天黑都能看见雪花在落。

傍晚的时候，巷子里都挂了一排灯笼。很多小孩满街跑，不怕冷一样，手里拿着炮仗，点一个一扔，"嘭"一声响在半空。

屋里火热，电视停在戏曲频道。陈迦南在厨房炒了两个菜，让沈适端了出去。今晚是大年二十九，比不得三十热闹，却也是该在的都在。

火炉上煮了汤圆，扑腾着直冒热气。

沈适盛了三小碗放桌上，没打算这么坐下，只是看着陈迦南欲言又止，道："我可不可以喝点酒？"

他酒量很好，陈迦南知道。

她只是有些不适应，他这样求她的意见，愣怔了片刻，话到嘴边又变成了："天凉，你少喝点。"

沈适笑了声："知道。"

陈迦南看着他喝酒的样子，想起前几天打的那一通电话，他喝多了，电话里说了些醉话，是她很少见过的他喝醉的样子。

夜深得早，外婆吃过饭就睡下了。

陈迦南收拾好房间，他有段时间不住这间屋，屋子还是会每天打扫，干干净净一尘不染。

身后他走进来，带了一身酒气。

陈迦南回头："厨房里有热水，你去洗洗吧。"

沈适低头闻了闻："味道很重？"

"有点。"

"等会儿再洗。"他说着走近她，拿过她手里的床单被罩，低声道，"你别弯腰，我来铺。"

"我又不是八个月了，你怕什么？"

沈适无奈一笑："你就知道和我抬杠。"

陈迦南闻言也笑了。

"这才刚怀上，是你太小心了，我听说隔壁阿婆家的小嫂子怀孕的时候还能跳绳呢。"

"她是她，你是你。"沈适道。

陈迦南嗤笑："快铺床吧你。"

话音刚落，听见外边有人放烟花。陈迦南下意识地抬头去看窗外，瞧见烟花在空中爆落，绚烂的火星光芒万丈，她只觉得眼睛都亮了。

"喜欢？"沈适问。

他的声音淡淡的，低低沉沉。她回头去看他，猝不及防地，只觉得眼前一暗，他靠过来，唇落在她的嘴角。慢慢地，他的唇压上她的，呼吸也变得粗重。

沈适单手扶着她的腰，另一只手落在颈间。

他身上的酒味缓缓传到她的嘴巴里，舌尖微微用力，轻重缓急，喘着粗气，扶着她的脖子，加深了这个吻。

仿佛这个时刻，陈迦南才猛然清醒。她感受着身上这个男人，此刻才最为真切。他是沈适，是结婚证上的另一半，是她孩子的爸爸，是她恨过又爱过的男人。

陈迦南眼眶有些潮湿，双手慢慢环住他的腰。

"你轻点儿。"她闭上眼。

沈适低笑。

"那你忍着。"他最后说。

24.

大年三十的岭南被鞭炮声叫醒。

清晨五点就有人放烟花，还能听见巷子里有人说话，院里的红灯笼在风雪里摇曳着，灯影落在红砖小路上，把那块的雪照得通亮。

陈迦南被第一声炮响弄醒了。

她睁开眼睛，适应了一会儿黑暗，听着身边这个男人平稳均匀的呼吸，目光慢慢落向被灯笼点亮的窗外。

陈迦南轻轻侧身，看着近在咫尺的男人。他睡着的样子依然淡漠，这么多年过去了，胸膛还和以前一样坚硬。

陈迦南轻轻叹了口气。

寂静里，身边的人忽然出声："叹什么气？"

陈迦南惊了一下。

"你醒了？"她轻声问。

沈适还闭着眼，轻轻吸了口气，缓缓道："你一动我就醒了，看了我那么久，看出什么了？"

陈迦南："想起点以前的事。"

"什么？"

陈迦南看着他，坦坦荡荡道："乱七八糟的都忘了，只是忽然觉得，你以前对我也挺好。"

闻声，沈适睁开眼。

他微微笑了笑："我什么时候对你不好？"

陈迦南特别认真地想了想，从开始到现在，好像很难说出他哪里不好，就是太深藏不露了。

于是，她道："不好说，你城府太深。"

沈适一听，"嘶"了一声吸口凉气，好笑地翻过身看她，她的眼睛清澈又温柔，他笑了，问她："那现在呢？"

她与他对视，无辜一笑。

"马马虎虎吧。"她说。

话音刚落，他整个人就欺压上来。陈迦南躲闪不开，被他紧紧箍在怀里，下意识一抬手，错打到他肩膀上的骨头，听见他闷哼一声，随即，一个夹杂着粗喘的深吻落了下来。

巷外鞭炮声响，帐内情根深种。

25.

这是大年三十，年味儿最浓的一天。天慢慢变亮，鞭炮声便更多了，噼里啪啦，巷子里的人都被吵醒了，小孩穿着新衣裳满街跑，地上红红一片，都是放过的炮仗。

雪下了一夜，院子里落了厚厚一层。

早晨吃过饭，沈适和外婆去扫雪，陈迦南在厨房洗菜。听见隔壁阿婆家的孙子叫喊，说要去商店买炮仗。

她洗了好几大篮子的菜。

卷心菜、青椒、洋葱、花椰菜、萝卜、土豆、藕、油麦菜、豆腐、香菇、山药、韭黄、尖椒、木耳、金针菇、茄子还有黄花菜。

她做好这些，院子也扫完了。

外婆不知道想起什么了，从屋里拿了以前的针线篓，坐在屋檐下就开始缝缝补补，也不说话。沈适进来厨房，一惊："这么多？"

陈迦南笑说："还有肉没炒呢，毛毛厨艺好，一会儿就能把这些做出来，我就只能洗个菜打打下手。"

沈适走近："什么时候买的鱼？"

"阿婆给的。"陈迦南说完看了他一眼，"你带回来的国外那些维生素我给了一瓶，阿婆过意不去。"

沈适笑笑，低头看鱼："嗯。"

"你老看鱼干吗？"她问。

沈适蹲下身子，伸出指头逗鱼玩，说："这是多宝鱼，小时候我妈的拿手菜，还记得是江南的味道。"

陈迦南："你会做吗？"

"记得一点儿。"

"那你做吧。"

沈适："……"

他看着玻璃盆里的多宝鱼，表情深重，眉头皱起。一人一鱼对视了半天，沈适叹了口气。

他抬头看陈迦南："你喜欢吃红烧还是清蒸？"

"清蒸吧，外婆口味淡。"

陈迦南忙着切菜，没有注意沈适一言难尽的表情。他原地站了一会儿，直接起身将鱼盆端起来往外走。

"你干吗去？"她问。

沈适头也不回，满嘴胡诌道："厨房太热，多宝鱼热晕了做起来味道不好，我们出去吹吹风。"

陈迦南一愣，忍不住笑了。

26.

毛毛过了中午到的，一家人都来了。

两个女人在厨房一边忙活一边说话，小康陪着外婆看电视，周然和沈适去了门口抽烟。

巷外时而跑过小孩，穿着新鞋子跑得欢畅。

周然先开口道："我听毛毛说迦南怀孕了，这些年她和外婆一起生活很不容易，现在终于苦尽甘来，恭喜沈先生。"

沈适拿着香烟的手抬了抬，算是谢过。

"您这是第一次在岭南过年吧？"周然道，"大年三十很热闹，满街道都是串门的，比城里有年味儿。"

沈适笑了笑："难怪你当年执意要回这儿。"

周然也笑了："我本来就是小城镇长大的小孩，读书的时候也想过出去闯一番事业，刚毕业就进了沈氏，一待就是好些年，后来还是觉得老家好，可能我比较恋家。"

沈适："人各有志。"

"我就是一个普通人，比不得您。"

沈适抽了口烟，淡淡道："你觉得我是什么人？"

这么一问，周然倒不知道该怎么说，犹豫了片刻，玩笑道："您家世好，注定不普通。"

沈适笑了一声。

周然又道："可能是过了三十的缘故，这两年我想的总是很多，要养一大家子，有时候一觉醒来就怕没了工作，越活越胆小了。"

沈适抬眼："那你的风险比我小。"

周然反应迟钝了一秒。

沈适说："你才养一家子，我得养活几千人。"

周然听罢，笑着说了句话。

"我记得以前看书的时候，书里说人这一辈子，随着年纪增长，先要承认父母的平庸，再承认自己的平庸，最后承认儿女的平庸。这个过程很痛苦，却是必然。"

沈适沉默了片刻，道："也不全是。"

周然："嗯？"

沈适缓缓抽完最后一口烟，目光朝院子里的厨房看了看，又慢慢收回来，轻道："家和万事兴。"

27.

毛毛做菜很快，味道也很好。

陈迦南帮着在一边递东西，洗洗锅碗瓢盆，和毛毛说着女人间的闲话，时间过得也很快。

毛毛还是好奇："一次就中了？"

陈迦南揪了一点青菜扔过去，脸颊烫烫的，道："炒你的菜，都不怕他们听见了，我脸往哪儿搁。"

"好了好了，我不说了，你也真是，什么时候脸皮这么薄了。"毛毛炒好菜，关了火，随手拿起一个盘子，看到盘子下面盖着的清蒸鲈鱼，一愣，"鱼都做啦？"

陈迦南清了清嗓子："嗯。"

"你做的？"

陈迦南犹豫了一下："他买的。"

那还是毛毛来之前，陈迦南在厨房切好了菜，沈适端着个盘子回来了。她问他，是什么？他掀开盘子给她看了眼。

毛毛听着直笑："男人都是这样，不会还逞能，这回把自己弄里头了吧。对了，那之前的多宝鱼呢？"

陈迦南指了指院子里的大水缸。

"游得正欢呢。"她说。

说完下意识抬眼，沈适刚走进院子，目光也看过来，领会到她所指的方向，两个人对视了一秒，各自偏过头，笑了。

28.

岭南的三十晚是真喜庆，家家户户挂满红灯笼，一个紧接着一个放鞭炮，一串又一串，"噼噼"响个不停。有走亲戚串门的人家，带着小孩，拎着礼品，等前面那户放完鞭炮再走过去，小孩躲在大人身后，生怕被炮仗打到。街坊邻居都认识，遇上了见面打个招呼，问一句："走几家了？"

毛毛也做好了菜，正在摆盘子。

数一数，十几道菜。有黄豆焖猪蹄、红烧腐竹、红烧排骨、红烧豆腐皮肉卷、八宝饭、凉拌黄瓜、蓝莓山药、糖醋里脊、凉拌金针菇、肉末茄子，还有某人买的清蒸鲈鱼。

电视正在放联欢晚会，主持人在报时。

毛毛一边摆盘，一边感慨又是一年，年气儿虽说淡了些，可一家子和和气气，热热闹闹也挺好。

"让他们男人端菜。"毛毛对陈迦南道。

陈迦南说："我去叫。"

"这么近叫个啥。"毛毛直接仰头，扯着嗓子对屋里喊，"出来端菜——"

陈迦南："……"

天空烟花绽放，过年了。

29.

一桌菜像是满汉全席，周晏康眼睛瞪得老圆。

电视上正演着小品，观众看得热热闹闹。沈适给陈迦南倒了一杯花茶，举起杯子，道："我们干一杯吧。"

外婆也嚷着要喝点小酒，嘴巴抿了又抿。

那个晚上是陈迦南这么多年来过得最温暖的一个新年，工作顺利，一切都刚刚好。

喝完酒，沈适拿出一个红包给小康。

红包很厚，不用看就知道里边装了多少钱。毛毛看了一眼陈迦南，挤了挤眼，然后歪头看小康："要对叔叔说什么？"

小康乖巧道："叔叔新年好。"

沈适笑："新年好。"

陈迦南在一边握着外婆的手，给有些呆滞的外婆擦了擦刚洒了酒的衣服。周然拿起杯子敬酒，沈适端起酒杯一口气干了。

陈迦南忍不住道："你少喝点。"

沈适给了她一个安心的眼神："知道。"

气氛一时很好，毛毛问："什么时候办喜酒啊，再过几个月，小南这肚子就该大了。"

沈适原是想着回京阳办，办大点。这些日子陈迦南似乎从来不提这事儿，他也一直没找着合适的时间问她。

他看向她，她也看他。

陈迦南慢慢道："简单点就挺好，现在这么冷，要不我们就在屋里摆儿桌，大家一起吃个饭吧。"

沈适眉头轻皱了一下，没有说话。

毛毛已经叨毛："你要求也太低了吧。"

外婆的闹腾打破了这场对话，陈迦南去哄外婆，后来扶着外婆睡下。那时年夜饭也吃得差不多，该散席了。

两个男人去厨房收拾，女人在屋里说话。

毛毛恨铁不成钢地看着陈迦南，实在想不通这女人脑子里装了什么。那个男人可是沈适，多少女人想给他生孩子，好不容易在一起，不轰轰烈烈办一场，怎么对得起媒体？！

陈迦南："……"

等毛毛一家人离开后，屋里终于清静了。陈迦南换了个戏曲台听，半天不见沈适进屋。

她出去看了一眼，他站在檐下抽烟。

陈迦南知道，他这样一言不发的时候大概是对刚才说起婚礼的事有些生气，只是低头抽烟，烟雾徐徐而上，遮了镜片。

沈适看见她出来，随手掐了烟。

"这么冷的天出来做什么？"他皱眉。

"你不也出来了。"她反驳。

他叹息："我抽根烟。"

陈迦南看他忍得很辛苦的样子，走了过去，将他的烟拿掉，故意道："你要喜欢忍就忍着吧。"

沈适："……"

陈迦南说完，转身进屋。沈适一个人站在檐下，愣怔了半天才回过神，忽然低头笑了。

30.

沈适进屋的时候，屋里开着一盏台灯。

陈迦南正收拾衣服，从柜子里拿出他的睡衣扔到床上，一边往床前走，一边拿了护手霜拧开。她知道他进来了，背对着他道："前两天我带外婆去了一趟医院，医生说她可能就这大半年的事了，我只是想多一些时间陪陪她。"

沈适沉默。

陈迦南一边擦手，一边道："简简单单办个酒席也挺好的，外婆不爱人多，她不习惯。"

沈适："也好。"

他慢慢走向床边，兜头脱掉毛衣，换了睡衣穿上，再看陈迦南，她递给他护手霜。

"你也擦擦。"她说。

他无奈："我擦这个做什么。"

"你瞧瞧你的手，都干成什么样了，又不是二十来岁的年轻人，还是要保养的。"陈迦南说的时候没想太多，话音落了才觉得有些不对，又加了句，"空气也太干燥了。"

沈适笑了笑："嗯。"

夜已经深了，外头还有人在放烟花。陈迦南站得脚疼，很快爬上了床，沈适也跟着躺下。

她靠着床头柜，脸色不太好。

沈适担心道："怎么了？"

陈迦南揪着眉头，轻轻嘤咛了一声："可能刚上床的时候太用力了，肚子有些不舒服。"

这话一出，沈适脸色都变了。

"很疼？"他侧身坐起，一手虚扶着她的腰，急切道，"我带你去医院。"

陈迦南摇头，握上他的手："没那么严重，让我缓一缓，你去倒点热水，我喝点躺躺就好了。"

沈适屏气："还是去医院看看。"

"真不要紧，现在已经好多了，刚才大概用力过猛。"陈迦南说着往被窝里钻，"我躺躺。"

沈适拗不过她，只好道："我去倒水。"

那一晚的后来，陈迦南孕吐了好几次，折腾到半夜才睡下，沈适只能看着她难受，给她喂水，陪她一起熬夜。她快要睡着的时候，沈适还半侧着身子清醒着，好像是说了一句话，她没听清。

她闭着眼迷糊道："你说什么？"

沈适轻轻拍她的背。

"我说要一个就够了。"他低声道。

31.

他们大年初四办的喜酒，在院子里摆的饭桌，就是一个很普通的宴席。那一天太阳很好，请了邻居家几个阿婆和大爷，还有毛毛一家，倪小智也带朋友来了。

陈迦南没化妆，简单地涂了点口红。

她换上了红色的旗袍，那还是她妈结婚的时候穿的，现在一点都不过时，有些中国风，长度到膝盖下，衬得她活泼俏皮。

刚穿好就听见身后有人推门进来的声音。

她以为是毛毛，没有回头，只是一边对着镜子戴耳环，一边问道："这一对好看吗？"

"好看。"是沈适的声音。

陈迦南这才抬眼："你怎么进来了？"

沈适看着眼前这个女人，眸子微微亮了几分。他轻轻"嗯"了一声，帮她戴上另一只。

然后，他低声道："手给我。"

不知道从哪儿冒出一个小锦盒，陈迦南看着他打开。

"你什么时候买的？"她问。

沈适低眸，轻轻给她戴到无名指上，抬眼看她："婚礼不跟我要就算了，戒指和单膝跪地也不要？"

陈迦南看着那枚戒指，玩笑道："我算不算最便宜的新娘子？"

她还有心情开玩笑，沈适失笑。

他贴近她，一手环过她的腰，一手抚上她的肚子，食指点了点，目光沉静道："这儿有我的种，你说呢？"

陈迦南："流氓。"

沈适笑意渐深，倏地低头，在她唇上轻轻落了一个吻，随即，加深，扶着她纤细的腰，细细闻道："擦什么了这么香？"

陈迦南半扭着身体："我刚抹的口红——"

沈适沿着她的唇线一点点吻了过去，一只手隔着裙摆在她腰间揉了揉，她不自觉仰起头。

她难受道："有人进来了。"

沈适不予理会："随便进。"

"沈适——"

沈适轻笑，又亲了一会儿，才慢慢松开她，看着她瞪圆的眼睛，笑着去给她擦嘴边的口红。

"公司有些事情要处理，过两天还得去一趟英国，明天我想送你和外婆回京阳，有萍姨照顾我放心。"他说。

陈迦南不好拂他的面子，没吭声。

"外婆总不能一直待这儿，适当的出去走走对身体也有好处，说不好还会想起一些事情，你说呢？"

陈迦南犹豫道："我担心外婆不习惯。"

"萍姨照顾老人很用心，不会不习惯，况且老待在一个地方也不好。"沈适说，"你也该出去走走了。"

"那你去多久？"

沈适："一周左右。"

"书店怎么办，我总不能一直待到生小孩吧，现在才刚怀上，会不会有点太娇气了？"

沈适看着她，笑了一声："别人怀个孩子差不多一步登天，你这怎么还反着来了。真想要我放心，就让萍姨陪着，她是沈家的老人，你会喜欢她的。"

陈迦南咬了咬唇，看他。

沈适察觉到她手心的汗，皱了皱眉："怎么了？"

"不知道，就是有点紧张。"

"紧张什么？"

陈迦南没说话。

沈适捋了捋她的头发，说："我让老张把梨园重新收拾了一下，这会儿大概梨花都开了，过去住两天，要是不自在，我再送你和外婆回来。"

陈迦南弯了弯唇。

"大不了我两边跑。"他说。

32.

梨园的花是一夜之间开遍的。

萍姨让老张采了一些打算做梨花酒，再蒸一点梨花糕，也好用来打发时间，今年梨园有些冷清。

老张这几天总念叨："好些年没见过了，不知道陈小姐现在什么样子，我第一次见她的时候，还是个学生。"

萍姨拿一把蒜扔过去："还陈小姐，该叫太太。"

"你看我这嘴。"老张笑道，"沈先生没说什么时候回来？"

"应该快了吧。"

"家里没个人气，怪冷清。"

萍姨也觉得是，过了会儿又笑了："明年这会儿，我估摸着整个梨园都闲不下来，有了孩子总会热闹一些。"

"你说是男孩女孩？"老张好奇。

"沈先生喜欢女孩。"

"我倒觉得男孩好，顶天立地的，最好生两个，那这房子里就更热闹了。"老张说，"你说是不是？"

萍姨："想得美。"

说话间客厅的座机响了，一般只有沈适会打这个电话。萍姨噌地就跳了起来，放下手里的活，激动地对老张说一定是太太要生到了，说着就往座机跟前跑去。

"来啦来啦。"嗓门可是真大。

33.

他们从岭南出发，是在初五的早晨。

陈迦南一大早就开始收拾行李，拿了两件冬天的外套，又装了些零碎，箱子很快就塞满了，却还觉得有好多东西都没有收拾，想着再多装两个箱子才好。

床上的人动了一下，她看过去。

沈适从床上坐了起来，揉了揉脸，看了一眼时间，声音还带了些刚睡醒时的沙哑："时间还早，怎么不多睡会儿？"

陈迦南："睡不着，我吵醒你了？"

"没有。"沈适看了一眼行李箱，"别装太多，那边都有。"

陈迦南看着还有很多没拿的小物件，真的是一样都舍不得，下次回来还不知道是什么时候，不由得撇了撇嘴："反正在家里也是放着，干吗不用。"

沈适笑："别老站着，收拾完歇会儿。"

"我不累，老是觉得忘了装什么东西又想不起来，你说女人是不是真的会一孕傻三年？"

"这个词谁发明的？"

"大家都这么说。"

沈适靠着床头，找了个舒服的位置，喟叹："我倒觉得一个女人不会因为怀孕傻三年，你还没到时候。"

陈迦南慢动作地偏头："什么意思？"

沈适不紧不慢道："一个女人最辛苦的时候大概是生产后，你想想她每天要喂奶，半夜还要哄小孩、换尿布，多少麻烦事儿，正常人都经不起这样日夜颠倒地熬，更何况一个刚生完孩子的女人，所谓的一孕傻三年大都是这样来的。"

陈迦南听得要笑不笑："这你都知道？"

沈适："你以为我一天很闲？总得找些事情做做。我已经想好了，等孩子出生让孩子喝奶粉吧，这样你也不会一孕傻三年。"

陈迦南被他的话逗笑，拿起手边的物件就扔他。

沈适笑着侧了侧身，直接躲了过去。

她半气半笑："人家都说喝母乳好。"

"谁说的？"

"毛毛说的。"

"别听她的。"

陈迦南："……"

"奶粉就挺好的，省事儿。"沈适笑。

陈迦南白他一眼："赶紧起床。要误机了。"

34.

那天是周然开车送他们去的机场。

机场人流攒动，一个个拿着大包小包，大人匆匆赶路，小孩跟在父母身后跑，也有年轻人在拍照留念。

沈适买的头等舱，待遇实在好。

外婆大概因为晕车，刚登机就睡下了。陈迦南有些闷，受不了舱内的味道，捂着嘴也不想说话。

沈适低声问："难受？"

她小声道："有些反胃。"

沈适抬手，有空姐走过来。她歪着头朝着玻璃窗，没注意听他们说了什么，只是很快，空姐拿了毛毯和热茶，还有特别精致的点心。

他端着热茶给她："少喝点。"

陈迦南将脸扭过来，微微仰脖抿了几口，好像有了些力气，没那么难受了，轻轻笑了笑："你别大惊小怪，好像我多弱不禁风一样。"

看她还有心情调侃，沈适松了口气。

他将毛毯给她盖上，掖了掖角，转移她的注意力道："要不我们现在给孩子想想名字？"

陈迦南翻手摸上肚子："都不知道男孩女孩。"

"女孩。"他说得肯定。

"你怎么知道？"

沈适笑笑："我觉得是。"

哪有人觉得是女孩就生女孩的，陈迦南"嗤"了一声，说："我想要个男孩，女孩子太事儿了。"

沈适："我觉得挺好。"

陈迦南："要生你自己生。"

沈适笑："我们打个赌？"

陈迦南看他一脸云淡风轻又特别笃定的样子，实在好奇得很，便道："你是哪儿来的自信我会生女孩呢？"

他只是"嗯"了一声："玩吗？"

陈迦南偏不信："怎么玩？"

他说："要是你赢了，我答应你一件事，要是我赢了，孩子喝奶粉这事儿得听我的。"

陈迦南："……"

她瞧着眼前这个男人，哪里像是生意场上狠厉果决的沈适，很多地方都不一样了，从前的三分笑意，褪去淡漠，已经变得柔情了。

35.

陈迦南后来有大半时间都在睡觉，再醒来已经到了。外婆完全忘记了这儿，拉着她的手颤颤巍巍不敢下机，她哄了好大一会儿。

他们从 VIP 通道出来，老张已经等在外头。

重新再回到这座城市，陈迦南有一瞬间的恍惚，她在下飞机的那一刻就感受到了。当京阳的风吹到脸上，寒冷，新鲜。

老张远远就过来接，脸上笑得灿烂。

那会儿沈适刚好有个电话，走到一边去接。老张小跑过来接过行李，看着陈迦南，眼圈不知道怎的有些红了。

"一别五年，还是这么漂亮。"老张轻道，又看了一眼靠在她身边的外婆，"老太太还好吧？"

陈迦南点头："您身体怎么样？"

老张阖了眼眸子："挺好的。"

这个姑娘从大学时候到现在这么多年过去了，唯一不变的还是那双眼睛，干干净净，清澈见底。老张心里感叹着，笑了笑。

沈适打完电话，走了过来。

"说什么呢？"他问。

陈迦南才不愿意乖乖告诉他，笑不露齿道："说你很忙，刚下机电话就轮番响啊沈先生。"

闻言，老张低头笑了。

沈适目光温柔，看她一眼，无奈地笑了，对老张道："张见被我派到南部去了，这几天就能回来。"

"多待些日子，没事儿。"老张道。

京阳的机场大得能装下两三个岭南机场，密密麻麻的人流，看得人眼花缭乱，他们只短暂停留，便上车了。

陈迦南无心感慨，封闭的空间让她难受。

老张启动引擎，说："沈先生，7 号公路有些堵车，得从小金山绕过去，可能得一个小时，老太太不晕车吧？我开慢点。"

外婆倒是还好，一路下来很乖，也不闹腾，倒是陈迦南怀了孕，身体素质没之前那么好，孕吐反应大，闻着车里的味道便不舒服。

沈适看了一眼陈迦南，皱了皱眉。

"尽量快点。"他说。

36.

老张开车一向好，窗户开了一条小缝儿，陈迦南吹了会儿风，慢慢地好点了，人也清醒了很多。

窗外有小山，远处层峦叠嶂。

陈迦南看着这熟悉的山路，想起以前来过好几次。有一回把他惹火了，他直接撂下她，开车走了。她赌着气，沿着黑黑的山路往回走，心惊胆战，后来半路遇见老张，一颗心才落下来。至今还记得前面有棵大树，那棵树很老。

"想什么呢？"沈适问。

陈迦南轻轻摇头。

时隔五年，她又回到这儿，好像一切都没变，还是原来的样子。路边不知道什么时候有了路灯，一排排直到山上。

她不自觉道："这儿的路灯还挺好看。"

沈适下意识笑了笑，看着她一脸平静的样子，抬手覆上她的腕子，给她指了指远方某处，道："看到那个最高的建筑点了吗？过两年那儿会建一个京阳最大的游乐场，直接连上7号公路，到时候过去也方便，绕个圈，十分钟就回来了。"

陈迦南："我没事去游乐场干吗？"

沈适还没说话，老张笑了。

陈迦南："……"

老张看了一眼车内后视镜，车后座的这个女孩子已经全然没有了当年的棱角和疏离，倒是多了些岁月的温柔。

"等孩子大了，不得去玩玩。"老张笑道，"您还别说，我这把年纪了都想去试试，就是怕把心脏病给震出来了。"

陈迦南看沈适，他笑了笑。

"还难受吗？"沈适道。

陈迦南摇头："好点了。"

她偏头看了一眼外婆，外婆睡得正好，这些日子是越发嗜睡，有时候一睡就是大半天。

沈适朝着她的视线看过去，低声道："我上周联系了一个国外的医生，专治阿兹海默症，等这两天安顿好了，给外婆看看，萍姨和老张都在，不会有什么事的。"

"我知道。"陈迦南道，"你什么时候走？"

沈适沉吟道："就这两天。"

"严重吗？"

沈适笑道："问题不大，还有一些遗留问题我必须亲自处理，快的话，最多一周就回来了。"

陈迦南："你忙你的。"

"我让老张给你预约了一个产检，到时候让萍姨陪你一起过去。"沈适说，"有什么事随时给我打电话。"

陈迦南忍不住皱眉："我又不是十八岁，给你打什么电话，再说了，我体检你能帮上什么忙啊？"

沈适："……"

开车的老张倒是笑了，道："我记得以前陈小姐就老堵得您说不出话来，现在做了太太，沈先生要当心了。"

闻言，陈迦南倒红了脸。

沈适看了她一眼，笑了。

37.

五年前。

沈适："林郁，小金山的事情办得怎么样了？"

"前两天已经找那边的负责人谈过，他们听到我们要投资建设，估摸着半夜都开心得睡不着了。"

林郁其实也纳闷，沈适为什么忽然要给小金山修一排路灯，后来从老张那儿听了一件小事，一时恍然，于是便问："您还有什么要求？"

沈适只说了一句："灯弄好看点。"

西城往事 2 · 一天

38.

小时候爱看《乔家大院》，所以总是对那种四四方方的宅院有些不一样的感觉，亲近、古老、神秘，有历史的厚重，也有家族的忠诚。

陈迦南还记得第一次来梨园的样子。

那天晚上京阳下了很大的雨，他刚从饭局下来，喝了很多的酒，叫老张开车来接她。雨水哗哗打落在挡风玻璃上。

这条路有些陌生，她心里不安："我们去哪儿？"

他当时大概有些不舒服，低着头，眼睛也没抬起，只是揉了揉眉心，声音低沉疲惫："到了就知道了。"

一车的酒味弥漫，陈迦南皱了皱鼻子。

她微微往车门方向挪了挪，道："天气预报说这两天暴雨，我明天还有课，挺重要的，怎么回学校啊？"

他不动声色道："晚上再说。"

陈迦南那会儿挺不依不饶："沈先生，麻烦你看一眼时间，现在已经是京阳时间晚上九点了好不好？"

那一年她还年轻，一点都不怕他。沈适对她也有些放纵，由着她的性子，也由着她浓妆艳抹，只是今晚她的脸颊干干净净，白皙粉嫩，就是这张嘴不太好对付。

车子停在半山腰，四面环山。

沈适忽然道："老张，停车。"

陈迦南被他这低低一声吓到，倏然不吭声了，侧了侧身子，往座位角落里挤了挤。

他问老张："还有多久？"

"转个弯就到了。"老张说。

沈适："你先回去吧。"

老张沉默了一秒，大抵是跟着沈适的时间久了，知道他的脾气，也不再问，只是应了声是，便拿了伞下车。

等到车里就剩下他们俩，陈迦南顿时有些心慌。

沈适嗓子有些不舒服，艰难地咳了两声，抬手解开了领口的两颗扣子，道："前面有个宅子，平时没人住，这地方挺安静，你要是想来让老张去接你。"

她忍不住问："你干吗？"

沈适不咸不淡道："不干什么，就是觉得你有点吵，我看这地方挺适合你，没事待个一年半载也不错。"

陈迦南："……"

他说话的表情看着蛮认真的样子，陈迦南后背都有些僵硬了，她瞄了眼乌漆墨黑的窗外，一边往后靠一边道："你这是绑架知道吗，要坐牢的。"

沈适低声笑了："是吗？"

她看着他那张城府颇深的脸，目光黑漆漆仿佛要把她怎么样似的，拧着眉头，低嘲了一句。

沈适抬眉："你说什么？"

她赌他不会怎么样，大着胆子道："我说堂堂沈先生，吓唬一个手无寸铁的女人，还是男人吗？"

沈适听罢，笑了笑，扯了扯领带。

她总觉得那个动作有些危险，下意识地转身就要打开车门，无奈车门落了锁，再一回头，沈适好整以暇地看着她，两人对视了三秒钟，她刚要动，他便压了下来。

他身上酒味很重，萦绕在她的鼻间。

"沈适——"

他低头看她："嗯。"

"你干吗？"

他淡淡道："让你看看什么是男人。"

39.

后来她才知道，那天是他母亲的忌日。

那也是她第一次来梨园，陌生、拘束、不安、小心翼翼。她跟在他身后，在这偌大的屋子不敢乱走。

他的西装已经凌乱，脸上有酒后的红晕。

陈迦南印象里，他很少喝这么多酒，平日里大都是喝不醉的，那个晚上和往日不太一样。

他终究没对她做什么，只是说："二楼有卧室，去洗个澡吧。"

想起车里他对她动手动脚，虽然最后没有实际行动，只是情欲所起，又硬生生忍了下去，却还是把她吓到了。

她几乎是飞快转身，往楼上走。

上到二楼，再回头去看的时候，他低着头，西装已经脱掉了，露出杂乱的白色衬衫，整个人靠在沙发上，手肘撑在沙发帮，一只手支着头，充满疲倦。

那大概是她见过沈适最伤心的样子。

很久很久以后，陈迦南都忘不掉那个晚上。他颓废、不修边幅、落寞至极。以至于，而今，在即将到达的此刻，她怀着他的孩子，坐在他身边，他正笑着和她说话，让老张开慢点，即使如此，梨园对她来说，仿佛依然是一个伤心地。

40.

车停在梨园门口，大门自动打开。

还是记忆里的样子，高高的围栏，古旧的墙壁，二层小楼，外面围着花园，朴素典雅，简约庄重。

刚一下车，熟悉的味道扑面而来。

从屋里跑出来一个六十来岁的老太太，还系着围裙，看见他们高兴道："可算把你们盼回来了，我在厨房做梨花糕呢，就琢磨着也该到了。"

沈适对她笑道："这是萍姨。"

陈迦南微微一笑，颔首。

萍姨看了陈迦南好几眼，"哎"了一声道："难怪沈先生一直念念不忘，太太和别的女孩子不太一样。"

陈迦南看了眼沈适，他只是淡淡笑着。

"好了，进去说吧。"沈适道。

房子里有地暖，光脚踩着都很舒服。

外婆走了这么远的路，身体不太灵活，被萍姨带着回房间休息。陈迦南站在客厅，看着四周的布景，灯光换成了暖黄，壁纸也换成了柔和的样子，整间房不再那么寂寞和冰凉。

她胃里猛然一阵酸楚，反了几口。

沈适正在和老张交代事情，闻声走了过来，摸了摸她的手，皱眉道：

"怎么这么凉，还不舒服？"

陈迦南摇头："没事。"

"要不要上楼休息？"

陈迦南想了想，从他掌心抽出手，道："我不困，还是先去看看外婆吧，她现在睡觉也不踏实，你忙你的吧。"

她说完也没等他说话，就走了。

房间里外婆睡得很熟，萍姨正在给外婆掖被子，看见她笑了笑，小声喊了句太太。

陈迦南："您叫我迦南吧。"

"我在沈家待了一辈子，已经习惯了，更何况这是沈家的规矩，不要觉得不自在。"萍姨说着，看了眼外婆，又看向她，道，"自打我见您第一眼，就觉得您和以前的太太有点像。"

"以前的太太？"

萍姨："沈先生的母亲。"

陈迦南听罢，抬眼。

"沈先生是重情之人，就是为人淡漠了些，其实最看重情意，一旦放在心里就很难再放下了。"萍姨粲然一笑，"您是有大福的人。"

陈迦南莞尔，轻道："他看着是挺薄情。"

很少有人敢这样说沈适，萍姨乐了。

"您忙去吧，我陪外婆睡会儿。"陈迦南说。

那时已经是下午，太阳斜斜照进窗户，温柔地落在床脚，缓缓移动着。窗外的花树轻轻摇晃，在窗帘上留下斑驳的树影，仿佛时间都变慢了。

陈迦南躺在外婆身边，很快睡着了。

41.

再次醒来，已经是傍晚。

陈迦南迷迷糊糊地睁开眼，看到的是陌生又熟悉的房间，沈适正坐在旁边的沙发上看书。

听到动静，他看过来："醒了？"

陈迦南闭了闭眼又睁开，抬手覆上眼睛揉了揉，问他："我不是和外婆在一块睡吗？"

沈适放下书，坐到床边。

"不是不困吗，我看你睡得挺香。"他揶揄。

陈迦南被沈适看得别扭，从床上坐了起来，沈适抬手虚扶了一把，她靠在床头，问他："外婆呢？"

"萍姨做了很多花糕，正吃着呢。"

卧室光线不是很亮，只开着一盏暖黄的台灯，衬得整个屋子很柔和，仿佛除了睡觉做别的事都是浪费时间。

陈迦南揉了揉额头，缓缓叹了口气。

"不舒服？"沈适问。

陈迦南摇头："就是有些没精神，不知道是不是怀孕都这样，头也有些晕，没什么力气。"

沈适探了探她的额头，从床头柜拿起一杯热水递给她："应该是走的路太长了，容易疲惫，喝一点会舒服些。"

陈迦南接过热茶，两个手掌暖意层生。

她抿了一口，看他："你不是说养了只猫吗，怎么没有看见它？"

沈适："我让老张送到宠物店。你现在这样不方便养，万一出什么意外我会受不了的，等生了孩子，再养回来。"

陈迦南好笑："还有你受不了的？"

"我又不是铜墙铁壁。"他苦笑了一声，说，"要不你摸摸？"

陈迦南："不正经。"

沈适轻笑："现在感觉怎么样？"

"还好。"

"只是还好？"他缓缓开口。

陈迦南迟钝了一秒，沉默地看着他。

沈适轻叹："从你下飞机就有些不对劲，情绪也不是很高，除了怀孕的缘故，还有别的吗？"

他从来都是不动声色看出你心里所想，陈迦南莫名松了口气，偏头看他。

她轻声道："只是想起很多从前的事，总觉得不太真实，有些事好像还是昨天发生的一样。"

沈适身体微微前倾，看她："看来萍姨说得没错。"

"什么？"

沈适："怀孕的女人总是喜欢胡思乱想。"

陈迦南："……"

"时间长了就好了，慢慢地总能适应，我看也不能太闲着，找个别的事做做就不会乱想，还得给你找点存在感。"

"什么存在感？"她问。

"先吃饭。"沈适一笑，"以后再说。"

42.

到了初六，年味儿已经不浓了。

一大早沈适就去公司处理事情，陈迦南在家里收拾行李，洗了些衣服，和萍姨一起晾晒在一楼阳台上。

她问萍姨："产检还得几天吧？"

"得初九了。"萍姨说，"妇产科的张医生回家过年，要初九才能回来。"

"张医生？"

萍姨："当年夫人难产，沈先生就是张医生接生的，这些年和沈家也有些来往，沈先生特别叮嘱的。"

陈迦南笑了笑。

门口这时候有了些响动，萍姨擦了擦晾衣服时沾湿的手，说："好像有人来，我去看看。"

听见声音有些大，陈迦南跟着走了出去。

有几个中年男人抬着一架黑色云杉木质的钢琴往里走，萍姨喊了声太太，问她放哪儿好。

陈迦南迟钝道："放窗边吧。"

或许是有些日子不弹了，又或许是实在意外他居然还记得这个，陈迦南一时愣在原地。

等那些人走了，萍姨道："太太喜欢弹琴吧。"

陈迦南看着阳光落在琴盖上，两只手不自觉地动了动。她的目光有些涣散，好像看到很多年前去老师家学琴的那个十八岁的陈迦南，忽然，门开了，走进来一个男人，嘴上挂着玩世不恭的笑，那是二十六岁的沈适。

转眼即逝，这么多年过去了。

她如释重负般，看了萍姨一眼，说："小时候学过，本来还以为长大会成为一个钢琴老师。"

萍姨笑："人一辈子有几个是做着喜欢的事儿的，大都是当一天和尚撞一天钟，过得去。等到有一天想通了，已经老了。"

"也许是吧。"陈迦南说。

她慢慢走向钢琴边坐下，掀开琴盖，看了几秒钟，抬手慢慢摸了上去，轻轻按下几个键，清脆准确的声音弹跳出来，仿佛整个梨园都亮堂了。

萍姨站在身后，笑着叹了口气。

窗外有鸟飞过去，落在树枝上，发生轻微响动。这个平静了几十年的地方，终于可以有点人情味了。

43.

傍晚的时候，陈迦南陪外婆散步。

她们走在半山腰的小路上，外婆一边走一边唱《红灯记》，她跟在后头，随手拿了根树枝，边走边晃。

手机蓦地响了，是沈适。

他像是喝了点酒，声音有些低哑："做什么呢？"

"和外婆出来走走。"陈迦南说，"你喝酒了？"

"有个饭局，喝了点儿。"

听着他低低的嗓音，陈迦南无奈道："你好像除了开会就是饭局，外面的菜很好吃吗？"

"这你就冤枉我了。"沈适说，"何其难吃啊。"

陈迦南忍不住笑了。

她一边玩着树枝，看了眼走在前面的外婆，随口玩笑道："你什么时候买的钢琴，还是定制的，需要时间可不短，你就这么确定我会跟你回来？"

沈适"嗯"了一声。

他点燃了一支烟，静静吸了一口，不知是清醒还是借着酒意，说了句吊儿郎当的话："怀着我的孩子呢，跑不远。"

陈迦南："……"

她咬了咬唇，性子里还是有着以前不愿甘拜下风非要和他抬杠的样子，轻哼一声道："你对自己还挺有自信。"

沈适反问："你对自己没自信？"

陈迦南："……"

44.

沈适回来的时候，已经是深夜。

陈迦南刚躺床上不久，睡不着，随便翻了本他看了一半的书，看了会儿实在无聊，又从床上爬了起来。

就是这会儿，她听到汽车的声音。

她几乎是瞬间就掀开被子，走到窗边往外面看，大门处的红灯笼被风吹得摇摇晃晃，黑色汽车缓缓驶了进来。

沈适从车上下来，抬头看向二楼。

二楼的窗帘被拉开了一些，却不见人，陈迦南已经下了楼，刚好看见沈适走了进来，左手还搭着西装外套。

迎面就是酒味，她皱鼻："你喝了多少啊？"

沈适将西装扔到沙发上，看她那张白皙干净有些婴儿肥的脸颊，身上的寒气仿佛顷刻间散去："遇上个能喝的，多说了两句，也就多喝了两瓶。"

陈迦南拿起他的西装，闻了闻，抬手扇了扇味道，说："去泡个澡吧，把衣服换下来，我拿去洗衣房去。"

"明天再洗吧。"沈适说，"都这么晚了。"

陈迦南"喊"一声，才不听，径直就走。

看她把他的话当耳旁风一样，沈适实在没辙。萍姨从厨房端了碗梨汤出来，递给他。

"太太闷坏了，今天一直找事做。"萍姨笑道。

沈适抬眉，喝了一口，失笑："这才一天就闷成这样，看来真得给她找点事了。对了萍姨，外婆今天怎么样？"

萍姨摇头："老夫人睡了很久，到了傍晚才稍微有点精神，太太陪着出去走了走，回来也不好好吃饭，小半碗就躺下睡了。"

沈适："产检联系得怎么样了？"

"就这两天。"

沈适和萍姨说了两句，回了二楼卧室。他前脚刚进房间，陈迦南就进来了，手里拿着今天晾干的几件衣服。

他拉开柜门，随手翻了翻睡衣，道："萍姨说这一天你都闲不住，按理来说早该累了，怎么还不睡？"

陈迦南："睡不着。"

她一边叠衣服，一边打了个哈欠，余光看见沈适的目光落过来，她一抬头，他气定神闲在看她。

"看我干吗？"她问。

沈适胡诌："我睡衣你看见了吗？"

陈迦南闻言放下手里的衣服，走到柜边找了找。她今天重新收拾了屋子，却没怎么动他的东西。

"你昨天不是放这儿了嘛。"她疑惑。

再抬头时，沈适似笑非笑，低头看她。

陈迦南后知后觉被他耍，瞪了他一眼，推开他就要走，手腕被他轻轻拽住。

半推半就间，他的吻就落了下来。

陈迦南嘤咛："你轻点。"

沈适低笑道："要是觉得闷，让老张开车带你出去走走，散散心也好。"

陈迦南不自觉仰起脖子，双手抵在他坚硬的胸膛上，感受着他身上蓄积已久的力量："我知道，你忙你的——"

最后一个字还没说出口，沈适堵住了她的嘴……

45.

沈适是第二天下午走的。

出差之前，他打过一个电话。那边酒姐说话很痛快，直接开门见山道："无事不登三宝殿啊沈老板，说说吧，这回又是什么事儿？"

沈适点燃一支烟，吸了两口道："这两天有空吗？"

"再给我一个百分点，每天都有空。"

上一回截和周家的英国市场酒姐功不可没，后来沈适承诺给公司股份，大概是真尝到了甜头。平日里两个人玩笑开惯了，随口一说的话信手拈来。

"那我找别人吧。"沈适挂了。

过了会儿，电话拨了回来。

洒姐一边翻白眼一边气愤道：“还挂我电话，真行啊你，要不是看在和沈家这么多年交情——说吧，什么事儿？”

“你明天来一趟梨园。”

洒姐皱眉：“干吗？”

“有个事需要你帮忙。”

洒姐正要问什么事儿，瞬间愣了，要知道沈适这人从来不让别人去那个地方，可以说是刹那间便反应过来，却还是慢慢开口道：“前些天的发布会，你一句轻描淡写，整个京阳都知道你有太太，可是从来没见过，大家都在猜测能俘获沈先生的女人到底是什么样子。”

沈适弹了弹烟灰，目光平静。

“还有些小道消息说，你不过随口开个玩笑，要真是结婚了怎么可能半点风声都没有，所以麻烦您透个底，这回是新欢还是旧爱呢？”

沈适轻声笑了一下。

那笑声听着怪瘆人，洒姐感觉后背都凉了，犹豫了半晌，一点一点轻呼出来：“不会是——”

沈适懒得废话，道：“明天你多带她转转。”

洒姐：“真的？”

沈适挑眉，直接喊了洒姐的名字：“要是我记得没错，京阳的二小姐林洒言是个挺聪明的人。”

他话里有话，洒姐想打人。

“逛街我强项，放心吧你。”洒姐咬牙切齿，完了又失笑，重重叹息，有些羡慕道，“真没想到这么多年，你和那姑娘还是走一块了。”

沈适：“嗯。”

洒姐：“还有什么要叮咛吗，沈先生？”

沈适：“她有身孕，你多操点心。”

洒姐：“……”

沈适说完就挂了。

洒姐还保持着通话的动作，半天没有回过神，这话的后劲太大。这些年来沈适想要什么女人没有，可能给他生孩子的只有一个。

这京阳大概要热闹热闹了。

46.

陈迦南其实是见过洒姐的。

几年前沈适带她出去玩，就在那家京阳有名的奢侈品店，他坐在沙发上抽烟，洒姐对他说："我看你这些年交往的女人都一个样子，也没什么特别的，你喜欢她们什么？"

沈适当时只是笑了笑。

洒姐又说："这个看着不错。"

或许是那句比较温和的话吧，陈迦南是记得这个女人的。后来又听沈适讲过这个京阳二小姐的故事，想来也挺让人难过。

出发之前，沈适说："想去哪儿就去，别老闷着。"

现在外婆一睡大半天，她在梨园总是有些孤独。萍姨没事儿还会翻翻地做做饭，她就无聊多了。

她在京阳没什么朋友，沈适比她想得周到。洒姐这个人性格直爽，好交友，与沈家关系也好，带着她点沈适也放心。大概也有怀孕和外婆的缘故，陈迦南心情总是不大开朗，有这么一个热情老辣的女人在身边也有些好处。

于是产检这天，洒姐陪着她一起去了。

47.

京阳医大在市区中心，得两个小时。

张见开的车，洒姐和陈迦南都坐在后面。明明不算很熟稔，可这个女人给她的感觉像是许久不见的老朋友一样。

"有一个月了吧。"洒姐问。

"差不多。"

"喜欢男孩还是女孩？"

陈迦南笑笑，说："都挺好。"

洒姐看了眼她的肚子："怀孕什么感觉？"

陈迦南想了想，对这个有些小心翼翼的女人说："除了孕吐有些严重，也没什么特别的感觉。"

她们一问一答，消除了些生疏和尴尬。

张见正在开车，看了后视镜的两个女人一眼，道："太太，孕吐的话，我知道一个办法挺管用。"

洒姐最先抬头，看过去："什么办法？"

"喝点柠檬水，不想喝的话闻闻那个味道也行。"张见说，"我妈怀我的时候就照着这办法来的。"

洒姐一听乐了："你多大？"

张见犹豫了片刻，道："二十七了。"

陈迦南听着张见说话那样子，愣了一下偏头笑了，认识这么久，这孩子难得害羞。

洒姐兴致倒是来了，直接道："林郁做秘书的时候，我要是问他多大，他会说，二小姐，现在是工作时间，不方便回答。你跟了沈先生有几个月了吧，小张同学？"

张见知道这个二小姐不好对付，只好硬着头皮"嗯"了一声。

陈迦南看在眼里，正好瞧见前面路牌上写着"京阳医大"四个字，帮着解了个围："快到了吗？"

张见："快了。"

陈迦南没有想到的是，这一次出门，居然碰到了一个故人。也不能算故人，她们毕竟没有见过。

48.

产检的过程很顺利，一会儿就结束了。

洒姐去了楼梯口抽烟，张见在打电话，只剩下陈迦南一个人，她去了个洗手间，出来的时候，有人叫了她一声。

回过头去，是一个陌生女人。

陈迦南客气道："你认识我？"

对方看起来比她小几岁，眉目有些憔悴，肚子挺着，看样子已经有了七个月左右的身孕了。

"我知道你。"女人说。

两人的目光在空中对视。陈迦南不知对方来意，可看着这张年轻的脸，莫名地猜到了一点。

女人开口道："能让京阳城二小姐和张秘书陪着来孕检，看来我还是有些低估你在他心里的位置了。"

陈迦南敛眉，眸子里带了点审视。

女人轻轻叹了口气，道："我一直以为没有女人能走到他心里去，我也以为我会成为那个人。陈小姐，你真的很幸运。"

陈迦南想走的，脚却迟迟迈不出。

她平静地看了一眼这个穿着裙子大衣的女人，轻声问："有七个月了吧？今年冬天冷，你穿得太薄了，对胎儿不好。"

"倒也用不着你关心。"

陈迦南皱眉。

女人苦笑一声，道："你放心，这个孩子不是沈适的。"

陈迦南声音轻淡："我知道。"

女人定定看了她一眼。

"我跟他在一起两年。"女人缓缓垂下眸子，落寞道，"你知道吗，有一种人他对你特别好，可是该冷漠无情的时候，他对你也特别狠。"

"你想说什么？"

女人短暂地笑了声，不算是笑，倒像是从嗓子里出了口气一样的笑，怪冷的，却不再说话，从她身边走了过去。

陈迦南怔了半天，才走了出去。

外面洒姐和张见一块站着，两个人的脸色有些轻微变化，洒姐看着她说："你在里边没有碰见什么奇怪的人吧？"

陈迦南实话实说："一个女人。"

洒姐："……"

"没说什么话吧？"

陈迦南："应该说什么？"

洒姐干笑了几声，说随便问问，心底却有些不确定。再瞧这位新晋沈太太，看着温温软软，刚刚这个眼神还真和沈适像极了。

趁着往外走，洒姐给沈适去了一个电话。

那边沈适刚开完会，问："什么事？"

洒姐朝车边看了一眼，陈迦南上了车，挺平静地和张见说话，可就是太平静了，直觉有些不太对劲。

洒姐："你猜我们刚在医院遇见谁了？"

沈适拿下眼镜，揉了揉鼻梁。

他淡淡道："谁？"

"傅菀。"

沈适动作一顿，缓缓睁开眼。

"她和你家那位碰了个正面，如果我猜得没错的话，两人还说了会儿话，至于说了什么就不知道了。不过，沈三儿——"洒姐停了一秒，道，"你做好心理准备。"

沈适沉默片刻，把电话挂了。

49.

回到梨园，外婆正在看电视。

电视上是八十年代的老京剧，外婆看了一会儿，吃了饭就睡了。陈迦南洗了个澡，今天走得多，累极，也躺着了。

刚睡一会儿，沈适的电话过来了。

她迷迷糊糊地接起，若有似无地"喂"了一声。

有那么十几秒没有听见他说话，陈迦南稍稍清醒了些。

他低声道："睡下了？"

"嗯。"

"检查得怎么样？"

"挺好的。"

"孕吐还严重吗？"

陈迦南："张见说了一个办法，蛮好用的。"

沈适："什么办法？"

"闻闻柠檬。"

沈适"嗯"了一声，道："要是难受得厉害，晚上让萍姨陪你睡，下床的时候披件衣服，别着凉了。"

"我知道，你这会儿不忙吗？"她问。

"不忙。"他说，"说会儿话？"

陈迦南沉默片刻："如果是林二小姐和你说的话，那我觉得还是不要说了，都是过去的事。"

她这样坦荡，沈适倒不知道如何是好。

陈迦南平躺着，眼睛看着窗外漆黑又湛蓝的天，被子里的手慢慢摸着肚子，轻声说："分开的这五年，我也没有给你交代过，五年可以发生很多事情，男欢女爱生老病死都是人之常情，过去了，不是吗。"

沈适静默："要听我的吗？"

陈迦南没有说听，也没有说不听，只是玩笑般道："我那一年真的是差一点儿就和别人结婚了，要不然现在也没你什么事了。"

他说："我知道。"

沈适想起那天酒店大堂，看见她和一个陌生男人的订婚宴请照，只觉得身体一瞬间好像跌落谷底一样。

他终于开口："你订婚前一天，我在岭南。"

只是这么淡淡的一句话，陈迦南眼睛一跳，鼻子便猛地酸了。她看着窗外漆黑的夜，抬手擦了擦眼角渗出的泪。

此时大概无声胜有声。

沈适低低道："对不起。"

这声道歉包含了太多，从十八岁到二十八岁，还有分开的这五年，从过去走到现在，最先爱上的那个人最痛苦，用情最深的那个人总是会让步。他们之间，一直都是这样势均力敌。

陈迦南闭了闭眼，又睁开，轻声道："等你回来再说吧。"接着像是两个人说着很平常的话似的，从风雨云提到香樟树一样，轻声细语地对他说，"今天去医院，医生说孩子很健康。"

她这样轻巧地就翻篇了，沈适怔了一下，从兜里摸出一支烟，放进嘴里，点烟的动作静止在半空，情不知所起，漆黑的眸子忽然间湿了。

他拿下烟，笑道："希望是个女孩子，像你。"

50.

三年前。

办公室里，林郁正和沈适汇报："傅小姐说，如果您不答应她的要求，她是不会离开京阳的。"

沈适道："你看着办吧。"

林郁犹豫了一下，道："这一次好像有些难办，沈先生，她——她提到了陈迦南小姐。"

沈适抬头，眼睛眯了眯。

林郁："现在网上信息传播太快，傅小姐又和媒体有些关系，不敢保证会造成什么影响。"

沈适沉吟道："她说什么了？"

"她要沈氏百分之五的股份，还有——梨园。"

沈适眸子里透出点狠厉，嘴上却是淡淡的笑意："她想要也得要得起，只给她两千万，另外，再给她谋个好前程。"

51.

后来的两天，梨园一直都很平静。陈迦南孕吐还是很严重，晚上总是翻来覆去睡不着。外婆还是糊里糊涂，睡的时间更长了，已经有些半瘫的征兆。

那天夜里，京阳下起了大雨。

萍姨熬了些柠檬水，往床头柜上放了一盘柠檬皮，味道淡淡的，陈迦南闻着睡觉也没那么难受了。

睡到半夜，被一声惊雷弄醒。

陈迦南披了一件衣服下楼，楼梯处亮着一盏小灯，大门处有模糊的人影正在靠近，她心里有些发毛，手扶着墙，看着那抹身影，一时不敢动。

她轻轻喊了声："萍姨。"

外面的雨声太大，屋里她的声音很小，却在这寂静的房间里显得格外清晰。许久不见人应，接着，客厅的门被推开了。她下意识地往后退了退，在看到那个熟悉的身影时，先是一愣，提了口气在嗓子眼。

沈适抬头，也是一愣。

他轻蹙着眉头，朝她走了过去，一边脱下西装外套扔到沙发上，走近才道："怎么这个时间起来了？"

陈迦南看着他，缓缓开口："睡不着。"

沈适摸了摸她的额头，烫烫的，眉头皱得更厉害，话里有些轻责的意味："睡不着也不能乱跑，大半夜着凉怎么办，有想过吗？"

"我会注意的。"陈迦南叹气，"要吃点什么吗？"

沈适："飞机上吃过了。"

"那我去倒点热水。"

沈适拉住她的手："还是我去倒吧。"

后来回房间，沈适端着水上来，陈迦南刚给他拉开被子，说："你还是去洗个澡吧，淋了雨总不太好。"

沈适看着她平静的样子，心里提着的那口气慢慢放了下来。他们还和平常一样说话，好像今天吃什么晚饭一样简单。

他顿了片刻道："那你先睡。"

沈适去洗澡的时候，陈迦南睡不着，翻来覆去了一会儿，听见他手机响，犹豫了几秒爬了起来。

她瞥了一眼，那是一个陌生号码。

陈迦南只是发呆了一会儿，有些疑惑谁会半夜打电话来。过了会儿，楼下的座机忽然响了。

一直响个不停，陈迦南披了外套下楼。

萍姨已经接起，冷漠地说了两句话就挂了。陈迦南刚好下到一楼，随意问了句："这么晚了是谁啊，萍姨？"

萍姨被身后的陈迦南吓了一跳。

"有什么急事吗？"她又问了句。

萍姨干笑了声："没什么事。"

陈迦南没有说话，她听着屋外的雨声，忽然觉得难过，却还是问了出来："我刚听见，是那个傅小姐？"

萍姨手抖了抖，往后看去。

陈迦南心下了然，轻轻回过头去，沈适正站在楼梯拐角。他看着她，走了下来，捋了她耳边掉落的碎发，只是淡淡道："有什么事我们上去说。"

陈迦南定定看了他半晌，拂开他的手。

她发现自己好像并没有想象中的大气，莫名地就开始烦躁起来，一句话也不想再说，转身就往楼上走。

沈适站了一会儿，跟她进了房间。

见她揉了揉额头，沈适皱眉："不舒服？"

陈迦南定了定心神，没有回头，从柜子里拿出他的睡衣，只是微微偏了偏目光："没事，刚刚头有些晕。"

沈适目光灼灼，唇抿成了一条线。

不见他开口，陈迦南扭过脸，看他："从美国赶回来，你应该也挺累了，早点睡吧。"

沈适握住她的胳膊，目视前方："那个电话只是一个意外，我会处理好，你别想太多。"

陈迦南看向地面，没有说话。

"你不是说有什么事等我回来再说吗。"沈适淡淡道，"我是刚从美国赶回来，本该五天的工作我熬了两个夜才能赶在今晚到家，你知道为什么吗？"

他现在的样子，还是从前的沈适。

陈迦南印象里那个心狠手辣咄咄逼人却又能和你谈笑风生的男人，好像在这一刻又回来了。

她垂眸："你想听我说什么？"

深夜的房间静悄悄，只有窗外大雨磅礴。床头的小灯暗淡却柔和，衬得这个夜更寂静了。

沈适吸了口气，听着她乏力而平静的声音，闭了闭眼，顷刻间散去了一身寒气，轻声叹息："有时候我宁愿你跟我吵一架，也不想你这么跟我说话。"

陈迦南眼睛酸涩，别开脸。

有那么一刻，陈迦南昏昏沉沉。她明明已经说过去了，可是发现那个人存在在他们之间，她却不知所措了。想到这几年他也曾对另外一个女人那样好，忽然就有些心慌。

沈适声音低了低，道："医生说你孕吐期间心情起伏大，本来我是打算以后再和你说的，还有这些日子，我们之间好像有些陌生，你觉得是正常吗？"

陈迦南抬眼。

沈适："我觉得不是。"

陈迦南没有开口，她对自己比谁都了解，好像自从来到这个梨园，总有些恍惚，总想起他的母亲，他又一直不在，她又不是那种喜欢黏人的女人，莫名其妙就有些生疏。再加上过去五年分开太久，她需要时间。

沈适从兜里掏出烟盒，抖出一支烟，看了一眼又扔到旁边的柜子上，半垂着眼，低声道："你刚离开的那两年，我需要一个对象应付奶奶，你大概也知道，有些事不是我能决定的。"

陈迦南攥了攥手掌，不自觉地抬了抬。他以为她要做什么，也随之抬手，碰到柜子边上的玻璃杯，玻璃杯轻轻晃了晃，掉在地上，碎了一地玻璃。

看着倒像是故意似的。

房门外传来脚步声，是萍姨，她从楼下跑了上来，声音里有些许担忧："沈先生，出什么事了？"

沈适淡淡回道："没事，萍姨。"

"您刚回来别着凉了，要不要我去熬点姜汤？"萍姨还在门外，话里不安道，"太太好些了吗？吐了一夜。"

闻言，沈适看陈迦南。

陈迦南声音轻淡："好多了，萍姨。"

沈适叹了口气，抬手捋了捋她耳边掉落的碎发，她侧身躲开，沈适皱眉，对门口方向道："萍姨，麻烦熬一碗梨汤，迦南喝，别放糖。"

这声线听着平和，萍姨提心吊胆还以为吵架了，现在总算舒了一口气，回了个好，便下了楼。

等安静了，陈迦南道："我不喝梨汤。"

沈适皱眉："不是说吐了一夜，梨汤对肠胃好，要不然后半夜怎么睡，还想熬一整晚？"

刚刚还有些生气的兆头，现在又温和起来，陈迦南看着面前这个男人，咬了咬牙，实在不想搅和自己的心情。

她难得抬杠："又不是你熬。"

沈适闻声，沉默了一会儿，笑了，瞥了一眼她的肚子，说："你不睡，我哪睡得着？"

陈迦南："这么多房间，你随便睡。"

沈适："……"

好端端的一个夜，硬是被这样一闹腾给耽搁了。她瞪了他一眼，正要抬脚往外走，被沈适一拦。

他话里有些许小心翼翼："你别动，扎脚。"

陈迦南看着他下楼的背影，不知道怎的又好笑，又心酸。就在刚才，两个人之间的气氛还诡异得厉害，一瞬间仿佛要把所有事都弄明白，一瞬间又都不计较了，仿佛什么都没发生过一样。

52.

陈迦南怀孕四十天的时候，孕吐还很严重。沈适找了很多法子，最多只能缓解，夜里还是睡不好。他这些天也跟着没睡好，倒是多了很多时间陪她。

她太无聊，他会说："出去转转？"

陈迦南总是摇头，夜里睡不好，白天又嗜睡，这样日夜颠倒总归对身体不好，免疫力下来再生个病就更麻烦。

有时候她去院子里小坐，他在书房工作，忙完了也会跟着下来，会说："还是回屋里吧，别感冒了。"

她偶尔会驳回："不去。"

"闷了再出来？"他说。

陈迦南："不去。"

沈适总是一脸无奈，由着她。

他们之间的关系好像缓和了很多，又好像有些奇怪。不知道是他迁就太多，还是她无所谓，不咸不淡，时不时地抬个杠，也不浓不烈，没多少火花。

萍姨私下里问过老张："太太以前性格怎么样？"

老张说："那时候活泼，挺有主意，经常会把沈先生气得没话说，胆子也大，好像什么都不害怕。"

"现在呢？"

老张想了想说："可能是怀孕了吧，思虑得多，你要多开导开导，沈先生工作忙，难免会出问题。"

萍姨"唉"了声，说："生了孩子也许会好一些，是吧？"

他们说这话的时候，陈迦南正在下楼，她停在楼梯上，沉默了一会儿，转身又上去了。

53.

怀孕三个月的时候，陈迦南嗜睡更严重。

沈适当时要去别的地方开会，一去又得半个月，思来想去，让公司副总去了，他忙里偷闲回了梨园。

那天阳光很好，萍姨正在扫院子。

沈适从车上下来，问萍姨："她又睡了？"

萍姨："早上吃了点饭就躺下了，最近又瘦了，看着比怀孕之前还瘦，要不找个医生问问？"

沈适看了眼二楼，叹了口气。

他脱掉外套，穿着衬衣，一边解开领带，一边轻手轻脚上了楼。楼上果然安静，她睡得很熟。

沈适站在门口看了一会儿，去了书房。

他给一个认识的医生打了个电话，那边似乎在忙，当时挂断了，过了会儿，给他回了过来。

"有什么事吗，沈先生？"那边很客气。

沈适挑明来意。

医生想了想"这种情况下一般建议多吃些饮食清淡的食物，散散心，有家属陪伴，说说话，转移注意力也好。"

沈适道："都试过了，还有办法吗？"

电话里沉默了几秒钟。

医生："倒是还有一个。"

那边不知道说了什么，沈适微微怔了怔，他摸了摸鼻子，从烟盒里抽出一支烟，一时有些语塞。

54.

那天晚饭过后，陈迦南陪外婆坐了会儿后，回了房间去洗澡，她精神欠佳，现在睡得也很早。

洗完澡出来，沈适靠在门框上。

她不以为意："你忙完了？"

沈适："嗯。"

"要我给你放水吗？"她问。

沈适说："我在书房冲过了。"

陈迦南看着他，平日里大都是他忙完回房间，她已经躺下了，很快就睡着，再醒来又是同样重复的一天。他现在站在这儿，她有些捉摸不定。

陈迦南沉吟片刻，道："我现在已经稳定了，都三个月了，你不用担心我洗澡会出问题。"

沈适说："我知道。"

"那你站这儿干吗，有事和我讲？"陈迦南说着打了个哈欠，"我真的挺困的，你想说什么。"

沈适说："是有点事儿。"

陈迦南眼神询问。

沈适正要开口，陈迦南的手机响了起来。她看见是毛毛的电话，一时忘了和他在说话，直接按了接听就往床边走。

她穿着轻薄的睡衣，脚踝露在外面。

沈适看着那抹纤细的身影，确实瘦了，头发也有些长了，披在肩上，随意地扎了个头绳，松松散散，倒是别有韵味。

一通电话打了四五分钟，回过头他还在，陈迦南意外道："你刚要说什么？"

沈适直视着她，目光浓稠。陈迦南是见过他这个样子的，知道这是他情动时候的表情，一时间不知道怎么办好。

"打完了？"他问。

陈迦南"嗯"了一声。

"说点别的？"他道。

陈迦南愣愣的。

自从有了这个念头，沈适就一直没压下去过。此时此刻，温软在畔，灯光昏黄，情动皆所愿，他眸子沉了沉，直接就压上来，堵住她的嘴。

陈迦南愣了一下，要推开他："沈适——"

无奈他气力实在大，胸膛紧紧贴着她，由不得她动弹，他只是吻着她的唇，低声喘着。

她推不开，只好道："我不方便——"

他现在听不得她拒绝，箭在弦上，势在必得。粗重的呼吸间，他咬在她的耳朵上，道："这么些天，也该闹够了。"

陈迦南呼吸一滞，瞬间泄了气。

她静静道："我闹了吗？"

沈适吻着她的脖子，闭着眼，重重叹息道："我知道，是我，我闹，我见不得你这样，行吗？"

陈迦南扭了扭身子，要挣开。

他抱得特别紧，紧到她喘不过气。陈迦南双手抵着他胸膛，挣了会儿，疲倦了，耷拉下肩膀，身子也随之软了。

她缓缓抬了抬胳膊，又放下了。

这些年很少见过他说过这样哄人的话，陈迦南一时心情复杂，她憋在嗓子眼的话又咽了回去。

半晌，她轻声："你别——"

话说一半，听见他道："要是这儿住不惯，我们还是回岭南去，你在那儿总归开心点，我大不了两边跑。"

陈迦南瞬间鼻子一酸。

"还有——"沈适低声道，"陈迦南，我没跟她怎么样。"

55.

再回到岭南，是个春天。

院子里生出了很多杂草，屋里也落满了灰尘，邻居家阿婆的猫沿着房梁跑来跑去，燕子也在屋顶做了窝。

那时候陈迦南已经有些显怀，沈适不让她走太多路，这段时间在家里待得也多了，萍姨不放心，也跟着过来了。

到了中午，一家人大扫除。

屋檐下放着摇椅和凳子，外婆躺在摇椅上，陈迦南给外婆喂粥。萍姨拿了扫帚要去给沈适帮忙，被陈迦南挡了，她看着院子里那个挽着袖子，低头在拔草的男人，淡淡笑了笑："时间长着呢，让他弄去吧。"

萍姨发愁："沈先生没干过这个，行吗？"

话音刚落，沈适从杂草里抬起头，一脸无可奈何的样子，看了眼陈迦南，这个女人都不拿眼瞧他。沈适轻咳了两声，有点一言难尽。

自从那一夜之后，两个人的关系好像比之前近了一些，有时候晚上睡觉，说两句话，动了情也会滚在一起，他能感觉到这种变化，可又觉得不像。

怀了孕会性情大变吗？沈适捉摸不透。

后来萍姨被邻居阿婆带着去了菜市场，外婆躺在摇椅上睡得迷迷糊糊，陈迦南就坐在一边看书。

沈适锄了半边草，仰头看她。

陈迦南当作没看见一样，淡定地翻着书，察觉到外婆动了动，她一抬眼，外婆居然抬着手指着沈适，吐字不清道："孙女婿——累了。"

他们都愣了。

外婆有很久不开口说话了，陈迦南还以为是幻听，她看了沈适一眼，轻轻道："外婆，你刚说什么呢？"

沈适放下锄头，从院子里走了过来。

外婆忽然用了力气拍了陈迦南一下，歪着头，有口水从嘴巴里流出来，舌头往上翻着，嘴里还一个字一个字往外蹦："小莲不听话。"

陈迦南眼眶湿润，瞬间泪流。

"外婆，你多说几句。"她握着外婆的手，哽咽道，"我是囡囡。"

摇椅上的人好像又听不见了一样，就那么斜歪着头，闭上眼睛，睡了过去。沈适上前，蹲在摇椅边，用毛巾擦了擦外婆的嘴角，又披了披被子。

他轻声道："睡着了。"

陈迦南吸了吸鼻子，擦了擦眼睛，又把外婆的被子往上拉了拉，再一抬眼，沈适正看着她。

"要不要我陪你出去走走？"他问。

陈迦南："不去。"

"看会儿电视？"

陈迦南："不想看，我再陪外婆坐会儿，你不是没干完活吗，还不去忙？房间里的灰还没扫呢。"

沈适："……"

56.

等到差不多收拾完屋子，已经傍晚。

沈适没怎么做过这些，大半天下来整个人也累得厉害，刚好接到公司电话，去了门口一边说一边抽烟解乏。

抽完了一支烟，他进去屋里。

陈迦南正在和萍姨学织毛衣，听见门口动静，抬头看了一眼，随口问了句："你抽烟了？"

沈适顿了顿："抽了两支。"

他身上的白衬衫已经脏了，挽起的袖口有淡淡灰尘，西服裤子卷起半边裤管，倒有些不修边幅的模样。

陈迦南皱鼻："我现在闻不惯那味道，总会有些难受，你去洗个澡换了衣服再进来吧。"

沈适："……"

等他出去，萍姨笑了。

"沈先生还没被人这样嫌弃过呢，敢折腾他的我看只有太太了。"萍姨说，"他连个气儿都出不来。"

陈迦南淡淡弯唇，勾了勾手里的针。

深夜的岭南其实和梨园挺像，却多了些生活气。屋外有小狗乱叫，还有人说着话从墙边走过。

沈适洗完澡回到房间，陈迦南还在织毛衣。

他皱眉："明天织吧，都弄一天了。"

陈迦南低着头在找线头，含糊地"嗯"了一声，说："袖子刚织了一圈，很快就好了。"

沈适："怎么想起织毛衣？"

陈迦南在认真地挑线，闻声，停了停手里动作，道："嗯，你把大灯关了吧，有点太亮了。"

沈适道："灯太暗对眼睛不好。"

陈迦南刚好织了一圈，拿起来看了看，大概能瞧出一个袖子轮廓，接着道："关了吧，弄完了。"

等沈适关了灯，陈迦南已经躺下了。

床头的小灯开着，明明暗暗，影影绰绰，照着她的身影，肚子那儿有些鼓鼓的，沈适的眸子顷刻间便柔和了。

他轻手轻脚躺上床，关了小灯，抬手轻轻覆上她拢起的肚子，很轻很轻地叹了口气，低声说："睡吧。"

陈迦南慢慢睁开眼，又闭上了。

57.

刚回到岭南，事情总是格外多。陈迦南时而还是会去书店，店里人来人往，倪小智一个人经营得蛮好。

到了傍晚，沈适会来接她。他们通常都会一起走回家，有时候看着夕阳落山，风从领子里钻进来，他会脱掉外套给她披在身上。

陈迦南有时会问："你公司都不忙吗？这儿有萍姨和毛毛，你不用太担心，我自己也能做很多事。"

沈适"嗯"一声，总是说："不忙。"

陈迦南也会揶揄两句："真不忙啊，我看你平时电话倒挺多的，一个接一个，挺重要吧？"

沈适会说："不是要紧事。"

等回到家，萍姨已经做好饭。到了晚上，电视开着，陈迦南织毛衣，沈适偶尔会出去抽烟。

有一回夜里，陈迦南出去倒水。

她看见屋檐下坐着两个人，外婆靠在摇椅上，手里拿着一支烟，对他说："阿诗玛——"

沈适笑着说："只能闻闻。"

或许就在那一瞬间，陈迦南有些释然了。这几个月，他们重新在一起生活，他一直在付出，她知道。

58.

过了些天，周然一家来做客。

好久没有见毛毛，陈迦南想弄一大桌菜。萍姨一大早就出去买菜，还买了一条鱼回来。

陈迦南去厨房，看见盆里的鱼蹦跶正欢。

"这是——"她开口。

萍姨接道："多宝鱼，熬个汤可香了。"

陈迦南想起过年的时候，沈适说自己会做鱼，最后却买了条清蒸鲈鱼，把多宝鱼给放了生。

"别吃多宝鱼了。"陈迦南道，"我去买条鲈鱼吧。"

从厨房出来，沈适正看她。

他将桌子摆好，站直了，笑道："萍姨做的鱼很好吃，不管是清蒸还是红烧，尤其是多宝鱼，你还没尝过。"

陈迦南直直看他："你管我。"

她很少和他这样说话，沈适有那么一瞬间晃了神，抬了抬眉，道："要是我没记错的话，我们是新年领的证，结婚证就在我钱包，你要不要看看？"

陈迦南很吃惊："谁把这个装钱包里啊？"

沈适云淡风轻道："你也知道媒体喜欢捕风捉影，总有人不相信，没事儿拿出来晾一晾挺好。"

陈迦南："……"

"现在去买鱼？"

陈迦南面无表情："你去吧。"

59.

周然有些事情要处理，等到这儿都已经是傍晚了。一桌子菜重新上桌，人多，也挺热闹。

夜深的时候散了席，外婆已经睡着了。两个女人坐在屋檐下，毛毛摸了摸陈迦南的肚子，小声问："怎么忽然就回来了？"

陈迦南"嗯"了声："家里自在。"

毛毛歪了歪嘴："那个不也是你家？"

陈迦南沉默了一会儿，说："可能还是有些不习惯，在岭南外婆还能清醒着说两句话，在那边总是睡觉。"

"回来也好。"毛毛说，"预产期在十一月吧？"

她们这轻声细语讲着话，却不知道里屋两个男人已经喝多了。周然没什么酒量，几杯就晕了，沈适却还在闷头喝。

萍姨去屋里收拾，看见沈适醉了，喊了声太太。陈迦南听见声儿回了屋里，桌上全是酒瓶，沈适一张脸惨白。

毛毛"哎哟"了一声："怎么喝这么多？"

又是一番折腾，毛毛扶着周然走了。陈迦南没让萍姨帮忙，自己拉起沈适往卧室走。

她推开门，摸索着要开灯，身子却忽然一紧。门反锁了，黑漆漆的房子里，他倏然靠了上来，脑袋一歪，倒在她的肩膀上。

陈迦南秉着呼吸："沈适——"

他轻轻"嗯"了一声，咽了咽嗓子，声音沙哑："我今天高兴。"

陈迦南在黑夜里问他："高兴什么？"

"你又好像从前那样了。"

"有吗？"

沈适："有。"

他把脸往她脖子里钻了钻，皱紧眉头，一脸的无辜样子，又不说话了，只是蹭着她，双手却还握着她的腰。

空气里弥漫着他身上的酒味，沉重，浓稠。

陈迦南微微叹了口气，道："床上去睡？"

半晌，感觉到他缓慢摇头。

陈迦南低头去找他的脸，安静的夜里他呼吸均匀，似醉非醉的样子，忽然听他低声道："这么些年，我没有过别人。"

他说这话的时候，好像很清醒。

陈迦南故意道："那个傅小姐呢？"

沈适皱眉，重重吐了口气，慢慢抬起脸，看着她的眼睛，说："如果我告诉你，你会不会觉得我太狠？"

陈迦南："你本来就不是好人。"

沈适静默片刻，倏地笑了起来。他缓缓贴近她，很轻很轻地吻上她的唇，她下意识地缩了缩脖子，被他一只手又扶着凑近。

他淡淡道："信我吗？"

陈迦南看不清他的眸子。

她轻轻叹了口气，只觉得眼前的人真实极了，她能闻到他身上的味道，和从前一样，淡淡的烟草味，还有酒味。

陈迦南仰脖，嘴巴凑了上去。

60.

陈迦南怀孕七个月，正是沈适最忙的时候。

公司还遗留了一些去年的问题，周家近来也慢慢缓过神有些卷土重来的意思，已经拦截了沈氏好几个大单。沈适常常两边跑，总是半夜赶回岭南。

陈迦南现在肚子大了，不知道是不是这一段时间他那个不要脸的法子有了效果，她精神格外好，睡的也好。沈适半夜到家，她已经睡熟。

第二天醒来，他正在厨房帮着萍姨一起做饭，系着围裙，舀起一勺汤，在尝味道，会问萍姨："是不是太重了？"

萍姨尝一口："再加点水。"

陈迦南站在屋檐下，一手扶着腰，看着厨房里那个忙碌认真的身影，笑道："你昨晚什么时候回来的？"

沈适从汤勺里抬眼，看过去："两三点了。"

"这么晚啊。"

他看了眼厨房外面的天气，放下勺朝她走过去，摸了摸她的手："南方早晚温差大，我去给你拿件衣服。"

她拽着他的袖子，说："我不冷，挺闷的。"

那会儿已经是八月了，南方气候湿润，到了中午，温度变高，太阳晒得人又暖又热，午觉是睡不踏实的。

沈适扶着她坐在摇椅上，道："我听萍姨说明天去医院做检查，不是约好了下周吗？"

"医生好像有事，调班了。"她看他。

沈适微拧着眉头，"嗯"了声。

"你怎么了？"她覆上他的手背。

沈适轻道："公司最近事情太多，我明天一早的飞机就要回京阳，怕是不能陪你去医院。"

陈迦南歪脖，笑："我还以为什么事呢，你也没陪我去过几次，大不了以后孩子跟我姓。"

沈适失笑："行啊。"

厨房里，萍姨正在切菜，往后伸了伸脖子，扬声道："沈先生，您和太太给孩子取名了吗？"

陈迦南看向沈适："我们还不知道男孩女孩。"

沈适："女孩。"

"这么笃定？"

"错不了。"他说。

萍姨听着笑了："人家说孕吐反应大的都是女孩，反应小的是男孩，我看沈先生说得准着呢。"

陈迦南莞尔："要不先想个小名？"

沈适沉吟片刻，正要说话，手机响了，他拍拍陈迦南的手，站起来去一边接电话，不知道那边说了什么，皱紧了眉头。

挂掉电话，他原地静了十几秒。

回过头时，陈迦南抬眼看过来。

沈适缓缓启唇："有点急事要处理，我必须立刻赶回京阳，大概不能陪你吃早饭了。"

陈迦南一脸无奈："看来孩子真得跟我姓了。"

61.

翌日一早，毛毛开车来接陈迦南去医院。

路上两人闲聊，毛毛无意间提了一句："我昨天去书店转了转，小智好像谈男朋友了，不是之前那个。"

陈迦南很淡定："我知道。"

"你消息比我灵通啊。"毛毛感慨，"小智太敏感了，又是那种自尊心很强的女孩子，再说了两个人异地太久，女孩子不能得到及时的安慰会出问题的，张见确实不太合适。"

陈迦南："年轻人多谈谈挺好。"

毛毛嘲笑："你老啦？"

陈迦南："你比我更老。"

毛毛："……"

那天医院人很多，她们等了很久才检查完。中午在医院附近吃了饭，又转了会儿，到了两点多才往回走。

家里有些热闹，电视的戏曲声很大很响。

邻居阿婆带着孙女过来串门，外婆躺在摇椅上，萍姨熬了酸梅汤，三个人一边摇着扇子一边说说笑笑。

看见陈迦南回来，萍姨起身走近。

"检查得怎么样？"

"好着呢。"

萍姨说："渴不渴，今天累坏了吧，要不要回房间躺一躺，我去给你们弄两碗酸梅汤。"

毛毛接过话茬："您歇着吧，我去倒。"

等毛毛一走，萍姨对陈迦南道："太太，刚刚有个人找你，我说你不在，他给你留了一样东西就走了。"

陈迦南："还有说什么吗？"

萍姨摇头："问候了一下老夫人，挺精神一个男的，看模样和沈先生年纪差不多。"

陈迦南脑袋瞬间嗡了一声。

"他什么时候来的？"

"走了有一会儿了。"

陈迦南像泄了气一样，静了几秒钟，才慢慢对萍姨道："应该是我大学时候的研究生导师，很多年没见了。"

"难怪，看着就很有学问。"

陈迦南笑笑，慢慢走回房间。屋子里很亮，太阳照进来，看着一切都充满了生机。她一眼就看见了桌子上那个牛皮纸袋，薄薄的，有些似曾相识。

她走过去，将纸袋拿了起来。

指腹的感觉是很敏感的，有那么一刹那，陈迦南有些没勇气打开。她闭了闭眼，淡定地将封口的细绳绕开。

纸袋里面装着一份学校的资料，还有一张申请书和推荐信。那是国外特别好的一家音乐学院的申请书，有效期至明年十月。

陈迦南深深呼吸了一口气。

忽然想起很多年前，她在医院，柏知远来看她，她丧里丧气，不相信未来会很好。柏知远笑着对她说，陈迦南，你还前途无量。

时光匆忙，一晃而过。

那是个艳阳天的岭南下午，陈迦南许久不能平静，听见毛毛在屋檐下喊她："小南，出来吃西瓜啦。"

她缓了很久，沉了沉气。

"来了。"她收了信。

62.

那一天的京阳，也不太平。

沈氏有几个项目同时出了问题，公司开了几个小时的会，直到下午，一堆人还不能提出解决办法，沈适发了很大的火。

回到办公室，他抽了很久的烟。

张见端了午饭进来，说："老板，先吃点东西吧，都一天了，别到时候闹出胃病来。"

沈适站在落地窗前，沉沉吐了口气。

他吸了一口烟，余光里香烟的火苗一亮一灭，慢慢燃尽，才低声道："给岭南打过电话了吗？"

张见："打过了，太太孕检一切正常。"

沈适淡淡"嗯"了一声，将烟头摁灭在烟灰缸里，缓缓开口道："没事了，你先出去忙吧。"

张见很少见到沈适发火，知道事态很严重，又不能给岭南透露半分，实际上已经火烧眉毛。项目出问题，银行断了资金支持，沈氏的危机不比年前少。

接连的一周，沈适总是熬到深夜。张见担心沈适的身体状况，又劝不住，终于在事情解决的那个傍晚，沈适因为胃出血，去了医院。

睡了一整夜，沈适才渐渐转醒。

张见总算松了口气："您要再不醒，我都不知道怎么办了。"

沈适嘴唇干涩，一只手还扎着针，打着吊瓶，他支撑着胳膊从床上坐了起来，淡淡笑了笑："老毛病了，担心什么。"

张见："你还是给太太回个电话吧。"

沈适敛眉，握拳抵在嘴边咳了几声，声音低哑："你和她没说什么吧？"

张见摇头："我可不敢。"

沈适笑笑。

张见将手机递给沈适，很识时务地出去了。病房里变得安静起来，朝阳照在墙上一角，光斑渐渐移动，变大变亮，房间很快温暖暖起来。

沈适单手拨了电话过去，那边等了一会儿才接起。

听见她轻轻"喂"了一声，沈适低声："是我，昨天去了个饭局，喝多了，刚刚才醒。"

陈迦南："我知道，张见说了。"

沈适："？"

"他还说你都好几个晚上没怎么睡过了。"陈迦南有些生气，"昨天又喝那么多酒，你想闹出胃病吗？"

　　沈适："……"

　　陈迦南最后还是叹息道："现在彻底忙完了吗？"

　　沈适："差不多。"

　　"很严重吗？"

　　"问题不大。"

　　陈迦南沉默了一秒，说："晚上能回来吗？我给你熬一点清粥，这两天和萍姨在学做饭，我觉得味道还不错。"

　　沈适看了眼手背的针，笑了笑："南南，你这是自卖自夸吗？"

　　陈迦南嗤了一声："爱吃不吃。"

　　沈适笑："最近肚子有没有闹腾？"

　　"老踢我。"陈迦南说到孩子，声音都软了，"劲儿还挺大，跟你有的一比。"

　　听着她絮叨，沈适笑意渐深。

　　病房门忽然被推开了，进来了一个护士，沈适抬手放在嘴上，做了个嘘声的姿势，接着对陈迦南说："先不说了，这边有点事要处理一下，等我晚上回来。"

　　"你要是还忙，不回来也没事。"

　　沈适："回得来。"

　　挂了电话，沈适疲惫地闭了闭眼，听见旁边的护士道："您这个状况，是出不了院的。"

　　"不要紧。"他淡淡说。

　　护士急了："那可不行，出了问题怎么办？"

　　沈适抬眼："到那步再说。"

　　那目光坚定不容反驳，小护士撇了撇嘴，也没再说，换了药就出去了。过了会儿，张见回来了。

　　张见还是劝道："还是再等两天吧。"

　　沈适往后靠了靠，抬了抬眸子。

　　张见又道："您这样子回去一看就是个病人，再说了这胃病不轻，回去再折腾严重了怎么办？"

半晌，沈适："说完了？"

"说完了。"

"你现在比林郁还啰唆。"

张见："……"

"好了，订票去。"

"您再想想？"

沈适不咸不淡地看了一眼张见，看得这个年轻人有点发毛，道："你知道林洒言喜欢你什么吗？"

张见："……"

沈适笑笑："男人不能总是太强硬，必要的时候要学会示弱，或者说展示自己更脆弱的那一面，特别是在女人面前。"

张见："……"

"懂吗？"沈适轻道。

张见半天说不出话来。

63.

回岭南是在傍晚，萍姨做了一大桌菜。

沈适的身体才稍微有点好转，脸色看起来也并不是太好。陈迦南问了一句，他只是说没睡好，不碍事。

饭桌上，陈迦南给他夹菜："张见说你这几天忙得一天就吃一顿，这是萍姨特意做的，你多吃点。"

沈适其实已经有些难受了，他硬撑着说："张见怎么这些都和你说。"

"你要是好好吃饭不就什么事都没了。"

沈适又吃了几口，后来实在吃不动，倒是喝了不少茶水，直接就回房间躺下了。陈迦南陪外婆坐了会儿，去帮萍姨收拾厨房。

萍姨说："我看沈先生有些不对劲。"

陈迦南正在整理碗筷："他应该是累了，这一周去京阳都没好好休息，让他多睡会儿吧，我一会儿去看看。"

萍姨叹了口气，说："太太，老这样两边跑也不是个事儿啊，沈先生又那么忙，身体迟早要熬坏的。"

陈迦南听罢，低头看了眼已经凸起的肚子，又看向厨房外面的院子，现在傍晚时分，已经慢慢起风了。

她说："我去看看他。"

进去房间，沈适正背对着她躺着，眉头轻轻皱着，像是很难受的样子。她微微俯身握了握他的手，低喃："怎么这么凉。"

她正要去探他额头，手腕却被他反握住。

"我没事。"沈适翻了个身，抬眼看她。

"有没有哪里不舒服？"

沈适挤了个笑："有些累，我躺会儿。"

他说得太坚定，以至于陈迦南真的相信他只是有些疲惫，也不再深究，只是给他披了披被子。

"那你睡吧，有事叫我。"她说。

"你去哪儿？"

陈迦南笑："我就在外边坐着呢，毛衣还差一点就织好了，我去收个尾，现在才八点，我不困。"

沈适"嗯"了声："晚上凉，别久坐。"

"知道了。"她说。

大概过了有一个多小时，陈迦南把毛衣织完了。她检查了一遍线头，看了好几遍，叠好放篓子里。

屋檐下吹起了风，吹得家里静悄悄的。

萍姨现在和巷子里几个老太太熟了，晚上哄睡好外婆就跑过去跟着一起念念经，有时候深夜才回来。

陈迦南等到困了才回房间，沈适睡得不熟。他整个人搂紧了被子，闭着眼睛，脸色煞白，陈迦南凑过去吓了一跳，伸手去探他的额头，烫得缩回了手。

"沈适？"她急道。

他迷迷糊糊转醒，"嗯"了一声，缓了十几秒才慢慢有些清醒，看见是她，道："弄完了？"

陈迦南又气又道："你知不知道自己生病了？"

沈适："知道。"

陈迦南气急："生病还能这么淡定？！"

沈适弯了弯干涩的唇："只是有些头晕，可能着凉了，我记得抽屉里有备用药，你帮我倒杯水。"

"我们还是去诊所吧。"陈迦南担心道。

沈适："小毛病，我知道。"

陈迦南拗不过他，只好去拿药。沈适吃了药，稍微好了些，躺着睡下。陈迦南看他这样子，去厨房熬梨汤。

过了会儿，她听见房间里一阵大动静。

陈迦南吓了一跳，看见沈适匆忙跑去卫生间，她刚跟过去，就听见他把肚子里的东西都吐干净了，整个人筋疲力尽。

她着急去拍他的背："好点了吗？"

沈适缓了缓，抬起胳膊握住她的手："没事，可能是药物的影响，现在好多了。"

陈迦南扶着他回到房间，感觉他的手滚烫。

她看了眼时间，现在已经是深夜近十一点，大多诊所和药店都关门了，她又等不得，直接穿了件外套就往外走。

沈适撑着从床上坐起来，拉着她："太晚了，明天再说。"

陈迦南拂过他的手："你在家等我。"

她挺着大肚子，走得并不快，可那时候的沈适，胃疼得要命，已经连站起来的劲儿都没有了。

陈迦南走了两个街道，才看见一家诊所。

她敲了很久，才把楼上的灯给敲亮了。医生是个中年女人，看见她大着肚子，不忍心数落，匆忙拿了药箱就跟她去了家里。

岭南地小，街道冷清寂静得厉害。

到家又折腾了好一会儿，才把吊瓶挂上。沈适半睡半醒看着陈迦南，嘴唇紧紧抿着，听她和女医生说话。

女医生道："他这急性肠胃炎，得挂五瓶，最后再打这瓶大的，差不多四五个小时，这针得挂到天亮，家里就你一个人吗？"

陈迦南："我可以。"

"你这七八个月了，能熬得住不？"

陈迦南："一会儿家里就有人回来了。"

女医生叮嘱了两句就走了。

陈迦南看见已经挂上的药瓶，这才松了口气，慢慢坐在床边，像是有股气憋着一样，看着眼前的男人，道："这叫小毛病吗，差点疼死你。"

沈适皱眉，见她状态还好，轻道："累吗？"

陈迦南打了个哈欠，瞪了他一眼，道："你说呢？你又不是二十岁，这都奔四了，身体能这么折腾吗？"

沈适："……"

陈迦南："要是我肚子再大点，我才懒得去给你找医生，人家都睡了你知道吗？！"

沈适："……"

"你就别好好吃饭，工作重要还是身体重要？果然人家说得没错，越有钱的人越爱钱，你再这么下去，我看我得改嫁了。"

沈适咬牙。

"我还这么年轻。"

沈适："……"

"正好把你的公司一卖，拿着你的遗产过逍遥日子去。"陈迦南哼道，"再找个年轻男人。"

那是个晚夏，深夜，屋外蝉鸣，房间寂静。陈迦南像是不吐不快，啰啰唆唆说了一大堆，沈适都插不上话，只是看着她。

她说完了，痛快了。

再看向他的时候，他的眼里有些许虚弱，也有温柔，轻轻淡淡，说出口的话，力量倒不减。

"你敢。"他低声道。

64.

沈适这次的急性肠胃炎来得很猛，直到第二天还在低烧，这次是直接去了诊所那边打吊瓶。

陈迦南吃了午饭才过去看他。

还没进门，就听见里边一对中年女人大声说话的声音，都是街里街坊，说话也不客气，口无遮拦，倒也不会往心里去，只是这内容——

"我告诉你，女人的子宫挺脆弱的，就我前些天去体检，医生说我的卵巢上……"

过了会儿。

"你知道对门姜嫂，她男人不是有点问题怀不上嘛，你说她肚子那孩子咋来的？"

那个女医生摆了摆手："现在医学发达了，试管婴儿知道吧。"

陈迦南在门口站着："……"

她看着沈适的表情，好像还听得挺有兴致，顿时有些哭笑不得，犹豫着抬脚走了进去。

沈适一见她，眸子亮了几分。

他问："吃了？"

陈迦南还没开口，旁边坐着的一个女人就抢着笑道："看你问的这话，她不吃咋来？"

沈适："……"

又有人问陈迦南："你这几个月了？"

"快八个月了。"

沈适抬了抬扎针的手，微微俯身从边上拉过来一个凳子，顺势用手掌擦了擦，让她坐下说。

"你男人不在这边吧，都没见过。"女医生也好奇。

陈迦南："他在外地，平日不常回来。"

沈适就坐在旁边，静静地听着她们说话，他忽然有种踏实感。

小诊所里很热闹，仿佛时间过得快。

沈适有时候会眯着眼听，没有注意吊瓶里的药快完了，她总能在这个时候，从那一堆人里抽出身，然后对那个女医生说："姐，药打完了。"

接着，她会看他一眼。

"你睡吧，拔针我叫你。"她说。

这话温柔得不像样，沈适都想不起来，昨晚批评教育的后来是谁说"你看我敢不敢"。

65.

陈迦南怀孕八个多月的时候，腿肿得已经很厉害了。沈适每周都会回来两三次，给她揉腿捏脚，说很久的话。不过她很嗜睡，刚开个话头就能哄睡着。

等到了九个月，沈适基本待在岭南。

她行动不便，走路也迟缓。沈适总是很担心，基本都是寸步不离。

预产期前两周，他因急事回了趟京阳。

那天家里出了点意外，陈迦南一觉醒来，外婆不见了。萍姨找遍了整个巷子，陈迦南急得满街找，后来外婆自己忽然回来了，她却动了胎气。

往市医院去的路上，她已经有些昏迷。

沈适当时正在媒体发布会上，接到电话就急匆匆往外走，门口被记者拦了好几圈，有人直接把话筒递到他跟前，被他一手挥开，径直就穿过人群往外走，他的表情严肃凝重，没人再敢上前。

到医院已经是两个小时后，陈迦南还没有生下来。她在产房疼得连声音都喊哑了，时而清醒时而昏迷。

特别疼的时候，她想起有一次谈话。

她对沈适说："要是女儿，就叫多宝，要是儿子，叫多鱼怎么样？"

沈适笑笑："多余？他会恨你。"

那天，对沈适而言，大概是这一生中最漫长的七个小时。陈迦南对麻醉药物过敏，只能顺产。她在产房晕了又醒，他在外面，差点要把门给踢开。

孩子哭的一瞬间，沈适好像才活过来。

五十来岁的女医生抱着婴儿走出产房，笑着道喜："母女平安，恭喜啊，是位千金。"

于是，沈家千金终于出生了。

很久以后，每次多宝犯了错误，陈迦南总是特别难过地教育道："你知道妈生你疼了多久吗？"然后硬是挤出两滴泪。

沈适在沙发工作，闻声抬起头。

"你爸也不容易。"他淡淡说。

多宝长吁短叹，细细的胳膊肘抵在桌子上，手掌撑着下巴，学着沈适的口吻，奶声奶气道："七个小时才出来，我也蛮难的。"

66.

一个月后，外婆去世了。

他们一家人搬去了梨园，在京阳给多宝上了户口。那是个初冬的清晨，陈迦南对他说："你起个大名吧。"

"沈艾嘉。"

67.

深冬的梨园，风声呼啸，寒冷裹着整个园子。屋里暖气烧得很热，暖烘烘的。客厅的壁炉火焰温暾，照亮着地面，衬得屋子里更柔和。

多宝很少哭，喜欢被陈迦南抱着。

沈适下班回来的时候，总是会迫不及待地去看自己的女儿，到陈迦南喊着要都不松手那种。

萍姨看着笑说："我看再生一个好了。"

沈适意味不明地看了陈迦南一眼，又低头逗小多宝，说："你一个就够我操心了，是不是啊沈艾嘉？"

看她干吗？陈迦南偏头笑。

"你还是把西装换下来吧。"她走近道，"不难受啊？"

沈适后知后觉，低头一看，多宝尿了。

陈迦南顺手从壁炉旁边扯下一件小衣服，上前接过多宝，放在沙发上，多宝哼哼唧唧乱扭。

很快换好，陈迦南将尿湿的衣服递给沈适。

他拎起闻了闻，说："味道还好。"

陈迦南："……"

68.

多宝出生以后，梨园比以往热闹多了。

时不时地会有一些客人拜访，洒姐和张见来得最勤，隔三岔五就会过来一趟，洒姐喜欢抱着多宝说听不懂的话。

陈迦南有一次说："你这么喜欢小孩，生一个？"

洒姐沉默了半天，才开口："总觉得生孩子这事儿挺遥远的，我还是比较享受爱情。"

陈迦南笑。

洒姐忽然问她："沈适还想再要一个吗？"

陈迦南笑不出来。

"他三十七岁才有了个宝贝千金，就不想接着再要一个？"洒姐说，

"趁热打铁，年轻好恢复。"

陈迦南想了想，道："顺其自然吧。"

"你俩做措施吗？"

陈迦南："做的。"

"那顺其自然个屁。"

69.

那天，沈适有个饭局，回来已经深夜。

陈迦南刚哄着多宝睡下，就听见身后他脱鞋上了床。大抵是怕打扰她们，他在楼下洗了澡，身上还留着些许淡淡清香。

"睡着了？"他低声问。

"晚上醒了好几次了。"陈迦南伸了伸懒腰，感慨道，"她要再醒我怕是要英年早逝了。"

沈适："胡说。"

她眸子看了过来，眼睛迷迷的，衣服下摆在刚才喂奶的时候还没有完全撩下去，此刻要露不露，两团雪白，沈适默不作声地移开眼。

"好困，睡吧。"她说。

卧室的灯关了，房间很快暗了。

大概过了一会儿，陈迦南迷迷糊糊听见几声低沉的闷哼，她下意识就反应过来，身后的男人想要干什么。

刚有些清醒，一股燥热贴了过来。

深夜总是寂静的，特别是深冬，清晰到每一个喘息声都可以听得见，每一个动作，他的汗水，还有陈迦南的呜咽。

他轻笑："再大点声，萍姨该听见了。"

陈迦南双手揽着他的脖子，微微仰起脖，又轻又重地呼吸着，在昏沉的黑暗里摇头："不会。"

沈适闷声笑出来。

他抬手往上摸了摸："好像大了。"

陈迦南踢他。

沈适忍着没吭声，黑色的眸子却含满笑意，低头亲了亲她的嘴角："沈艾嘉什么时候断奶？"

陈迦南失笑："她才多大，远着呢。"

沈适沉沉吐了口气。

"你这浑蛋。"她轻骂。

70.

多宝最近开始会咿咿呀呀地叫了。

陈迦南有些好奇这个小姑娘第一句话会是什么，她想了很久，都想不到第一句话是啥。

那天沈适下午就回来了，陪多宝玩。

陈迦南得了闲，想要出去走走。自从有了小孩，她很少一个人出去，更别谈逛街。

"要不给你叫个伴？"他说。

陈迦南说："我在京阳的狐朋狗友可没有你多，还是算了吧，我就想一个人转转，不要给我打电话啊。"

沈适笑："你也太小瞧我了。"

"走着瞧呗。"

陈迦南刚走没多久，沈适因为公司的事情要回去一趟，多宝又黏他太厉害，沈适便带着多宝一起去了。

后来他在办公室开会，张见和多宝在外边玩。

开完会天已经黑了，公司的各个部门经理往外走，多宝揪着张见的领子，看见最里面的那个男人，眼睛瞪得大大的，脆生生道："沈山。"

众人："……"

张见想起刚才和洒姐打电话，电话那头洒姐教这位小姑奶奶说话，一脸黑线，凑近小声道："错了，多宝，不是这个。"

多宝皱巴着小脸蛋，嘟着嘴："沈山——沈三——"

沈适："……"

71.

晚上回家说起，陈迦南笑了很久。

沈适重重叹气，无可奈何："我这张脸算是丢尽了。"

陈迦南正低头翻琴谱："活该。"

沈适抬眉："你这人怎么一点同理心都没有，沈艾嘉当着公司那么多人的面喊我——"

"喊错了？你不就叫这名儿。"

他们正说着话，多宝一个人坐在床上玩，忽然抬起头，嘴巴里胡乱"嗯嗯嗯嗯"了几声。

陈迦南忍不住笑了。

沈适："嗯什么呢，叫爸爸。"

多宝吧唧两声："沈三。"

陈迦南在一旁恨不得敲锣呐喊，放下琴谱，走到床边坐下，勾了勾女儿的鼻子："沈多宝，你终于喊对一回了。"

沈适："……"

他看着陈迦南和女儿，无奈地摇了摇头，轻声笑了。陈迦南偏头看他，撞进他嘴边的笑里。

"笑什么？"她问。

沈适"唉"了一声，道："本来以为这辈子栽你手里也就算了，现在看来，我是栽你俩手里了。"

陈迦南抿嘴笑了。

多宝拿着手里的小积木，往陈迦南嘴里喂，她故意张嘴，多宝又丢开了，扔到地上。

"沈多宝？！"陈迦南声音稍稍拔高。

多宝实在和沈适太像，才这么点大就很有性格，现在哪里有害怕的样子，眨着眼睛看她，抬手，吧嗒一下，打在陈迦南的衣服上。

陈迦南故意生气："你还打我啊？"

多宝扭头不理了。

沈适看着她俩一来一往，笑开了，说："我收回我刚才的话，看来女儿随父，还是有些道理在的。"

陈迦南吸口气，站直了。

她幽幽地瞥了沈适一眼，云淡风轻道："她刚尿了裤子，麻烦您大驾去洗一下吧，沈——山。"

沈适："……"

72.

陈迦南近来常翻琴谱，弹琴也多了。

沈适有一次回来，刚好听见琴声，她挺直了背，坐在钢琴凳上。他站在门口听了一会儿，一曲作罢，才走上前。

"怎么最近弹得多了？"他问。

陈迦南双手慢慢抬起，放在腿上，看着白色的琴键，说："我原来以为自己会做一个钢琴老师，像我外公那样。"

沈适："以前似乎没听你提过，外公做过钢琴老师？"

陈迦南笑了笑："小时候就是外公教我弹钢琴，后来读本科，我妈担心我疏于练琴，托了林老师照顾我，不过我太贪玩，到底是辜负了。"

想起第一次见她，那双眼睛干净又清高。

沈适："那时候你确实贪玩。"

陈迦南从右往左，轻轻拨了一遍琴键，轻道："外婆很喜欢听外公弹琴的，有时候一听就是一个下午。"

沈适知道她想外婆了，拍了拍她的肩。

陈迦南微微偏了偏头，说："要是外婆还在，她一定很喜欢带着多宝到处跑，翻上翻下，不知道会是什么样子。"

沈适笑笑："一老一小两个都不省事。"

"估摸着外婆天天会找你买烟。"

沈适"嗯"一声："家里要多存点阿诗玛了。"

房间外面渐渐起了风，不知何时而起。

外婆走的那晚也是大风，没受疼，静悄悄走的，就像睡过去一样，一双爬满皱纹的老手还捏着多宝的小指头。

人去世了无声无息，就像从没来过。

陈迦南想起刚生完多宝，外婆半瘫在床，她躺在外婆身边，外婆吃了药迷迷糊糊，还以为那天是很多年前。

外婆歪着嘴，糊里糊涂，斜着眼朝上，努力看着她，慢慢说："你妈说你谈恋爱了，对方为人，好不好，要多谈——两年。"

陈迦南满眼泪水："我知道。"

一晃过去很久了，时至今日，她却依然觉得外婆还活着，就躺在屋子里睡觉，睡醒了喊她："囡囡，吃饭。"

屋外风声呼啸，打着落地玻璃。

沈适抬手，轻轻给她揉起肩膀，说："你以前说外婆很喜欢听一首曲子，想弹弹吗？"

《幸福的日子常在》，那是外公最爱的曲。

外婆去世前最后一次和她说话，是有些清醒的，大抵是知道归期将近，靠在床头，拉着她的手，淡淡地说："你妈和你外公叫我呢。"

"外婆——"

"我想他们了。"

忽然雨点砸窗，楼上传来了多宝的哭声。

73.

多宝八个月的时候，陈迦南重感冒。

她病了有两周，咳嗽一直不见好，担心传染给多宝，每天晚上都让萍姨陪着这个小姑娘睡觉，说来奇怪，睡得比和她在一起还要熟。

沈适买了药回来，她吃了药睡半天。

醒来的时候，他坐在床边，看见她睁了眼，轻道："有没有好一点，我去倒杯热水。"

她喝了水，裹着被子，侧躺着和他说话。

"你这样坐着不累啊？"她问。

"不累。"

"坐多久了？"

"不久。"

人在生病的时候，感官总是格外细腻。陈迦南看着他，还有他额角细细的皱纹，才猛然发觉，眼前这个男人，快四十了。

"怎么不和多宝去玩？"她问。

"有萍姨在，我去了都不要我。"沈适笑笑，"她才这么点大，都已经很顽皮，不敢想象以后什么样子。"

陈迦南："你小时候不也很顽皮？"

沈适笑着"嗯"了一声，说："十几岁的时候太叛逆，倒是做过不少出格的事儿，现在想想，太年轻了。"

"什么出格的事儿？"陈迦南好奇，"杀人放火冒名顶罪？或者强抢——"

正说着，鼻子被他刮了一下。

"你还真能想。"沈适无奈轻笑，"我是那种人吗？"

"不好说。"

沈适："……"

他叹了口气，又往她跟前坐了坐，抬手探了探她的额头，说："难怪这么能说，已经退烧了。"

陈迦南："还是有点难受。"

"当然难受。"沈适说，"哪能那么快就好。"

"你今天不用去公司吗？"

沈适："不去了，也没什么事儿。"

陈迦南打了个哈欠。

"再睡会儿？"他道。

"睡不着。"陈迦南撑着胳膊，"你扶我起来。"

沈适起身去扶她："起来做什么？"

"老睡着太闷了。"陈迦南说完，看了眼他的脸色，"我去看看多宝，就看一会儿，不凑近，行吗？"

沈适失笑："我是怕你乱跑感冒又重了，还是让萍姨把她抱上来吧。"

陈迦南摇头："我自己去。"

她说完倏地抬起胳膊，起身一跃，整个人噌地挂到了他身上，环抱住他。他下意识退后了一步才定住。

他闻着她身上的清香，莫名平静。

"你都不怕我向后倒了。"他说。

陈迦南将脑袋搭在他的肩上，轻轻摇头，吸了吸鼻子，说："不怕，去看女儿吧，起驾。"

沈适笑。

74.

忘了说一句，多宝三个月的时候，沈适把小西带回来了。晚上除了多宝的嬉闹声，还有小西的叫声。

陈迦南花了一个月才和小西玩熟了。

有一天晚上，她刚和沈适睡下，就听见楼梯上小西跑来跑去，叫得挺忧伤的。她就醒了。

卧室里静悄悄的，那是个深夜。

陈迦南开了小灯，拧过头看沈适。他闭着眼睛，一动不动，平和地呼吸着，似乎睡得挺熟。

半晌，他忽然出声："怎么醒了？"

陈迦南吓一跳。

"还以为你睡着了。"

沈适慢慢睁开眼："你翻来翻去的时候我就醒了，怎么了，是不是小西叫得睡不着？"

陈迦南："那倒不是。"

"嗯？"

陈迦南："它发情了。"

沈适："……"

"要不我们找一只别的猫——"

"想都别想。"

陈迦南皱眉："为什么？"

"你知道猫怎么做那事儿吗？"

陈迦南："……"

大半夜的，他们俩居然面对面讨论起猫的床笫之事。更遑论，对面这个近在咫尺的男人还一本正经。

"你百度吧，挺疼的。"沈适说。

陈迦南还以为他会说出个什么所以然来，等了半天来这么一句，她直接就一脚蹬上去了。

沈适双腿夹住她："踢坏了你下半生怎么办？"

陈迦南："要你管。"

沈适冷哼一声，直接欺身压了上去。他的手往下探，揉着她的腰，抵住她，低声说："你再说一遍？"

这个无耻之徒。

75.

前几天，陈迦南打算出去走走。虽然有一百个舍不得沈艾嘉，可是为了过一天清静日子，她还是豁出去了。

沈适开的车，就他俩。

去的路上，天还很蓝。车载电台放着歌，歌唱完了，又是一段主持人和听众的对话。

陈迦南靠着窗，想起他们重逢那一天。

似乎从来没有问过他，想了很久，陈迦南开口："你当时是因为岭南分公司的事情来的，还是特意——想找我？"

沈适在开车，闻声愣了愣。

他沉吟道："我要是说，我自己也说不清楚，就是忽然想去看看，想碰碰运气，你信吗？"

陈迦南莞尔。

"勉强信一信吧。"她说。

沈适笑了声："你这人。"

76.

多宝小时候的尿布基本都是沈适换的。

陈迦南总是半夜喂奶，很耗神，身体也不是特别好。沈适自然而然承担了这些活儿，什么都不让她做。

有一次多宝半夜醒了，一看尿了一床。

陈迦南侧躺，看着沈适熟练地给多宝换尿布，不由得感慨："怎么都想不到你会有这么一天。"

沈适笑着看她："你这可有点幸灾乐祸啊。"

陈迦南挑挑眉毛。

"你说她在想什么呢？这么点大好像什么都知道，也不哭，满床打滚，你就知道她不是饿了就是尿床，眨巴着眼睛看你的时候，就是想让你抱她了，一抱就笑。"她轻轻说着，"小孩真有意思。"

沈适："你也是个小孩。"

陈迦南："我都三十了大爷。"

沈适抬眼，眸子深沉了些，倒还是一脸平静地"嗯"了声，一边给多宝裹好小被子，道："你往那儿一站，我就知道你在想什么。"

陈迦南："……"

沈适："你在我这儿，不也算个小孩？"

他说着将多宝往婴儿床一放，哄了两声，拍了拍小姑娘的后背，多宝很快就睡着了。

陈迦南正无声地看着他。

沈适转过身，凝视了她一会儿，睡衣松松垮垮搭在肩上，里面风光旖旎。他掀开被子，直接俯下身，与她对视。

陈迦南被迫缩了缩脖子。

沈适低声："喊谁大爷？"

陈迦南忍着笑意，看他。

这些年来，他似乎从来没有变化，温和的笑意之下藏着三分流氓相，又看着城府颇深。大概她爱的就是这样一个男人，爱他的淡定从容。

夜深人静，陈迦南仰脖凑了上去。

77.

后来有一段时间，沈适忙着出差。

陈迦南因为身体和多宝的缘故，推迟了出国念书的事情，这件事她自始至终都还没有机会和沈适谈过，暂时搁置了。

那些天，他总是忙到很晚才给她打电话，每次都会讲："我和多宝说两句。"

陈迦南笑："沈千金不接电话。"

这个时候，沈适就会在电话那头叫多宝，偏偏多宝就是爱答不理，玩着自己的积木，手机放跟前又推开，他也奈何不得，只好说回来算账。

过了两天，洒姐来家里玩。

多宝抱着洒姐的胳膊不松手，陈迦南终于腾出空来出了趟门。她有好些日子没有一个人清净过，一时又不知道去哪儿好。

或许是一个念头，她去找沈适了。

她坐了两个小时的飞机到 A 市，给张见打了个电话，拐弯抹角地问了地址，悄无声息地就过去了，就是忽然想知道这个男人在做什么。

地址在市区，一个僻静的会馆。

沈适谈事情不爱去太热闹的地方，大都是在隐于世的小巷道。他在生意场上的事她大抵知道，但很少过问。

刚到会馆门口，张见就出来了。

"您怎么来了？"张见匆忙走上前，"老板还得一会儿。"

陈迦南穿着白色衬衫和板鞋，衬衫下摆塞在牛仔裤里，扫肩发随意披散在肩头，斜挎着一个黑色的包包，双手插在裤兜，歪着头看过来的时候，跟个大学生似的，哪里像一个生了孩子的三十岁女人。

"你没和他说吧？"陈迦南笑道。

张见摸了摸脖子，有些不好意思道："暂时还没来得及，要不您先去套房等一等？"

"别和他说我来了。"陈迦南说完，看了一眼张见，"对了，你最近和酒姐闹矛盾了吗？"

张见："……"

"一般你出差这么久，她不可能待在京阳。不过幸亏你俩吵架，要不然她不找多宝玩我怎么出来。"

张见："……"

陈迦南笑："不逗你了，去套房吧。"

那天的 A 市，到了下午四五点下起了小雨。沈适酒过三巡，从饭桌上起身，出去抽烟，给家里打了一个电话。

电话是多宝接的，咿呀两句就给他挂了。

沈适哭笑不得，拨陈迦南手机，没人接，又拨了一遍，还是无人接听。他独自站了会儿，把烟抽完。

后来推了酒局，回去休息已经傍晚。

沈适进了房间，直接脱了西装外套扔到沙发上，一边扯领带一边往浴室走，很快冲了个冷水澡，出来的时候光着膀子，下半身裹了浴巾，大概还是有些醉了，揉着鼻梁进了卧室。

刚走到床边，他下意识地睁开了眼。

被子半拱起，女人的一只胳膊露在外面。卧室灯很暗，看不清模样，沈适皱紧了眉头。

外面的雨似乎大了，床上的人动了动。沈适瞬间冷了脸，表情严肃，往后退了一步。

他声音低沉："谁让你来的？"

陈迦南刚睡醒，听到他的声音愣了一下，很快便清醒过来，又不想太快坦白，还想玩玩，做了个深呼吸，抿紧了嘴没说话。

沈适蹙眉，俯身掀了被子。

"出去。"他冷漠道。

陈迦南嘴角带着笑意，慢慢地从床上坐了起来，白色衬衫有些凌乱，眼神却戏谑得很。

她歪脖："你让谁出去啊。"

沈适倏然一愣，眼神瞬间变幻。

陈迦南看着他一脸意外的样子，笑了："怎么了，沈先生看见有人投怀送抱还不好意思？"

沈适顶了顶脸颊，眸子变得深沉。

他双手放在腰间，只是沉默地看着她。陈迦南忽然有些害怕他这个样子，不自在地清了清嗓子。

她舔了舔唇："你干吗？"

沈适重重吸了口气，道："长本事了啊陈迦南，不声不响就这么跑过来，你说我还能干吗？"

陈迦南："我——"

沈适直接扯掉了浴巾。

"你要不先穿上——"

她话还没说完，沈适已经欺身过来，握上她的手腕，轻轻一拉，连腰一带，滚在床上，一只手放在她脑后，已经迫不及待亲了上去。

"沈适——"

78.

他们从傍晚温存到天已黑透。昏沉的光线里，沈适抚摸着陈迦南的头发，轻轻嗅着她身上的体香味。

陈迦南被他逗弄得有点痒，醒了。

他们聊起很多事情，或许是时间很合适，陈迦南提起还想读书的事情，沈适只是淡淡地"嗯"了一声。

陈迦南惊讶："这就完了？"

沈适好笑："那不然呢，我还能阻拦你？保不齐多宝怎么对付我，我可是惹不起这个祖宗。"

陈迦南笑："你还怕她？"

沈适换了个姿势，揉了揉她的头发，轻声道："你以为我给梨园弄架钢琴是给你解闷的吗？"

陈迦南："……"

这个老狐狸。

"骂我呢？"沈适道。

陈迦南："……"

他们说了一会儿话，陈迦南问几点了。沈适伸直了胳膊，拿起手机看了眼，随意说了句九点十分。

陈迦南一听，噌地从床上跳起来。

沈适怕她掉下床，眼疾手快地拉住她的手腕，不解地问："这都几点了，起来做什么？"

陈迦南："我订的晚上十点的飞机。"

沈适："……"

"多宝晚上睡不着怎么办？洒姐应付不了。"陈迦南担忧道，"而且说好我晚上回去的。"

说话间，她已经穿好衣服拿好包。

沈适无奈，掀开被子，从床上坐了起来："你可真能折磨我。"

陈迦南赔笑："为了多宝，你再忍忍。"

沈适叹了口气："走吧，送你去机场。"

夜里的城市总是霓虹闪烁，通往机场的路却寂静得很。从会馆出发，大概十五分钟到。沈适开得快也稳，陈迦南很快又有了睡意。

到机场附近的时候，堵车了。

大概是前边出了些小事故，车子停滞不前。陈迦南瞬间醒了，看见前面一排排闪烁着尾灯的车，有些着急。

"会不会赶不上飞机？"她问。

沈适瞧了眼时间，看向陈迦南。她的头发还松松散散地披在肩头，脖子上还有刚才温存过的痕迹，沈适现在还能记得起刚才软玉在怀的感觉，瞬间有些嗓子发痒。

他当机立断，直接掉转车头。

陈迦南一看不对劲，问他："怎么往回走啊？"

她一时还没反应过来。

"现在别跟我说话。"沈适低沉道。

他将车子加速，一路疾驰，几分钟就下了高速，直接将车子拐向路边，开进一个凹进去的偏僻深道，然后急刹车。

等车一停，陈迦南松了口气。

"你怎么了？"

沈适解开安全带，缓缓吐了口气，慢慢偏头看向陈迦南，眸子渐渐变得深沉，在她还发愣的时候，扶着她的脖子吻了下去。

陈迦南嘤咛一声，被他悉数含在嘴里。

"沈适——"

"今晚不回了。"

此时此刻，几千公里外，多宝正穿着小睡衣，坐在洒姐的怀里看电视，指着上面某个人，哑哑嘴说："沈三……沈三。"

今夜注定好眠。

79.

多宝不到一岁就会说话了，说得还蛮好，大概是随了沈适，听说他三岁英文都已经说得很好了。这个小多宝脑袋瓜特别机灵，想要什么的时候就抱着沈适的腿，也不哭不闹，就是不撒手。

沈适无奈，向陈迦南求救："管管？"

陈迦南远远站着就是不过去，幸灾乐祸道："关我什么事儿，你自己惹的祸自己搞定。"

沈适："……"

多宝开始一连串撒娇模式，抱着沈适的脖子，开始蹭他，每到这个时候，沈适就心软了，哪里还有生意场上运筹帷幄果断狠绝的样子，一双眸子柔情似水，有求必应。

陈迦南则悠闲地晒太阳去了。

80.

那天阳光挺好，陈迦南和多宝坐在院里。

沈适刚开完视频会议，从二楼下来的时候就看见这一幕，太阳照在她们母女身上，像镀了一层金光。

多宝坐在小板凳上，噘着嘴。

陈迦南正给多宝披上枕巾，手里拿了一把剪刀，准备给这小姑娘剪头发来着，人家好像有点嫌弃她。

“妈妈，你别剪坏了。”

陈迦南：“我知道。”

多宝皱巴着脸，撇撇嘴道：“你老说我知道，你到底知道不？头发剪坏了我还怎么见人呢。”

“我不会嫌弃你的。”陈迦南说。

多宝：“……”

“咱俩之间都没有信任了吗？”陈迦南准备动手，先从刘海剪起，“我可是你妈啊沈艾嘉。”

多宝端着脖子，一动不动，眼睛往上翻，盯着头发一点一点落下，心里直发毛，忍了半天说：“我可是沈三的千金。”

陈迦南：“……”

女儿的声音脆脆的，清清冽冽，大大的眼睛骨碌直转，里头像沁了葡萄似的，又圆又亮。

沈适看了一会儿，慢慢走近，笑着出声道：“你得相信你妈的手艺，她那双手当年可是拿过长号的，一般人玩不了那个。”

母女俩闻言，都抬头。

陈迦南瞪了他一眼，看热闹不嫌事大。多宝却好奇了起来，眨巴着眼睛，嘴巴抿得鼓鼓的。

“什么是长号？”多宝问。

“就是一个长长的，能吹出声的一个玩意儿，前边还有个喇叭，不好吹。”沈适说，“改天带你看看。”

多宝瞅着沈适，目光特别认真道：“这么难吹妈妈都会玩，你会吗？”

沈适：“……”

他舔了舔唇，看向陈迦南，她微低着头，嘴上却是笑的。大概他们都想起当年，她还是个学生，抱着长号喝醉了酒，等他去接她的时候，她眼神迷离，抱着长号就是不松手。

他那时笑她：“学这个干吗，还是个人就会吹的。”

陈迦南仰着头，目光澄澈无辜。

"你行你上。"她说。

81.

多宝长得快，个子比同龄小孩高出一大截，性格也有些像个男孩子，调皮捣蛋，有时候却又很乖，让人又爱又恨。

等到了两岁，已经黏着沈适不放了。

沈适去公司的时候经常会带着她，张见拉着她的小手乱转，她脑袋瓜太溜，像个小大人，偏偏鼓起的脸颊又很可爱，算是混到了人见人爱的地步。

有一天沈适下班，没找见她人。

他找了一圈，在公司大厅的会客沙发上看见她和洒姐在说话，他没打扰，静静走了过去。

听这小姑娘有模有样道："洒姨，你是来找张见吗？"

"你见他了？"

多宝跷着腿摇来摇去，说："本来他是和我玩的，后来被一个漂亮阿姨叫走了，就剩我一个人了。"

林洒言眯眯眼："哪个漂亮阿姨？"

沈适听不下去，直接打断："沈艾嘉，别乱讲啊。"他径直走上前，看了眼洒姐，"周副经理。"

洒姐看了眼沈适："你紧张什么？"

沈适抬眉，慢悠悠道："我只是实事求是，紧张的是你林二小姐才对吧？把心揣兜里，你这些招数使出来，张见跑不了。"

洒姐白了一眼，偏头笑了。

多宝被冷落，盯着眼前这俩大人，终于找着机会开口说话，说出的话却让人大跌眼镜："洒姨，你知道我弟是男生还是女生吗？"

沈适："……"

洒姐："……"

82.

开车回家的路上，车里气氛有些过于安静。

沈适正转着方向盘，偏头看了一眼坐在副驾驶的小姑娘，正襟危坐的样子有些奇怪，便道："你怎么了？"

多宝："没怎么呀。"

沈适："你平时不是话挺多的？"

多宝："有吗？"

沈适："……"

他心里一阵鸡皮疙瘩，放慢了车速，皱着眉打量了多宝一眼，道："做什么坏事了，最后一次机会。"

多宝："……"

平时父女俩没大没小，偶尔沈适正经起来，多宝心里还是有些打鼓，不敢顶嘴，总是在他的脾气边缘试探。

见她沉默，沈适笑了。

多宝揪着小指，低着头，抿起小嘴，脸颊肉嘟嘟的，两只小辫子翘在耳朵边，像从年画里走出来似的，沈适假装都凶不来。

半天，才听她支支吾吾："我妈不让说。"

沈适来了兴致："这和你妈有什么关系？"

多宝揪了半天，把手一甩，哎呀一声往椅背上一靠，硬气地转过小脑袋，对沈适语重心长："你不要逼我。"

沈适："？"

多宝垂下脑袋："我妈说想给我生个弟弟玩。"

83.

等到了梨园，多宝已经睡着了。

陈迦南在练钢琴，看见沈适抱着多宝进来，忙起身走了过去，小声道："她今天玩疯了吧，睡这么早。"

沈适笑："被我吓的。"

"你吓她干吗？"

沈适笑而不语，直接上二楼。陈迦南跟了上去，顺便给多宝脱了衣服哄睡下了。沈适也脱了外套扔一边，解开了领带。

后来关了灯，两个人往外走。

沈适忽然拉住她的手腕："等会儿，我有话和你说。"

陈迦南轻声问："什么话？"

昏暗的光线里，他笑得意味不明，领带被扯在胸口，有些不修边幅流里流气，眸子里藏着深深的欲望。

她还没反应，他已经倾身亲过来。

陈迦南推拒着，怕吵醒多宝，拧了一下他的胳膊，羞红了脸道："孩子在呢，你干吗？"

沈适"嗯"了一声，咬得更重。

陈迦南忍不住嘤咛一声，扯住他的衬衫，只听他一声低喘，紧接着下一秒被他倏地拦腰抱起，往卧室里走去。

只是短暂的抚摸，两人便已情动。

又是一番酣畅淋漓，翻云覆雨。夜深人静的时候，陈迦南已经筋疲力尽，躺在他怀里，舔了舔干涩的唇，轻道："你不是有话和我说吗？"

沈适一只胳膊枕在脑后，一只手抚着她的背。

"今天多宝问洒姐'我弟是男生还是女生'，我大概就猜到了。"沈适淡淡道，"你想好了？"

陈迦南蹭了蹭他的胸膛："我才三十出头，年轻着呢。"

沈适笑："那是我老了。"

"三十九，是不小了。"

沈适低眸看她。

陈迦南抬起头。

她的目光里多了挑衅，还是从前十八岁时候的眼神，说出的话能杠得你不知道拿她怎么办好。

"小瞧我？"他说。

陈迦南歪了歪脖子。

沈适看她那无辜又勾人的眼神就按捺不住心里的燥热了，掀起被子，翻身将她压在下头，倒吸一口气。

他声音低沉："老了照样。"

84.

陈迦南一直以为沈适是同意她再生个小孩的。

直到有一次，他拉开抽屉找套子。

陈迦南拦着他的手："你干吗？"

沈适动作一顿，看她。

陈迦南脸红道："不是说再要一个吗？"

沈适说："如果没记错的话，我好像并没答应。你忘了当年你生多宝的时候有多困难了吗？"

"那只是一个意外。"

沈适叹了口气，从上面下俯视着她，她通红的脸颊，薄薄的唇，白皙的肌肤，还有颤抖时仰起脖的样子，哪一样都让他移不开眼。

"意外也罢，有风险的事我不可能再去做。"沈适声音低了，仔细观察着她每一个表情，微微凑近她，"那天的七个小时，差点要了我的命，你知道吗？"

陈迦南沉默片刻，道："可是我想给多宝生个弟弟。"

沈适没有说话，从她身上下来躺在旁边，一只手搂着她的腰，低头吻上她的脖颈，轻道："今晚先不谈这个，行吗？"

陈迦南泄气，闷闷地"嗯"了声。

翌日，沈适去公司上班。他处理了一早上的事情，到了中午，一边抽烟，然后打了个电话。

"沈先生。"对方客气道。

沈适："我太太的身体您知道，也一直在调理，如果说想再要一个，对她来说有危险吗？"

"按理来说，都过去两年了，再要一个问题不大，不过沈太太麻药过敏，生产过程难免会有其他情况。"

沈适："我要一个具体答案。"

"照我这么多年的经验，顺产自然是好，这两年调理也不错，沈太太恢复得也好，只要稍加注意，可以尝试。"

沈适微微抬眸，松了口气。

"多谢。"他轻道。

那天的京阳气朗风清，天也很蓝。沈适挂了电话，抽了两支烟，一个人独自静默了很久。

梨园也一片寂静，陈迦南在教多宝读诗。

后来的后来，一切都顺理成章地发生了，梨园也变得热闹。一年多后，

西城往事②·一天

沈家的二少爷沈多鱼平安出生了。

多宝起的大名："沈延。"

85.

洒姐最近来梨园有些频繁，大抵是找不见能说话的人。可是看起来总有些不得劲，和孩子们玩的时候也像是有心事的样子。

多宝："失恋了？"

洒姐："你就不盼我点好。"

多宝："张见欺负你？"

洒姐："他敢。"

陈迦南和萍姨在厨房做菜，听着这一大一小的对话，也不禁失笑。萍姨说这二小姐看着孩子心性。陈迦南朝客厅看了一眼，这样的女人难怪年轻的时候会那么洒脱。

那天吃过午饭，孩子们都睡了，陈迦南泡了壶茶，两个人坐在院子里喝。

洒姐："多宝真是和他爸小时候一模一样，她眼睛一转人就心里打鼓，你们家遗传可真厉害。"

陈迦南："主要是他。"

"沈适今天不回来吧？"

"好像有个饭局，回来也得很晚了。"陈迦南知道洒姐想什么，直截了当道，"张见也跟着呢。"

洒姐叹了口气。

"你们俩是不是出什么问题了？"陈迦南犹豫道。

洒姐喝了口茶，看着院子里满目青葱，慢慢地放松下来，目光也变得遥远，轻声开口："我像你这么大，大概是过得最艰难的时候。那一段日子也不知道怎么过来的，反正后来也熬过去了。再后来遇到张见，总觉得哪儿和他挺像，都有种文绉绉的气质。"

她们之间，或许是有感同身受这回事的。

陈迦南问："你喜欢张见什么？"

"有趣吧。"

陈迦南笑："我认识他的时候，他刚给沈适做秘书，好像还在和女朋友闹分手，后来分分合合。一个年纪轻轻的大男孩，挺有担当。"

　　洒姐："他是很有担当。"

　　陈迦南微微侧眸："他和你求婚了？"

　　这话一语中的，洒姐不知如何是好。

　　"姜还是老的辣。"洒姐感慨，"比起她妈，多宝还差点火候。"

　　陈迦南："……"

　　"昨天晚上，他说要不结婚吧。"洒姐坦荡道，说罢静了一会儿，才缓缓道，"他符合我对爱情的很多幻想，可是我大他十五岁，你知道吗？"

　　"那又怎么样？"

　　洒姐抬眼看她。

　　陈迦南："你身材好，人又漂亮，还有智慧。我要是你，都可以一辈子不结婚，以后老了还可以做个有钱老太太，只找年轻男孩谈恋爱。"

　　洒姐忍不住笑："你是嫌弃沈适老了吗？"

　　"以前吧还好，现在真不好说。"

　　陈迦南说这话的时候完全是无心之失，她只是站在全中国四十岁中年男人的角度上来说这句话的。

　　那天洒姐离开，陈迦南一个人多待了会儿。

　　多宝在和多鱼玩，姐弟俩很安静。她洗完了澡，在镜子面前多站了会儿，忽然意识到自己已经是个三十二岁的女人。

　　这个年龄段的女人，会有什么变化呢。

　　夜晚的梨园静悄悄的，孩子睡了，只剩下无边的黑夜。陈迦南在床上翻来滚去睡不着，又折腾了一会儿，折腾到沈适回来了。

　　他匆匆洗了个澡，往床上一躺。

　　"怎么还没睡？"沈适问。

　　"嗯。"

　　"林洒言来过？"

　　陈迦南眼皮子一抬："你怎么知道？"

　　"她每次一来你免不了总会想很多。"沈适看着她，"我明天打个电话，让她以后没事少来。"

　　陈迦南"喊"了一声，翻身背对着他。

看她情绪确实有些波动，沈适从身后抱着她，将脸埋在她的脖颈，重重吸了口气，轻笑了一声。

陈迦南看着床头柜，问他："我是不是老了？"

沈适："那我不是更老。"

陈迦南想起白天和洒姐的那一番对话，对他说："张见求婚了，洒姐居然犹豫，真是想不通。"

"这有什么想不通？"

陈迦南："女人一过四十，身体各种变化，这个年纪能遇到张见这样忠诚的男孩子，可遇不可求的。"

这话说完，空气有些静得过头。

等了半天，不见他说话。陈迦南还以为他睡了，也打算闭上眼睛睡觉，却隐隐觉得睡裙被掀了上来。

她后背一僵。

沈适咬上她的耳垂："嫌我老？"

接着便不等她说话，直接吻了上去……

86.

第二天，陈迦南睡过头。

醒来的时候房间空空的，楼下有说话声，听不太清楚。陈迦南简单梳洗，随意扎了头发就出去了。

沈适正在客厅陪着两个孩子打游戏。

陈迦南："你今天不上班吗？"

沈适将遥控给多宝，回头看她一眼，说："我都加班多久了，再一天不着家的都快忘了你什么味道。"

想起昨夜疯狂，陈迦南咬牙。

她随手拿了一个靠枕砸了过去，被他一把接住。她没好气道："瞎说什么你，再说把你阉了。"

多宝停下打游戏的动作，也扭过头。

"妈妈，什么是阉了？"

陈迦南："……"

沈适笑了一声，摸了摸多宝的小脑袋，说："就是爸爸和妈妈要再生一个小宝宝的意思，懂了吗？"

多宝勉为其难地"嗯"了声。

婴儿床里沈多鱼忽然哭起来，沈适掀开小被子，这小家伙尿了。然而，下一秒，听见多宝小声嘟囔："尿得好，我们俩还不够烦你吗？"

陈迦南站在一边，低头笑了。

87.

午饭是沈适做的，他难得休息。

下午的时候，多宝陪着弟弟玩。陈迦南有些腰疼，去睡觉。沈适闲着，哪里肯放过她，在门口就开始乱摸。

陈迦南不愿意："我真的困。"

"昨晚弄疼了？"

陈迦南想了想，认真道："可能是年纪大了，怎么说也是生了两个孩子的妈，腰真的不行了。"

沈适："回头找个医生看看。"

"还是算了，你克制一点。"

沈适搂着她的腰，拇指轻轻揉着，笑道："你不是说男人四十一朵花？这怎么克制得了，更别说你在我跟前晃来晃去。"

"你还限制我人身自由啊？"

沈适凑近她嘴边，低声道："嫁夫随夫。"

陈迦南暗自抬手，拧了他一下，他抽口冷气，不禁笑了。他们在卧室门口温存了一会儿，推攘着上了床。

陈迦南从他的身上翻了下来，手指摸着他的下巴玩，静了一会儿说："我的入学申请还有半年就下来了，大概明年春天就能过去。"

他们很少谈到她去读书的事。如果不是怀了多鱼，或许陈迦南已经去了，但她也不后悔，她愿意给他生孩子。

沈适一只胳膊枕在脑后，脸上还有刚才云雨过后的低潮未褪去，他声音微微低了低："嗯。"

只是一个"嗯"，难免让人遐想。

陈迦南撑起上身，看他："你不开心？"

沈适也看她："没有。"

"那你就嗯一下完了？"

沈适好笑，又觉得这笑有些苦涩。

陈迦南打了他一下，沈适笑了。

他声音平静温和："既然说到这儿，那就聊聊。明年你先过去，等我把这边的事情处理好，那个时候多鱼肯定会走了，我们就过来。"

陈迦南不知道他这样打算，一愣。

"大不了和以前一样，我两边跑。"沈适说，"你去上学，我在家看孩子，忙的时候，他们俩放托管，也不错。"

陈迦南咬咬唇，不知道怎么开口。

沈适拨了一下她的唇，笑了："抿这么紧？怕我咬吗？"

她白他一眼，推开他的手。

沈适看着她的眼睛，轻声道："但我有个条件。"

就知道这个男人不会这么轻易同意，她瞬间好像又找回了场子，高傲地睨了他一眼，问："什么条件？"

沈适说："我们办个婚礼吧。"

88.

毛毛说："你知道京阳有多少姑娘盼着沈适离婚吗？换句话说，就连媒体都在等待，等待一个世纪新闻。"

陈迦南笑笑，不说话。

"偏偏是你，什么都不往心里放的样子。"毛毛看着这个生命里最珍贵的朋友，"没有人不期待一场婚礼。"

陈迦南说："我就是觉得这事挺无聊。"

毛毛笑了："我真要好好感谢他，你现在的样子真的很像多年前，清高自傲什么都看不上眼，嘴里的话能气得老夫子从地底爬起来。你知道你刚结婚的时候，我就已经想好有一天你要是离了，这世界上就剩我这一个亲人，到时候我可以为你抛夫弃子。"

"得了吧你。"陈迦南笑。

毛毛问："你真的不期待？"

"我都三十二了，期待个屁。"陈迦南说罢歪了歪头，嘴角浮现出淡淡笑意，"不过话说回来，我喜欢看他宴宾客，穿着一身西装晃荡在人群里，推杯换盏的样子。"

毛毛："能别这么肉麻吗？"

"滚。"

89.

后来在写《西城往事》这个故事的时候，周逸作为作者问过陈迦南："你和他第一次见是什么时候？"

陈迦南当时坐在副驾驶，偏头看窗外。

算起来已经是很多年前的事了，不是在林老师的家，那只是他们第一次认识。要说第一次见，或许更早。

可是奇怪，陈迦南始终记得。

那一年他刚回国，好像二十六七岁，年纪轻轻就已经是京阳翻云覆雨的公子哥。有那么两年，他目中无人恃才傲物，圈子里都叫他沈公子。有一天犯了事，听说是打了个挺有背景的富二代，被沈老太太发配到 A 市面壁思过。他在 A 市待了三年，收了棱角，慢慢变得沉稳，漫不经心之间耍耍手段，饭局上谈笑风生，从容却淡漠。后来，很多人便开始叫他"沈先生"。

陈迦南遇见他是在一个酒店门口。

他从一辆黑色宾利车上下来，整理了一下领带，目光顿了一下，从兜里掏出一支烟，没着急点燃，只是拿在手里把玩，对林秘书说："你先上去。"

"今晚要见的几个人都很重要。"林郁提醒。

林郁当时还是个年轻男孩，却很老成，仅仅挺直了背站着，就让人觉得能走在那样一个男人的身边，不可小觑。

他声音微沉："我抽支烟。"

那是她对他的第一印象，再见面到认识已经是几个月之后的事了。时而想起那个夜晚，总有种说不出的感觉。

这么多年过去了，他已经成了她丈夫。

90.

那是一场风格极其简单的婚礼，在京阳城外一个露天教堂举行。宾客大都是德高望重的前辈，政商圈风生水起的名流望族。没有媒体，没有冗长的情节和致辞。一切从简，却精致。

教堂坐落在露天的高地，身后是一览无余的落日。

高地上摆了几十桌宴席，微风吹过，白色的桌布轻轻扬起，一抬头就可以看见西方的太阳，不刺眼，还异常温柔。

像鸟飞过高山。这是周逸文学式的感慨。

婚礼前几天，陈迦南还问周逸："你当时办婚礼什么样子？"

周逸说没有铺张浪费，亲朋好友坐一块吃一顿饭。他狐朋狗友太多，都很玩得开，被灌得不成样子。

"你别跟我比，我们都是普通老百姓。"周逸后来又说，"沈适有他的身份和地位，婚礼的事又不要你操心，你只要信任他就行了。"

陈迦南不喜欢人群聚集众星捧月，就好像从上大学起，不愿意参加各种社团学生会一样，她觉得那是浪费时间的事情，消耗精神。包括办婚礼。你站在台前，听着司仪或神父一番感人肺腑之言，机器人一样走程序，被一堆人围观，实在尴尬。

她已经三十二岁，连应付人都不愿意。

宾客落座，谈笑风生。多宝拉着她的裙摆，目光落在露天宴席前面那一块高达三米的蛋糕上，摇摇她的手，特别坦荡诚恳："妈妈，那个蛋糕能不能留给我和多鱼？"

这个小机灵鬼，多鱼才多大。

"你直接说留给你不就行了。"陈迦南忍着笑。

多宝仰头看她，脸颊鼓鼓的："给弟弟一点存在感嘛，谁让他还躺在婴儿床上，以后知道了肯定嫉妒我。"

陈迦南："行了，去找洒姨。"

再转过身，十米开外的地方，沈适一身西装，站在那儿，不知道和对方说了什么，淡淡笑了，抿了一口酒，抬眼，便看见她。

他和那人碰了酒，朝她走了过来。

91.

教堂简单的仪式结束，陈迦南换了一身浅红的旗袍，她的头发长了，那天做了个小卷的波浪，耳边分开两挧头发缠绕着绾在脑后，别了个玫瑰金的卡通发卡，活泼得像十八岁。这是多宝干的。

喜宴开始之后，她在洒姐那桌多坐了一会儿，

洒姐和多宝开玩笑："你妈妈今天漂亮吗？"

多宝正挖着蛋糕吃得满嘴都是，小舌头舔了舔，义正词严道："我打扮的，能不好看吗？那可是我最爱的发卡。"

"那我结婚你也送我一个？"

多宝停下咀嚼的动作，犹豫了片刻，伸出手指头算起来，一边道："我爸每天给我这么点零花钱，现在算的话，得存好久呢。"

"咱俩这么多年交情，不给啦？"

多宝嘬了嘬肉嘟嘟的手指头，想了想说："也有个办法，现在多鱼还小呢，他那份零花钱应当也算我的。要是我妈同意这个的话，我就给你买。"

陈迦南："……"

多宝低垂着眼，眼睛斜瞄了两边一下，声音软软糯糯，小声嘟囔着："张见和我感情也挺好的。"

洒姐："……"

一桌人笑。

92.

沈适那天喝多了，看得出来很高兴。宴席上有人敬他酒，来者不拒。

有人说那天的沈适很真性情，在举手投足之间。毛毛评价说，比给多宝多鱼办满月酒还一片肺腑。

回家的路上，他们坐在后座。

沈适强撑着酒意，紧握着陈迦南的手，目光模糊又澄澈，看着前方通往梨园的环山公路，路灯昏黄，灯光落在前方，像是黑漆漆的夜幕里打进来的一抹光束。

他微微侧头："累吗？"

陈迦南摇了摇头："有点困。"

"多宝不回来？"

说起这个，陈迦南笑："她非要跟着洒姐回家，我哪拦得住。这会儿回去，估计萍姨已经哄着多鱼睡着了。"

沈适："睡着了好。"

他看着身边的这个女孩子，都已经是当妈的人了。可她还是那么年轻迷人，旗袍下藏着紧致的身体，比从前都温柔。

陈迦南："什么叫睡着了好？我还想逗他玩呢。"

沈适笑笑："一会儿有的你玩。"

他这一句轻飘飘说出来，意有所指，低沉又随意。陈迦南看着他此刻一本正经的样子，保不齐这男人脑子里正想什么事儿呢。

她掐了他一下："睡你的觉。"

沈适抬眼，云淡风轻道："你是不是想多了。"

这个浑蛋。

93.

那个晚上，京阳城的新闻从业者大概也一宿未眠。

这种消息总是相通的，尤其是新闻业。江城电视台那天也忙坏了，等到下班都已经深夜。

记者A："我要是能遇到这样的男人也算是不枉此生，从容又低调，有钱还专情，比中大奖都难。"

记者B："那是他狠的时候你没见过。"

记者C："听说他们那个圈子里的人个个都有城府，咱这种头脑简单的就算了。对了盛楠，你老公不是开了什么公司？应该挺熟悉那种圈子。我刚从窗户瞄了眼，又来接你了吧。"

记者B笑笑："他就是个码农。"

深夜十一点，江城电视台楼下停着一辆黑色的SUV，驾驶座的男人正低头抽着烟，忽然被呛着，咳了几声，低头，一截烟灰掉在裤子上，火星微烫。

车里的录音广播正在说："亲爱的听众朋友晚上好，现在是江城广播电台为您播报。本周我市将举办——"

男人吹了口烟灰："办个锤子。"

94.

像从前洒姐说的那样，这京阳城终于热闹了。

一周后，沈氏开新品发布会，邀请众多媒体到场。沈适站在台上讲话，头发剪得极短，西装笔挺的样子，衬得他好像年轻了几岁。

发布会结束，记者采访。

沈适坐在沙发上，一只胳膊搭着扶手，跷着二郎腿，轻轻往后靠着，谦逊温和，只是淡淡笑笑，简单地回答几句。

电视是转播，陈迦南看到时是在中午。

多宝抱着小西在楼梯口玩，萍姨在洗尿布，陈迦南弯着腰给多鱼换衣服。太阳从院子里晒进来，落在客厅的钢琴上。

多宝问她："妈妈，我们能不能把猫猫带着？"

陈迦南正在系多鱼的小扣子，知道多宝说的是跟着她去国外读书的事情，她抬了一下眼，道："这个好说，你先把多鱼的零花钱给我。"

多宝瞬间鼓起脸颊，把小西往怀里一抱，站直了，气呼呼地看着她："妈妈你怎么能这样？！"

看着这母女俩，萍姨在院子里笑开了。

电视里的广告忽然戛然而止，跳到了采访那段。听到他答记者问的声音，陈迦南从婴儿床里抬起头。

记者语言犀利："听说沈氏集团很快将统领整个华北市场？"

那是一个很严肃正经的商业财经采访，他也一派沉着冷静，谦和从容的样子，说出来的话却云淡风轻，不动声色："你这玩笑开得有点大。"

记者委婉笑了一笑："从这些年的发展来看，沈氏有这样的实力。更何况今天的发布会这么成功，大家都很期待沈氏集团明年的规划，难道不是吗？"

梨园的客厅，静得只有猫叫。

多宝捋捋小西的毛，看得可认真了，好像能听懂似的，还哄着小西道："猫猫乖，别出声啊。"

陈迦南笑着看了一眼多宝。

接着，听到电视里那个男人淡淡道："明年的规划你可以去问我们公司副总，我要陪我太太去念书，抱歉。"

婴儿床里，多鱼翻滚着坐起来。

第一次出声："maomao（妈妈）。"

多宝惊得猫都掉了，嘴巴张开："我的天啊。"

梨园外风声籁籁，麻雀叽叽喳喳。萍姨听见多宝喊，匆忙跑进来看。楼梯口小姑娘扎着两个小辫，圆嘟嘟的脸颊，惊讶的眼。婴儿床里，小多鱼坐着，肥肥的小指头扯着陈迦南的袖口，女人低着头，嘴角都是笑。

95.
六个月后，陈迦南去了意大利念书。

又过了七个星期，沈适带着多宝多鱼也去了。萍姨是沈家老人，早已经分不开，后来也过来了。他们一起生活，没有别人。

《西城往事》的读者有一天留言："他们兜兜转转这些年，终于还是在一起。这样的感情让人难忘，这样的婚姻让人向往。"

陈迦南后来回答："普通婚姻。"

96.
写到这里，想起一件小事。

《西城往事2·一天》出现了四个很重要又很平凡的人物：周晏康（毛毛和周然的儿子）、张见、倪小智，还有一个买书的姓祝的老人。

我想了很久他们的名字。

这个故事送给沈适和迦南，故事里的人送给曾经的纪念，故事里的岁月送给固执的自己，故事里的愿望送给年轻的我们。

生命不息，奋斗不止。

97.
他们说："祝你健康。"

后记

O N E
DAY

晒晒太阳，喝喝茶，这样也很好。

我最近又开始写日记了。这两周在家养病，伤口很疼，无法出门，有时候洗个头发都需要我妈帮忙。但我仍然感激，感激生命中能有这样的时刻让我停下来，静下来。我不用担心再和别人打交道，不用担心繁忙的工作。我很笨，想不通很多事。现在，我只想自己。我要好好睡一觉，要练字，我要做所有喜欢的事。我还想重温 TVB 的剧，想写一篇有趣的小说，想读奈保尔和伍尔夫的书，想看弗里达的传记和绘画。我感到满足，没有烦恼。结尾这四个字"普通婚姻"是一本新书的名字，荞麦写的，我曾经推荐过她的另一本《最大的一场大火》，感慨很多。写到这里，我在听王菲的《暧昧》。房间很安静，只有我。感谢大家。希望你们也有机会找到这样的时刻，重新认识自己，又或者什么也不做，晒晒太阳，喝喝茶，这样也很好。

2021 年 1 月 20 日